SEBASTIAN THIEL

Sei ganz still

DIE JAGD BEGINNT! Deutsches Reich 1938. Gerade wurde Reichskanzler Hitler im Amt bestätigt und kündigt umfassende Reformen an. Nur einem ist das völlig egal …

Friedrich Wolf, ein notorischer Trinker, Schläger und Oberwachtmeister der Düsseldorfer Polizei, hat es diesmal zu weit getrieben. Schon mehrfach wurde er verhaftet, nun wollen ihn seine Vorgesetzten endgültig loswerden. Ohne Prozess sitzt er in einem menschenverachtenden Strafgefangenenlager ein, als er plötzlich Besuch vom SS-Arzt Ernst Kampa erhält.

Der Doktor hatte das Grab seiner verstorbenen Ehegattin öffnen lassen. Doch anstatt den Leichnam seiner jungen Frau vorzufinden, stieß er auf die sterblichen Überreste einer Greisin. Da die Spur ins Düsseldorfer Rotlichtmilieu führt, wäre kein anderer besser geeignet als Oberwachtmeister Wolf.

Zwischen Prostitution, Schlägern und bestechlichen Bullen, muss er in einer dunklen Stadt die Wahrheit finden, um sein Leben zu retten. Wolfs Jagd lässt ihn in die tiefsten Abgründe der menschlichen Seele blicken.

Sebastian Thiel, geboren 1983 in Viersen, lebt und arbeitet als freier Autor in Tönisvorst am Niederrhein. Nach einer Ausbildung zum Fachinformatiker arbeitete er als IT-Manager in einem mittelständischen Dienstleistungsunternehmen, bevor er sich ganz dem Schreiben widmete.
www.sebastianthiel.net

Bisherige Veröffentlichungen im Gmeiner-Verlag:
Kriminalromane
Uranprojekt (2014)
Wunderwaffe (2012)

Historische Romane
Die Dirne vom Niederrhein (2013)
Die Hexe vom Niederrhein (2010)

SEBASTIAN THIEL

Sei ganz still

Kriminalroman

GMEINER SPANNUNG

Dieses Buch wurde vermittelt durch
die Agentur scriptzz

*Personen und Handlungen sind frei erfunden,
soweit sie nicht historisch verbürgt sind.
Ähnlichkeiten mit lebenden oder toten Personen
sind rein zufällig oder nicht beabsichtigt.*

Besuchen Sie uns im Internet:
www.gmeiner-verlag.de

Im Ehnried 5, 88605 Meßkirch
Telefon 07575/2095-0
info@gmeiner-verlag.de

1. Auflage 2015

Herstellung: Mirjam Hecht
Umschlaggestaltung: U.O.R.G. Lutz Eberle, Stuttgart
unter Verwendung eines Fotos von: © ullstein bild – ullstein bild
Druck: GGP Media GmbH, Pößneck
Printed in Germany
ISBN 978-3-8392-1701-6

»Wenn die Kraft zum Kampfe um die eigene Gesundheit nicht mehr vorhanden ist, endet das Recht zum Leben in dieser Gesellschaft.«

Adolf Hitler
»Mein Kampf«

»Ärztliche Verordnungen werde ich treffen zum Nutzen der Kranken nach meiner Fähigkeit und meinem Urteil, hüten aber werde ich mich davor, sie zum Schaden und in unrechter Weise anzuwenden.«

Auszug aus dem Eid des Hippokrates
circa 400 vor Christus

PROLOG

- EIN TAG IN DER HÖLLE -

Frühjahr 1938
Strafgefangenenlager Aschendorfermoor

»Dreckspack!«

Der Gefangene schien heute Glück zu haben.

Obwohl es beinahe pervers war, in so einer Umgebung überhaupt von Glück zu reden. Die Aufseher beließen es am heutigen Nachmittag bei wenigen Beschimpfungen und schritten gemächlich ihre Route ab. Anscheinend hatte das gestrige Besäufnis Spuren hinterlassen. Der Gefangene erlaubte sich einen kurzen Blick, bevor er den Spaten in den Schlamm schlug und die braune Masse auf eine Karre neben sich wuchtete.

Nichts sehen, nicht gesehen werden.

Bloß nicht die Aufmerksamkeit des Dicken, wie die anderen Insassen ihn nannten, auf sich ziehen. SA-Scharführer Brammel, dieses fette Schwein, welches im zivilen Leben nie eine Anstellung finden würde, hatte seine Peitsche aus Ochsenleder in Fett eingelegt, um sie geschmeidiger zu machen. Jetzt stolzierte er in seiner braunen Uniform über das Gras und wartete nur darauf, dass irgendjemand zusammenbrach, wobei die Koppel über seinem wippenden Wanst bedrohlich spannte. Diesen

Gefallen würde der Gefangene ihm nicht tun. Seitdem die SA-Pionierstandarte 10 die Bewachung des Lagers übernommen hatte, rutschten sie Stück für Stück in den Schlund der Hölle ab. Brammel war in diesem unausweichlichen Kreislauf die reinkarnierte Ausgeburt der Perversion.

Nichts sehen, nichts gesehen werden.

Knietief stand der Gefangene im Moor, schmatzend umspielte das eiskalte Wasser bei jedem Schritt seine zitternden Waden. Die braune Kruste des stinkenden Torfs hatte sich fest auf seine Häftlingskleidung gelegt, als würde sie dort ewig verweilen wollen. Sein Magen knurrte und der gepresste Atem bildete an diesem bitterkalten Tag weiße Wölkchen. Und doch – er würde Brammel nicht geben, was er wollte.

Als der Dicke einmal wegsah, verlangsamte der Gefangene seine Arbeit. Jeder Muskel seines Körpers schmerzte, er hatte das Gefühl, als malträtierten Hunderte Nadelstiche seinen Rücken. Für einen Moment schloss er die Augen, legte den Spaten auf die Böschung, stemmte die Hände in die Hüften und drückte seinen Rücken durch.

Was für eine beschissene Wohltat.

Ein kurzer Herzschlag der Ruhe durchzog seinen Körper. Obwohl er links und rechts die anderen Häftlinge schuften hören konnte und ihr Keuchen das Moor erfüllte, war er für einen Moment zu Hause. In seinen Gedanken floss ein kühles Altbier über seine Lippen, weibliches Lachen erfüllte den Puff. In der nikotingeschwängerten Luft lag Freude und Lust. Bald schon würde er eine der drallen Blondinen am Tresen abgreifen und mit ihr im Hinterzimmer verschwinden. Er freute sich auf die hitzigen Küsse, ihren vollen Busen und …

»Was ist los, Bulle? Träumst du?«

Noch bevor der Gefangene die Augen geöffnet hatte, wusste er, wen der SA-Mann meinte.

Nichts sehen, nicht gesehen werden.

Schnell griff er seinen Spaten und arbeitete schneller als zuvor. Heißer Schweiß rann seine Stirn herab und tropfte in den Schlamm. Jeden Tag mussten sie ein anderes Moor trocken legen, damit ein weiterer Arbeitstrupp den Torf stechen konnte. Ob bei Krankheit oder bei schlechtem Wetter. Er hatte es so satt.

»Ihr scheißkriminellen Bullen wollt wohl nie hören!«

Die Stimme des Mannes bebte gewaltig. Er kam einige Schritte näher. Innerlich betete der Gefangene, dass so ein Milchbubi mit einer Waffe nicht sein Todesengel sein würde.

»Komm hier raus, Grüner!«

Sofort legte der Gefangene den Spaten auf die Böschung und trat aus der Grube heraus. Er musste sich abstützen, um nicht hinzufallen. Dann sah er in das Gesicht des jungen SA-Mannes. Keine Rune, keine silbernen Kennzeichnungen – ein einfacher Soldat der Sturmabteilung, der sich seine Sporen noch verdienen wollte. Nicht älter als 20. Verdammt, hätte ihn vor einen halben Jahr jemand so angeschrien, der hätte die nächsten Wochen nur Suppe gegessen. Nie im Leben hätte er gedacht, dass er vor einem blonden Bubi, der halb so alt war wie er, stramm stehen müsste.

Der Gefangene nahm mit seinen vor Dreck verkrusteten Fingern die Mütze seiner Häftlingsuniform ab und nahm Haltung an.

»Insasse Nummer 13 …«

»Wir wissen, wer du bist.«

Dieser drohende Ton in der Stimme, die ihn gerade unterbrochen hatte, gefiel dem Gefangenen gar nicht. Momente später tauchte Brammel neben dem Bubi auf und fixierte den ausgezehrten Mann aus seinen kleinen Schweinsaugen. Obwohl der Gefangene die beiden um fast zwei Köpfe überragte, fühlt er sich nun schrecklich hilflos. Früher hatte allein seine hünenhafte Statur für Ruhe gesorgt, wenn er eine Kneipe betrat. Jetzt war er in den Händen von Versagern, die eine Uniform tragen durften.

Wenn man Verlierern nur ein klein wenig Macht gab …, dachte der Gefangene und biss die Zähne zusammen. Er hatte selbst genug Verhaftungen vorgenommen, um zu wissen, dass es jetzt an der Zeit war, die Klappe zu halten.

»Wolf«, war das einzige Wort, das Brammel lang gezogen und voller Verachtung sprach. »Friedrich Wolf, der böse Bulle. Ein Wolf im Schafspelz sozusagen.« Der Scharführer stupste seinen jungen Kameraden in die Seite, beide verfielen in schallendes Gelächter. »Doch hier hast du keinen Namen mehr, nur eine Nummer. Du bist ein Nichts, hast du verstanden?«

»Jawohl!«, brüllte der Gefangene. Sein Blick ging starr geradeaus über die Felder, bis er sich einen Punkt an den Wachtürmen suchte.

Brammel trat so nah an ihn heran, dass er den Geruch von Kaffee mit Schnaps riechen konnte. Richtigen Kaffee, nicht die braune Brühe aus Getreide, die die Häftlinge jeden Morgen zum Frühstück bekamen.

»Deine Uniform ist dreckig, Bulle.«

Am liebsten hätte der Gefangene den Kopf des Mannes einfach mit den Händen zerdrückt. Früher, in Düsseldorf, hätte Brammel sich nicht einmal getraut, ihn auch nur schief anzusehen. Doch das halbe Jahr hier im Strafgefangenenlager zehrte unbarmherzig an seinem körperlichen Zustand. Er war abgemagert, die Oberarme hatten die Hälfte ihres Umfangs eingebüßt, seine Knie zitterten bedrohlich. Und doch war sich der Gefangene sicher, dass er die beiden Wärter in Grund und Boden hätte stampfen können. Wären da nicht die anderen SA-Soldaten mit ihren automatischen Waffen gewesen. Nur ein schneller Schlag gegen den Kehlkopf des Jüngeren und ein kräftiger Stoß mit dem Gewehrkolben gegen den Dicken und sie lägen beide am Boden.

Schnell und lautlos – so wie er es gerne hatte.

Die Hände des Gefangenen formten sich zu Fäusten.

Nicht sehen, nicht gesehen werden.

Für Gefangene gab es nur diese eine gottverdammte Regel. Selbst diese war er nicht imstande einzuhalten. Er versuchte, die aufkommende Wut mit aller Macht zu unterdrücken. Genau das hatte ihn in diese Lage gebracht.

»Ekelhaft«, spie Brammel aus und wischte mit dem behandschuhten Finger über den grünen Balken auf der Gefängniskluft des Häftlings, die diesen als Kriminellen auswies. Er kam noch ein Stück näher, zog hörbar Luft in seine Nase. »Und wie du stinkst. Als würdest du dich gerne im Dreck suhlen, Bulle.«

Was die beiden Idioten natürlich nicht wussten, dass das Wort Bulle aus dem Niederländischen kam. Es hatte früher einmal so viel wie *Mensch mit Köpfchen* bedeutet. Doch das war hier gleichgültig.

Der Gefangene hatte Mühe, die Kontrolle zu behalten. Seine Zähne mahlten gefährlich aufeinander. Mit jeder Bewegung ging sein Kiefer mit.

Brammel registrierte das, es schien ihn zu erfreuen. »Runter auf den Boden, Wolf. Und zeig mal, was für ein harter Kerl du bist.«

Er wusste, was das zu bedeuten hatte. Sofort legte er sich bäuchlings in das nasse Gras und begann mit Liegestützen. Vor seinen Augen baumelte die Ochsenpeitsche. Dann kam der erste Schlag.

»Schneller, Grüner! Wir haben nicht den ganzen Tag Zeit.«

Der junge SA-Mann zog das Oberteil der Häftlingsuniform bis zum Hals, damit sein Kamerad den nackten Rücken treffen konnte. Bei jedem Schlag durchzogen heftige Schmerzen seinen ohnehin schon gepeinigten Körper. Es war, als schlüge der Teufel selbst mit seiner brennenden Peitsche auf ihn ein. Erst war es nur die Willkür, die ihn wütend machte, doch als die Folter einfach kein Ende nehmen wollte, bemerkte der Gefangene, wie Tränen aus seinen Augen flossen und Zorn sich mit Hilflosigkeit zu einer unaussprechlichen Pein vermischten. Die Kraft verließ ihn allmählich. Er würde es nicht mehr lange durchhalten …

»Wo ist der große Wolf jetzt?«, schrie Brammel, schon ganz außer Atem. Endlich versiegten die Schläge. »Ich muss mich ausruhen.«

Bereits im nächsten Moment spürte der Gefangene ein Gewicht auf seinem Rücken. Brammel hatte sich auf seine Schulterblätter gewuchtet und stützte sich mit der Hand auf seiner blutigen Haut ab. »Los, weiter!«

Er schaffte nicht auch nur eine weitere Liegestütze. Es schien, als würde das Gewicht des Mannes ihn zerdrücken. Aus den Augenwinkel erkannte er, wie die anderen Arbeiter kurz hochblickten, nur um dann schneller zu arbeiten.

Nichts sehen, nicht gesehen werden.

Sie verstanden die Regel. Die meisten waren Politische. Rote Winkel. Nur hier, weil ihre Meinung Hitler nicht passte und die Nationalsozialistische Deutsche Arbeiterpartei systematisch ihre Opposition bekämpfte. Normalerweise wurden sie härter rangenommen. Heute war er dran und sich damit nicht sicher, ob er den Tag überleben würde.

»Du kannst also nicht mehr«, zischte Brammel und erhob sich.

Obwohl sein Blick durch einen milchigen Schleier aus Schmerz und Tränen getrübt war, schaffte es der Gefangene, nach oben zu schauen. Der Scharführer nahm seine Peitsche etwas fester, blickte auf ihn herab. »Vielleicht sollte ich dich etwas motivieren.«

Als die Peitsche ein weiteres Mal auf die aufgeplatzte Haut seines Rückens klatschte, hatte Wolf das Gefühl, endgültig den Verstand zu verlieren.

»Ich werde dich windelweich …«

War das ein Traum?

Dieses Geräusch! Noch nie war er so froh gewesen, das Hupen des Transporters zu hören. Brammel ließ die Peitsche sinken.

»Schluss für heute«, sagte er an seinen SA-Mann gewandt. »Lass die Gefangenen antreten, dann wird das Material gereinigt und gezählt, anschließend Abmarsch ins Lager.«

Noch einmal drehte sich Brammel mit hasserfüllten Augen um. Ihre Blicke trafen sich und der Gefangene wusste, dass ihm die heiße Mahlzeit, die im Innenraum des Lagers auf Brammel wartete, das Leben gerettet hatte.

Der junge Soldat schrie Befehle, die Männer kamen langsam aus den Torfgruben, und auch Wolf schaffte es allmählich, wieder auf die Knie zu kommen. Sein Atem war schwer, der Rücken brannte wie Feuer, das Blut rauschte in seinen Adern und doch lebte er. Allerdings konnte er sich nicht sicher sein, wie lange noch. Brammel liebte es, die Menschen aus nichtigen Gründen in den Tod zu prügeln, sie von den Hunden bei lebendigem Leibe zerfleischen zu lassen oder sie zu verstümmeln. Auch Wolf hatte schon Menschen geschlagen, verprügelt, manch einem sogar ein Messer in die Hand gejagt. Die dunkle Hand des Todes war ihm ebenfalls nicht fremd. Doch das war damals gewesen, im Großen Krieg. Viele Jahre her. Danach, im Polizeidienst, waren es Mörder, Vergewaltiger – Abschaum, der den Tod verdient hatte. Nie aus Willkür oder gar purer sadistischer Freude. Alles erfüllte seinen Zweck.

Nur nicht hier.

Ein paar Sekunden noch sah der Gefangene Brammel nach. Bevor er hier abtrat, würde er diesen Schlächter mitnehmen. Koste es, was es wolle.

KAPITEL 1

- EMSLÄNDER NÄCHTE -

»Verdammter Mist«, fluchte Wolf leise, als er sich im Bett umdrehte. Im nächsten Moment schon hätte er sich *selbst* verfluchen können. Sprechen nach dem Zapfenstreich war strengstens untersagt. Die Kapos und andere Funktionshäftlinge kontrollierten die Regeln eisern, nur um die Gunst ihrer Aufseher zu erhaschen. Für jeden verratenen Häftling gab es eine größere Ration, eine Packung Zigaretten, manchmal sogar ein halbes Laib Brot. So schuf man absolute Macht, mit einer alles umfassenden Tyrannei, in der jeder vor jedem Angst hatte.

Wolf atmete aus, verzog vor Schmerzen das Gesicht. Häftlinge, die andere Insassen verrieten – ein Terrorregime, das jeden Widerstand auslöschte, indem sich niemand mehr sicher sein konnte. Das Reich hatte es wahrlich weit gebracht. Und das Schlimmste war, ihn hatte es eigentlich nicht mal sonderlich interessiert. Zumindest nicht bis zu dem Zeitpunkt, bis auch er die volle Dosis der mächtigen Obrigkeit zu spüren bekam.

Wolf vernahm Husten, dann ein Röcheln. Irgendjemand spuckte auf den Boden. Wahrscheinlich blutiger Auswurf. Wie viele würden die Nacht nicht überleben und an einer Lungenentzündung zugrunde gehen? Solche Fragen überging man lieber, allein der Gedanke daran ließ Wolf das Blut in den Adern gefrieren.

Kein Wunder. Brammel hatte die ganze Baracke vor wenigen Tagen bei Schneefall und mit freiem Oberkörper draußen antreten lassen und war danach zu seiner Schafkopfrunde verschwunden. Erst Stunden später kam der Scharführer betrunken und bester Laune zurück.

Mittlerweile hatte Wolf das Gefühl beschlichen, er kalkulierte die täglichen Todesfälle ein.

Erneut biss er in der Dunkelheit die Zähne aufeinander. Auf dem Rücken zu schlafen war unmöglich. Brammels mit Fett eingeweichte Peitsche hatte ganze Arbeit geleistet. Er hatte die Verletzungen nur notdürftig versorgen können. Noch immer brannten die offenen Wunden, als würde eine unsichtbare Macht jede Minute Salz hinein reiben. Auf der anderen Seite der Pritschte ruhte ein Politischer, dessen Namen er schon wieder vergessen hatte. Wolf musste sich anstrengen, nicht auf den kalten Boden der Baracke zu knallen.

Die Hochbetten waren mit jeweils vier Mann belegt. Das Emslandlager II bot nach dem Ausbau Platz für 1.500 Häftlinge. Wolf hatte allerdings das Gefühl, als wären es Hunderte mehr. Jeden Tag stiegen neue Gefangene aus den Waggons an dem provisorischen Bahnhof des Lagers, die Anzahl der Politischen überwog bei Weitem. Seitdem das Kabinett 1934 per Gesetzbeschluss die Befugnisse des Reichpräsidentenamts an Kanzler Hitler übertragen hatte, waren die Verhaftungen sprunghaft angestiegen.

Wolf wusste noch genau, wo er an diesem Tag gewesen war. Natürlich bei Helene. Wo auch sonst. Sie war in all den Jahren nicht nur zu einer guten Freundin geworden, sondern mittlerweile so etwas wie sein moralischer Anker. Als Prostituierte. Hatte sie ihn nicht gewarnt, dass ihn die Korruption, der Alkohol, die ganzen Schlägereien und die Hurerei irgendwann in den Knast bringen würden?

Was sie wohl gerade in diesem Moment machte? Wahrscheinlich Kunden bedienen, dachte er wehmütig und wünschte sich nichts sehnlicher, als selbst dieser glückliche Tropf zu sein, dem Helene in dieser kalten Nacht ein wenig Wärme schenkte. Genau wie er war auch sie in die Jahre gekommen, doch was sie mit ihrem Mund anstellen konnte, war noch immer …

Seine Gedanken wurden unterbrochen, als ein Kapo die Tür aufriss.

»Er liegt dort drüben«, hörte Wolf den Mann sagen. Anschließend wurde das Licht angeschaltet. Nach der Anzahl der Schritte zu urteilen waren es mehrere Soldaten, die sich näherten. Er schloss die Augen und stellte sich schlafend.

Nichts sehen, nicht gesehen werden.

Ein Kloß verfestigte sich in seinem Hals, als die Gruppe vor seinem Hochbett stoppte. Der feste Tritt gegen das Bettgestell brachte endgültige Gewissheit. Dieses Mal würde der Kelch nicht an ihm vorübergehen. Das war es also. Brammel hatte ihn nicht vergessen. Der Dicke wollte die Tortur des Abends beenden. Wolf würde nie wieder ein Bier kosten dürfen oder den Kuss einer Frau auf seinen Lippen spüren. Die einzige Frage, die es jetzt noch zu beantworten galt, war: Wie lange würde Brammel seinen perversen Leidenschaften frönen, bevor er ihm den Gnadenstoß gab?

Der Kapo sah mit finsteren Augen auf ihn herab, hatte bereits seinen Knüppel in der Hand. »Das ist der Gefangene, den Sie wollten.«

Erst jetzt öffnete Wolf langsam die Lider und gab nicht einmal vor, verschlafen zu sein. Er erkannte drei Soldaten der Schutz-Staffel. Verdammt, was hatte sich Brammel jetzt wieder überlegt?

»Anziehen, mitkommen!«, waren die einzigen Worte, die der Scharführer der SS ausspuckte. Schnell zog einer der Männer die Decke weg und Wolf wurde von den Soldaten grob aus den Schlafsaal gezerrt. Er hatte gerade noch Zeit, die Häftlingskluft überzuwerfen. Es war den Gefangenen strengstens untersagt, beim Schlafen etwas über ihren fröstelnden Körper zu ziehen. Ein weiteres Mittel absoluter Demütigung.

Auch diese Männer überragte Wolf, jedoch war ihnen ihre militärische Ausbildung anzusehen, die weitaus fundierter gewesen sein musste als die der bewachenden SA.

Ein kühler Wind pfiff über das Strafgefangenenlager, als Wolf nach draußen gestoßen wurde. Die Lichterkegel der Wachtürme erhellten einen Teil des Exerzierplatzes und verwandelten den ohnehin schon mit Trauer und Schmerz erfüllten Ort zu einer gespenstischen Kulisse. Welche Rolle hatte Brammel ihm in diesem Schauspiel heute zugedacht? Suchte er jemanden, den er aus Lust am Foltern zerstören konnte oder wollte er ein Lamm, das um sein Leben bettelte?

Letzteres durfte er ihm keinesfalls gönnen, koste es, was es wolle. Wolf schob die Gedanken beiseite, als sie das Tor zur Verwaltung passierten. Auf der linken Seite konnte er sogar die Spitze des Zehn-Meter-Springturms erkennen. In wenigen Wochen würden sie Wasser in das Schwimmbecken lassen. Ein Schwimmbad im Freizeitpark für die Bewacher, errichtet von den Gefangenen. Ab und zu hörte man im Sommer vergnügte Schreie, wenn die Mannschaften frei hatten und mit ihren Familien dort nach Kurzweil suchten. Wolf schnaufte abfällig. Obwohl der Wind bitterkalt über seine Haut strich, spürte er, wie das Blut in seinem Schädel anfing zu rauschen. Die Narben früherer Schlachten begannen zu schmerzen. Besonders jene, die sich von seinem linken Auge über die Wange bis zu seinem Hals herabzog, spannte unaufhörlich. Ein Andenken seines alten Chefs. Kein Wunder, dass Wolf gerade jetzt an diesen Bastard denken musste. Er hatte den Major der Polizei, Harald Fritsch, einst bewundert. Ein leuchtender Stern am Himmel der Düsseldorfer Ordnungspolizei. Dass er seinetwegen in diese Lage geraten war, musste der traurigen Ironie des Schicksals geschuldet sein.

Wolf wurde vorbeigeführt an SA-Soldaten, die gelangweilt oder argwöhnisch dreinblickten, abhängig von Stellung und Interesse. Im großen Verwaltungshaus stoppte der Trupp. Die Wärme der Räume schlug augenblicklich in Wolfs Gesicht. Unglaublich. In den Baracken fror man sich den Hintern ab und hier liefen sie mit offenem Hemd herum. Es wurden Worte mit dem Wachhabenden gewechselt, die Wolf nicht verstehen konnte. Dann packte einer der SS-Soldaten ihn grob am Arm und führte ihn weiter. Sie schoben ihn eine ausladende Treppe herauf in den ersten Stock. Etliche Lichter waren gelöscht, niemand sagte ein Wort.

Wolf hatte bisher in seinem Leben selten Angst gehabt.

Als er sich als Freiwilliger zum Großen Krieg meldete und in den Schützengräben von Verdun beinahe verreckte, wusste er, dass er überleben würde.

Als sein Vater, der alte Hurenbock, ihn nächtelang mit dem Gürtel grün und blau schlug, weil seine Frau weggelaufen war, wusste er, dass er überleben würde.

Und als ein völlig besoffener Raubmörder ihm bei einer Verhaftung den halben Bauch aufschlitzte, wusste er ebenfalls, dass er irgendwann wieder aufwachen, der Schmerz versiegen und er bald weiterleben konnte.

Hier und jetzt, an diesem Ort, der irgendwo zwischen einer schrecklichen Realität und einem Albtraum lag, war er sich nicht mehr so sicher.

Der Trupp stoppte in der Mitte des Gangs. Wolf wurde angehalten, stramm zu stehen, der SS-Scharführer klopfte an die Tür, wieder fielen Worte, dann ein kurzes Nicken. Der Soldat bedeutete ihm, näher zu kommen. Noch bevor sich seine Augen an das Licht gewöhnt hatten, knallte die Tür.

»Oberwachtmeister Friedrich Wolf?«

Erst jetzt erkannte er, dass er nicht allein war. Vor ihm saß ein Obersturmführer der Schutz-Staffel. Sofort nahm Wolf Haltung an, griff an sein Haupt. Verdammt, in all der Eile hatte er seine Mütze vergessen. Allein deswegen konnten sie ihn an den Galgen bringen. Er musste sich räuspern. »Jawohl. Der Gefangene Nummer …«

»Gut«, unterbrach ihn der Mann und erhob sich. Lächelnd ergriff der Offizier seine Hand und schüttelte sie kräftig. »Ernst Kampa, es freut mich, endlich Ihre Bekanntschaft zu machen. Bitte, setzten Sie sich.«

Der Mann nahm Platz, unsicher folgte Wolf an der gegenüberliegenden Seite des Tischs. Wann hatte ihn zuletzt jemand mit seinem Rang angesprochen? Erst jetzt erlaubte Wolf sich umzusehen. Er befand sich in einem Verhörzimmer. Früher war er selbst oft in diesen Räumen gewesen – allerdings hatte er einst auf der anderen Seite gesessen. Lediglich ein Tisch und zwei Stühle gehörten zum Interieur des Raums. Vor ihm stand eine dampfende Tasse Kaffee und eine offene Zigarettenschachtel.

»Bitte, bedienen Sie sich«, sagte Kampa lächelnd und zündete sich selbst eine an.

Noch wusste Wolf nicht, wie er diesen Burschen einzuordnen hatte. Er war ein alter Hase im Polizeidienst, das Beobachten von Menschen lag in seiner Natur. Hoffentlich hatte Brammel ihm seine Fähigkeiten nicht vollends aus dem Kopf geprügelt. Er konzentrierte sich, wie schon so oft zuvor, wenn er mal wieder in einer verrauchten Kneipe nach Verdächtigen Ausschau gehalten hatte. Er atmete tief ein, die Zeit schien langsamer zu laufen.

Die mittellangen, blonden Haare des Offiziers waren zu einem akkuraten Scheitel gekämmt. Der Mann besaß ein schmales Gesicht, war perfekt rasiert und sogar der Schmiss – wahrscheinlich eine Schnittverletzung aus einer schlagenden Verbindung, anders war diese Narbe nicht zu erklären – fügte sich gut in das ansonsten sanfte

Aussehen. Mit den durchdringenden, blauen Augen war er der Inbegriff eines Ariers. Hitlers Liebling. Die Ärmelraute drei Zentimeter über dem Band wies ihn als Führer im medizinischen Dienst aus. Er hatte also studiert und trug den Äskulapstab am linken Arm, dennoch hatte er sich nicht als Doktor vorgestellt. Entweder war dieser Mann überaus bescheiden oder die Tatsache war für ihn nicht wichtig. Seiner Ausdrucksweise nach zu urteilen stammte er aus gutem Hause. Er wirkte weder nervös, noch aufgesetzt. Zudem fehlte das aggressive Blitzen in den Augen jener Männer, die sich daran ergötzten, Macht über Menschen zu besitzen. Er war also mit Einfluss aufgewachsen, wahrscheinlich aus einer angesehenen Familie stammend. Doch all das brachte Wolf leider keinen Deut weiter. Dazu kam, dass der Offizier eine fast schon unheimliche Ruhe ausstrahlte. Lediglich das nervöse Wippen seines rechten Beins deutete darauf hin, dass ihm die Zeit davonlief.

»Danke schön«, murmelte Wolf, nahm die Salem No. 5 Zigarette und ließ sich Feuer geben. Es folgte ein Schluck Kaffee. Er wurde vom Hustenreiz durchgeschüttelt. Wolf musste sich bemühen, nicht die Augen zu schließen. Das hier war richtiger Kaffee, nicht der Mist, den die Gefangenen bekamen. Und erst die Kippe … wenn es seine letzte sein sollte, würde er sie genießen. Ein Hauch von Leben floss in seine Adern zurück.

Kampa besaß einen fast stechenden Blick, so einen, bei dem die Frauen direkt ihren besten Augenaufschlag auflegten und ihr Lachen eine Nuance höher wurde. Dazu sein Aussehen, die Tatsache, dass er Arzt war –

Wolf war sich sicher, dass dieser Mann noch nie eine Nacht bei einer Prostituierten verbracht hatte. Hatte er nicht nötig.

Kampa ließ Wolf selbst nicht aus den Augen, als er aus seiner Tasche eine Akte fischte und diese sanft, beinahe bedächtig auf den Tisch legte. Erst als er sie aufklappte, sah er nach unten und stützte sich mit der einen Hand ab, als würde er gerade eine besonders interessante Stelle in einem Buch lesen.

»In Ihrer Akte steht eine ganze Menge«, sagte er leise, mit einem gespielten Hauch von Anerkennung. »Was ist aus Ihrer Mutter geworden?«

Die Frage kam aus heiterem Himmel, dass es sich anfühlte wie ein Donnerschlag. Fast wären Wolf die Gesichtszüge entglitten. Oh, dieses Aas. Er wusste, welche Stellen am meisten wehtaten. Wolf überspielte den Zorn in seinem Inneren und zuckte lediglich mit den Schultern. »Hat es irgendwann nicht mehr ausgehalten und ist abgehauen.«

»Einfach so?«

»Einfach so«, schnaubte Wolf und lehnte sich zurück. Er unterdrückte den aufkommenden Schmerz der blutenden Wunden. »Wenn man Tag für Tag Prügel von seinem Gatten bezieht und dauernd von ihm vergewaltigt wird, ist jeder Ort besser als das eigene Zuhause.«

Kampa nickte verstehend. »Zurück blieben Sie und der Hass Ihres Vaters.«

»Irgendwer muss es immer abkriegen.«

»Zumindest, bis Ihr alter Herr diesen …« Kampa lehnte sich über den Tisch, blickte in Richtung der einzigen Lampe und suchte nach den richtigen Worten. »… tragischen Unfall hatte.«

Obwohl er es nicht wollte, musste Wolf lächeln. »Wenn man betrunken noch ein Bad nehmen will, kann man schon mal ersaufen.«

Wieder fixierte Kampa Wolf und blätterte ein paar Seiten weiter. »Nach mehreren Gelegenheitsarbeiten bei Schreinern, Wirten, Bauern und Jägern meldeten Sie sich anschließend zum Großen Krieg. Sogar ein Eisernes Kreuz 2. Klasse dürfen Sie Ihr Eigen nennen.« Kampa pfiff anerkennend. »Mehrere Feinde mit bloßen Händen abgewehrt, Tapferkeit und Mut, sehr eindrucksvoll.« Wolf sagte kein Wort, als der Offizier erneut blätterte. »Mit diesen Referenzen sind Sie schließlich in den Ordnungsdienst der Düsseldorfer Polizei eingetreten, haben es in all den Jahren aber nicht geschafft, über den Rang eines Oberwachtmeisters hinauszukommen.« Kampa zog die Stirn in Falten. Diese Tatsache schien ihn zu amüsieren. »Andere sind in Ihrem Alter längst Major, mindestens aber zu Hauptleuten aufgestiegen. Doch Ihre Aktenvermerke bestehen lediglich aus Korruption, Gewalt gegen Zivilisten, Trunkenheit im Dienst, Förderung der Prostitution, kriminelle Einflussnahme und, und, und.« Er machte eine kurze Pause, zog an seiner Zigarette und lächelte. »Eigentlich wären Sie schon viel früher eingesperrt worden, doch immer wieder konnte Ihr Chef das verhindern, weil Sie eine der höchsten Verhaftungsquoten in ganz Düsseldorf aufweisen. Sie scheinen den richtigen Riecher zu haben und scheuen sich nicht davor, Gewalt anzuwenden. Stimmt das?«

Ganz klar, dieser Mann hörte sich gerne selbst reden. Und trotzdem war es eine Wohltat, dieser ruhigen und sachlichen Stimme zuzuhören. Wolf hielt es für das Beste, ihm recht zu geben.

»So ungefähr.«

Kampa überkreuzte die Arme. »Ihren ehemaligen Kollegen nach zu urteilen kennen Sie in Düsseldorf so ziemlich jede Prostituierte, jeden Taschenspieler, Kleinganoven oder Schläger.« Seine Stimme wurde fordernder. »Der gesamte Abschaum, der sich erst bei Anbruch der Nacht aus den Häusern wagt, ist Ihnen also wohlbekannt?«

Wolf mahnte sich zur Vorsicht. Noch immer konnte er diesen Mann nicht durchschauen, allerdings sprach die Akte für sich, eine Lüge würde er sofort erkennen. Er hatte schon viele Tölpel kennengelernt. Einfaltspinsel, die einem jedes Wort abnahmen, wenn man nur entsprechend auftrat. Dieser Offizier gehörte definitiv nicht dazu. Natürlich lagen etliche Geschichten weitaus komplizierter, doch im Großen und Ganzen passte der zusammengefasste Lebenslauf. Leider. Wem machte er etwas vor? Es hatte keinen Sinn, sich zu winden. Es stand schwarz auf weiß auf den Blättern vor ihm.

»Ja«, hauchte er schließlich.

Kampa nickte zufrieden. Er hatte das bekommen, was er wollte. Genüsslich klappte er die Akte zu und ließ sie in seine Tasche gleiten.

»Dann sind Sie genau der Richtige. Sie werden neu eingekleidet und dann fahren wir.«

Eine geschickte Form der Folter. Er hatte Brammel gar nicht zugetraut, so eine perfide Schau zu organisieren. Die SS-Uniformen wirkten echt, dazu dieser Mann mit seinen stechenden Augen und dem einnehmenden Auftreten. Bestimmt ein Leutnant, der Brammel einen Gefallen schuldig war.

Wolf hielt den Atem an.

Wenn er ganz ruhig war, konnte er dann nicht sogar das Gelächter der SA-Wachmannschaft aus dem Nebenzimmer hören? Vielleicht würden sie ihn wirklich neu einkleiden und in ein Auto steigen lassen. Wenn sie es auf die Spitze trieben, fuhren sie sogar vor das Tor, nur um im letzten Moment umzudrehen und ihn wieder in seine Baracke zu führen. Wolf konnte jetzt schon Brammels kleine Schweinsaugen sehen, aus denen er sich die Lachtränen wischen musste.

Hast du wirklich geglaubt, dass wir dich gehen lassen, böser Wolf? Du wirst für immer hier bleiben. Und jetzt zieh dich aus, der Schlauch mit kaltem Wasser wartet schon auf dich.

Zumindest im besten Fall. Noch immer war Wolf nicht vollends davon überzeugt, dass er den nächsten Sonnenaufgang erleben würde. Er fuhr sich über das stoppelige Kinn und erinnerte sich daran, dass auch ein Bart unter Strafe stand.

»Wenn mir die Frage erlaubt ist, wohin fahren wir, Herr Obersturmführer?«

»Nach Düsseldorf. Abfahrt in zehn Minuten. Stehen Sie bitte auf, es gibt eine Menge zu tun.«

Wolf nickte müde, erhob sich langsam. Sollten sie ihren Spaß haben. Ändern konnte er es beileibe nicht.

»Natürlich gibt es das.«

KAPITEL 2

- TOTENRUHE -

Wolf wollte nicht schlafen.

Die quälende Ungewissheit ließ ihm keine Ruhe. Zu seiner Überraschung hatten sie ihn tatsächlich neu eingekleidet und sogar seine Wunden versorgt. Die alten Utensilien waren wohl verloren gegangen. Woher die Stücke stammten, wollte er gar nicht so genau wissen. In dem Nadelstreifenanzug, der etwas zu eng saß, sah er aus wie ein Geldeintreiber. Sie gaben ihm passende Schuhe sowie einen Hut und führten ihn zu einer Wagenkolonne. Drei Adler Trumpf Junior.

»Beinahe fabrikneu«, hörte Wolf Kampa sagen. In seiner Stimme lag der Anflug von Stolz. »Baujahr 1937, 25 Pferdestärken, bei freier Fahrt kann der Torpedo bis zu 95 Kilometer die Stunde machen. Schon einmal in so einem Gefährt gesessen?«

Wolf schüttelte den Kopf und stieg ein. Es würde eine kurze Fahrt werden, dachte er noch, als die Türen sich schlossen und der Motor sein monotones Surren über das nächtliche Lager II warf. Obwohl Wolf sich zur Ruhe anhielt, kam er nicht umhin zu bemerken, wie sein Herz einen Sprung machte, als das Haupttor geöffnet wurde. Er spürte etwas, was er schon lange vergessen geglaubt hatte: Hoffnung.

Vielleicht hatten sie in diesem halben Jahr noch nicht jeden Funken Menschlichkeit aus ihm herausgeprügelt.

Bald schon drang ihm nicht mehr dieser widerliche Gestank des Moors in die Nase. Die Bäume flogen immer schneller an ihm vorbei. Es war, als befände er sich in einer anderen Welt, ohne Stacheldrahtzäune, bellende Hunde und sadistische Aufseher. Und das, obwohl sie nur wenige Kilometer gefahren waren. Wie gebannt starrte Wolf aus dem Fenster, sein Blick verlor sich in der Dunkelheit. Er wünschte sich für einen Herzschlag, dass diese Fahrt ewig dauern würde. Der Schlafmangel zehrte an ihm. Er wollte aufmerksam bleiben, sah noch einmal zu Obersturmführer Kampa neben sich und registrierte, dass der Offizier die Augen geschlossen hatte. Empfand er weder Angst noch Furcht in Gegenwart eines Gewaltverbrechers? Oder war es die Sicherheit, welche die beiden bewaffneten Soldaten im vorderen Teil mit sich brachten? Nach wie vor wartete Wolf darauf, dass die Kolonne im tiefen Wald umkehrte oder ganz hielt. Ein paar letzte Worte und dann ein Genickschuss im tiefen Nebel. Andererseits, warum der Aufwand – sie hatten im Lager schon ganz andere Leute wegen Nichtigkeiten mitten auf dem Exerzierplatz totgeprügelt. Ohne es wirklich zu wollen, schüttelte Wolf mit dem Kopf.

Sei nicht so melodramatisch, Mann!

Als der Fahrer nach etlichen Kilometern immer noch keine Anstalten machte zu drehen, verlor Wolf die Konzentration. Das gleichmäßige Wummern des Wagens war einschläfernd, sein Kopf schwer und er hatte das Gefühl, als würden auf seinen Lidern Tonnen lasten. Nur ein kurzer Moment der Ruhe …

*

»Herr Obermeister!«

Warum … warum um alles in der Welt hatten die Kapos keine Gnade? Ausnahmsweise waren es keine Albträume, die Wolf in dieser Nacht heimsuchten. Zum ersten Mal seit seiner Ankunft im Lager waren es schöne Träume. Von Alkohol, der in Strömen floss, rosigen Nippeln, die er küsste, und süßlichem Tabak, der in der Luft lag.

»Wolf, wachen Sie auf! Wir sind gleich da.«

Drecks Kapos! Irgendwann würde er die Aufseher und Brammel ungespitzt in den Boden rammen. Eine Sekunde der Ruhe gönnte er sich noch, dann schlug er die Augen auf. Alles war besser, als den Knüppel schon morgens zu spüren.

Es brauchte nur wenige Momente zur Erkenntnis: Er war nicht mehr im Lager. Vor seinen Augen breitete sich nichts Geringeres als seine Heimatstadt auf.

»Der Rhein«, flüsterte er.

»Sie klingen überrascht.«

Wolf traute seinen Augen nicht. Verdammt, er konnte sich nicht daran erinnern, wann er zum letzten Mal geheult hatte, aber jetzt war ihm danach zumute. Es war früh am Morgen. Gerade kroch die Sonne über den Horizont und spiegelte sich sanft auf der Wasseroberfläche.

Hauchdünne Wogen ließen erahnen, mit welcher trotzigen Stetigkeit der Fluss seinen Weg suchte.

»Wo sind wir?«, wollte Wolf wissen.

Kampa blickte kurz aus dem Fenster. Er sah nicht aus, als hätte er geschlafen, und lugte immer wieder von seinen Notizen auf die Straße. Der Offizier strotzte vor Tatendrang und schien nervöser, mit jedem Meter, dem sie sich Düsseldorf näherten.

»Wir passieren gerade Kaiserwerth.«

»So schnell?«

»Nun, des Führers Autobahnen leisten ganze Arbeit. Wir sind die ganze Nacht gefahren, die Sache duldet keinen Aufschub.«

Jetzt erkannte auch Wolf die zwei mächtigen West-Türme der Stiftskirche St. Suitbertus. Mehrmals hatten ihn Ermittlungen auf den Marktplatz und die Kaiserpfalz geführt. In den gespenstischen Ruinen, die noch von Kaiser Barbarossa erbaut worden waren, hatte er beinahe einmal aus Versehen einen Mönch erschlagen. Nur gut, dass er dann noch den richtigen Halunken gefunden hatte. Konnte ja keiner wissen, dass der Verdächtige sich die Kutte nur zur Tarnung angezogen hatte.

»Sie haben bestimmt Appetit«, fuhr Kampa übermäßig freundlich fort.

Appetit – wie sich das anhörte. Wolf hätte ein ganzes Schwein verdrücken können – zu lange hatte er nicht mehr das Gefühl von Appetit verspürt, das einzige war Hunger gewesen. »Habe ich.«

»Das kann ich verstehen, aber das muss leider warten. Wir haben wichtigere Dinge zu tun.«

Ihre Blicke trafen sich. »Und das wäre?«

Kampa atmete tief. Es fiel ihm sichtlich schwer, darüber zu reden. »Alles zu seiner Zeit. Wir sind gleich da.«

Von Kaiserwerth bogen sie auf die Danziger Straße. Bald schon nahm der Verkehr zu. Viel hatte sich nicht verändert. Ein paar Hakenkreuzbanner mehr als vor seiner Verhaftung wippten von den Häuserdächern im Wind mit. Die Menschen gingen zur Arbeit. Vor einem Bäcker hatte sich eine Schlange gebildet, einige ältere Damen lachten. Hier und da waren Polizisten in olivgrüner Montur zu sehen. Dieser unbequeme Dienstrock löste etwas in Wolf aus. Er hatte lange Zeit genau so einen getragen. Es fühlte sich an, als wäre es in einem anderen Leben gewesen. Alles schien seinen gewohnten Gang zu nehmen. Ganz so, als hätte er die Stadt niemals für einen Abstecher in die Hölle verlassen.

Als der Wagen vor dem Nordfriedhof hielt, konnte Wolf gar nicht schnell genug aussteigen. Ein strammer Wind umspielte sein Gesicht, sodass er den Anzug zuknöpfte. Erst jetzt bemerkte er, wie sein Rücken schmerzte. Die Peitschenhiebe würde er noch lange im Gedächtnis behalten. Trotz der Wunden streckte er seinen Rücken durch. Seine Beine gaben nach, nur schwerlich begann sein Kreislauf wieder zu arbeiten. Schließlich überwog die Euphorie der vorgeblichen Freiheit.

»Kommen Sie bitte mit.« Kampa ging voran, seine SS-Männer nahmen sie in die Mitte, hielten aber respektvollen Abstand. Ohne ein weiteres Wort zu verlieren, führte Kampa ihn mit schlafwandlerischer Sicherheit durch die Anlage.

Auch der Nordfriedhof war Wolf wohlbekannt. Zu oft verschlug es hier das Gesindel hin. Tempelbauten wechselten sich mit verzierten Gruften und Engelsgestalten ab. Manche Grabsteine waren längst verwittert, vor anderen lagen noch frische Blumen.

Memento mori – bedenke, dass du sterblich bist.

Er konnte sich nicht erinnern, wann er diesen Ausspruch aufgeschnappt hatte, aber auf eine sehr bedenkliche Art war er zu seinem Credo geworden. Es war ihm unbegreiflich, warum nicht alle Menschen das Leben in vollen Zügen genossen. Es konnte so schnell vorbei sein. Besonders die Gräber der reichen Industriellen übertrafen sich in Prunk und Marmor, als wollten sie den Tod ein letztes Mal übertrumpfen. Natürlich wartete am Ende der Reise auch für sie der Unvermeidliche, wie für alle anderen, die hier lagen oder über diese geheiligte Erde wandelten.

Bald schon nahmen die frisch ausgehobenen Gräber zu. Blumenmeere schmückten einfache Mahnsteine. Wolf las die Daten beiläufig. Gevatter Tod hatte viele von ihnen erst vor ein paar Tagen heimgesucht.

»Herr Obermeister, kommen Sie?«

Wolf war sich nicht bewusst, dass er zurückgefallen war. Gemächlich schloss er auf.

»Dort.« Die Stimme des Obersturmführers zitterte nun gewaltig. Vor einem Grab hielten zwei Soldaten der SS Wache. Sie tranken Kaffee aus dem Versorgungsgeschirr und unterhielten sich angeregt, bis sie Kampa erblickten. Augenblicklich nahmen sie Haltung an.

Auch wenn Wolf keine weitere Schulbildung genossen hatte, war ihm schlagartig bewusst, dass Kampa ein wenig mehr Einfluss hatte, als es den Anschein machte. Das Pendant eines Obersturmführers bei der Wehrmacht war lediglich ein Oberleutnant. Dieser Mann hatte mehrere Wagen zur Verfügung, darüber hinaus die Macht, ihn einfach so aus dem Strafgefangenenlager zu holen, und etliche Bereitschaftssoldaten unter sich.

»Sie müssen gute Verbindungen haben.« Es war an der Zeit, ein wenig mehr aus diesem undurchsichtigen Menschen herauszukitzeln.

Kampa bedachte ihn mit einem kurzen Seitenblick, der keine Deutung zuließ. »Eher meine Familie, besonders mein Vater.«

Die unverhohlene Art überraschte Wolf nicht. Wahrscheinlich hatte er das Studium in Rekordzeit beendet und auch sein derzeitiger Dienstrang war nur eine kurze Zwischenstation auf dem Weg als Oberführer nach Berlin. Es war die Art von Selbstbewusstsein, die Männer innehatten, die unantastbar waren. Es interessierte den Löwen nicht, was die Hyänen dachten.

Kurz vor dem Grab blieben sie stehen. Von einem der Soldaten wurde ihnen zwei Tassen dampfenden Kaffees gereicht, sodass Wolf zum zweiten Mal innerhalb eines Tages in den Genuss des Gebräus kam.

»Was sehen Sie?«, wollte Kampa wissen.

Wolf blickte sich um. Jetzt wurde es interessant. »Ein frisches Grab, einige Meter tief, dazu ein Sarg, der kürzlich erst geöffnet wurde.« Wolf machte ein paar Schritte auf die Rasenfläche, beugte sich nach vorne, um den Grabstein zu lesen. »Charlotte Rickert, geboren 1910.

Das junge Ding ist gerade einmal 28 geworden.« Wolf rümpfte die Nase. »Schade um sie.«

Kampa nickte, deutete mit der rechten Hand in das Grab. »Bitte.«

Wolf wusste, was der Doktor wollte. Und doch ließ er sich einige Sekunden Zeit mit seiner Reaktion. Erst langsam nahm er einen Spaten an sich. »Sie haben mich aus dem Lager geholt, wir sind die ganze Nacht durchgefahren, wir sind beide müde und haben Hunger. Der ganze Aufwand, weil ich ein Grab öffnen soll?« Seine Stimme klang aggressiver, als er es beabsichtigt hatte.

Vorsicht, Wolf. Der Mann hat dich da rausgeholt, er kann dich auch wieder reinbringen.

Kampa ignorierte den Tonfall, ließ seine Hand aber ausgestreckt. »Bitte!«

Wolf schnalzte mit der Zunge und stieg herab. Wie gestern befand er sich in einer lehmigen Grube, mit einem Spaten in der Hand. Der Unterschied war lediglich, dass er heute besser angezogen war. Der Boden unter seinen Schuhen schmatzte, als sich Wolf einen festen Stand suchte. Ein tiefes Durchatmen, dann drückte er die Spitze zwischen Deckel und Sarg. Es brauchte nicht viel Kraft, um ihn zu öffnen. Die Nägel waren nur notdürftig in das Holz geschlagen worden. Kampa musste bereits wissen, was sich im Inneren verbarg. Noch ein kraftvoller Ruck und der Deckel landete neben dem Sarg.

Wolf wusste nicht, mit was er gerechnet hatte. Seine erste Reaktion war nicht Erstaunen. Er stützte sich auf den Spaten, blickte hoch zu Kampa. »Eine weibliche Leiche im schwarzen Totenkleid«, stellte er fest. »Dazu ein paar Ringe an ihren Fingern, eine Perlenkette.« Er beugte sich nach vorn. »Sieht teuer aus.«

»Ist sie.« Kampa verschränkte die Arme hinter dem Rücken, trat naher heran und blickte voller Abscheu auf die tote Frau unter sich. Die Lippen öffnete er nur einen Spalt, als er die Worte zischte: »Schauen Sie genauer hin.«

Wolf hatte kein Probleme mit toten Menschen. Ob Soldaten mit weit aufgerissen Augen in den Schützengräben, Senioren, die friedlich eingeschlafen waren, oder bestialisch ermordete Frauen, die um ihr Leben gebettelt hatten – selbst wenn das Herz aufgehört hatte zu schlagen, der Körper gab immer noch Hinweise auf die Todesart. Es war eher seine ungewisse Situation, die ihm Kopfschmerzen bereitete. Er beugte sich tiefer, verdrängte den Gestank und atmete durch den Mund.

»Ein Brandopfer«, stellte Wolf kühl fest. »Gesicht, Schultern, Hände, alles schwarz. Die Fäulnisflüssigkeit ist bereits ausgetreten. Grüne Stellen am Torso, am Hals und im Gesicht bereits braun. Zumindest da, wo die Haut nicht von Ruß überzogen ist.« Wie schnell eine Leiche verweste, hing stark von der Bodenbeschaffenheit ab. Bei feuchten Böden dauerte es länger, bis nichts mehr zu sehen war. Wolf hob die Frau an der Schulter an, sah unter den Körper. Es war ein Ammenmärchen, dass Würmer sich durch den Sarg fraßen und dann durch die Leiche. Schließlich lebten die Kriechtiere kurz unter der Grasnarbe und nicht in zwei Metern Tiefe.

»Sie liegt bereits fünf bis sieben Tage hier, wenn ich schätzen müsste.«

»Sechs«, bestätigte Kampa.

Bis auf den teuren Schmuck und das schöne Kleid konnte er nichts von Interesse ausmachen. Erst, als er wieder am Gesicht angelangt war, stockte ihm der Atem. Er hatte sich so auf die Details konzentriert, dass ihm das Wesentliche entgangen war. Wolfs Blick wechselte von der eingefallenen und grünlichen Haut der Frau zum Grabstein und zurück.

»Das gibt es doch nicht.« Er schreckte einen Schritt zurück und wäre beinahe auf den Spaten getreten, als er sich an Kampa wandte. »Diese Frau ist eine Greisin.«

Als hätte er nur darauf gewartet, zündete sich der Offizier eine Zigarette an. »Und somit niemals die Frau, deren Name in den Grabstein eingemeißelt wurde.«

»Wer war sie? Diese Charlotte Rickert.«

Kampa inhalierte einen Zug und ließ den Qualm aus der Nase entweichen. »Meine Verlobte.«

*

Der Qualm der Zigaretten löste sich im Wind schnell auf. Sie waren ein paar Schritte gegangen, außer Hörweite der Soldaten.

Kampas Blick ging weit in die Ferne, während er sprach. »Wir wollten heiraten, in ein paar Wochen schon. Alle Vorbereitungen waren bereits getroffen. Ich weiß noch genau, wann wir uns zum ersten Mal begegnet sind. Es war während einer Operation, bei der sie assistierte. Ich sah nur ihre strahlend grünen Augen und war sofort in sie verliebt.« Kampa wischte sich über die Stirn. »Eine Strähne ihrer feuerroten, lockigen Haare hatte sich während der OP gelöst. Also zog ich meine Hand aus dem Patienten, streifte meinen Handschuh ab und drückte die Strähne wieder unter die Haube.« Das Lächeln auf seinen Lippen war kurz, aber herzlich. »Wissen Sie, was Charlotte daraufhin sagte?«

»So etwas wie: Danke schön?«

»Das hätte ich auch erwartet, stattdessen sagte sie im scharfen Ton, dass ich mir die Hände jetzt aber desinfizieren müsse. Von da an wusste ich, dass sie meine Frau wird.«

Wolf hatte über die Jahre hinweg ein gutes Gespür entwickelt für Momente, in denen er Menschen einfach reden lassen sollte. Dieser war einer davon.

»Meine Eltern waren erst dagegen«, fuhr Kampa fort. »Ich sollte ein Mädchen mit Namen, Adelstitel, zumindest aber Ländereien heiraten.«

»Tja, jeder sucht nach einer guten Partie.«

»Aber Charlies offene und einnehmende Art stimmte sie schon bald um und wir hatten ihren Segen.« Kampa musste sich räuspern. »Sie wollte ein schlichtes Kleid tragen, ohne Prunk und Schleifchen, hatte sie immer gesagt. Vor ein paar Tagen passierte es dann. Ich hatte gerade meine Schicht in Grafenberg beendet, freute mich auf einen ruhigen Abend, doch Charlotte war nicht da. Einfach vom Erdboden verschluckt.«

Kampas Stimme stockte. Zum ersten Mal brach Menschlichkeit bei dem sonst so reservierten Mann durch.

»Sie wohnten bereits zusammen?«

»Offiziell natürlich nicht. Charlie bezog eine kleine Wohnung im Schwesternwohnheim. Aber inoffiziell …«

»Natürlich. Haben Sie Ihre Verlobte als vermisst gemeldet?«, wollte Wolf wissen.

»Dazu kam es nicht mehr.« Der Offizier atmete tief durch. Nicht schwer zu erraten, wo er in diesem Moment war. Wahrscheinlich ging er vor seinem geistigen Auge immer noch den Weg im Wohnzimmer auf und ab, als er beinahe verrückt vor Furcht wurde.

»Gegen Mitternacht kam der Anruf. Pfleger der psychiatrischen Anstalt fanden im Generatorraum eine weibliche Leiche. Ihr Gesicht muss völlig entstellt gewesen sein. Vermutlich hat sie sich eine Zigarette angezündet und ist dann eingeschlafen. Ich wusste sofort, dass es Charlotte war.«

Solche Unfälle passierten, ohne Frage. Hier allerdings hätte ein Blinder bemerkt, dass irgendetwas nicht stimmte.

»Warum sollte Ihre Verlobte während der Dienstzeit im Generatorraum sein?«

»Es war ihr Refugium«, antwortete Kampa schnell. »Dort standen ein Bett, ein Tisch, mehrere Stühle. Wir kamen dorthin, wenn wir Ruhe brauchten und …«

Er musste nicht weiter reden. Wolf konnte sich ziemlich genau ausmalen, was der Arzt und die Schwester dort getrieben hatten. Leben und leben lassen.

»Passierte so etwas öfters?«

Es brauchte nur wenige Augenblicke, bis Kampa wieder der Alte war. Kurz zog er seine Uniform zurecht. »Sie meinen, ob es ein Unfall war? Charlotte raucht gerne eine Zigarette, wenn sie sich entspannen will. Dass es jemals zu weit komme würde …«

Wolf nahm noch einen letzten Zug, nickte zustimmend und schnippte den Glimmstängel fort.

... wenn sie sich entspannen will, nicht entspannen wollte. In Kampas Gedanken war sie also noch am Leben.

»Das Feuer hat niemand bemerkt?«

»Der Generatorraum ist mit Stahltüren gesichert, eingefasst in Beton, tief im Keller. Das Feuer war bereits erloschen, als die Pfleger die Rauchentwicklung bemerkten.«

»Was für ein Zufall.« So langsam formte sich ein Bild. »Ich nehme nicht an, dass Sie die Leiche begutachtet haben.«

Vehement schüttelte Kampa den Kopf, knöpfte seinen Waffenrock auf und zog etwas hervor. »Ich konnte es nicht. Sie war einfach wunderschön, ich wollte sie in Erinnerung behalten, wie ich sie kennengelernt habe.«

Als wolle er seine Worte unterstreichen, hielt er Wolf mit zittrigen Händen eine Fotografie hin. Zu sehen war eine äußerst attraktive, junge Frau mit lockigen Haaren. Der Offizier hatte recht. Ihr Blick war selbst auf dem Schwarz-Weiß-Foto durchdringend, als ob sie einem direkt in die Seele blicken konnte. Als Wolf es zurückgeben wollte, wiegelte Kampa ab.

»Behalten Sie es, ich habe noch genug davon.«

Wolf machte einige Schritte in Richtung des Grabes, warf einen Blick hinein. »Und trotzdem mehrten sich die Zweifel in Ihnen, habe ich recht? Warum die Exhumierung?«

Kampa stellte sich neben Wolf, die Hände tief in den Hosentaschen vergraben. »Das ist der Punkt, bei dem

Sie ins Spiel kommen. Wissen Sie, ich bin Arzt, kein Kriminalist. Doch wenn eine atemberaubende Rothaarige kurz nach dem Tod meiner Verlobten im Düsseldorfer Milieu gesehen wird – mehrmals –, da werde ich hellhörig. Die Beschreibung stimmt genau. Meine Familie denkt, dass ich Gespenster jage, etwas glauben will, was nicht existiert. Und doch musste ich es wissen. Ich brauchte Gewissheit. Also habe ich die Enterdigung angeordnet.«

Wolf wollte gar nicht wissen, wie sich der Offizier gefühlt haben musste, als er das Grab öffnen ließ. Der Glockenschlag warf seinen tiefen Ton über den Friedhof. Acht Uhr morgens. Endlich war klar, warum er in seiner Heimatstadt auf einem Gottesacker stand und nicht Schlamm im tiefsten Niemandsland schaufeln musste. »Sie sind zur Düsseldorfer Polizei gegangen?«

»Natürlich. Der Major der Ordnungspolizei, Harald Fritsch, war persönlich hier und hat alles begutachtet. Viel Händeschütteln, freundliche, mitfühlende Worte, doch passiert ist nichts.«

Selbstverständlich war nichts passiert. Er hatte einmal zu Fritsch aufgesehen. Zu dem Mann, der ihn zur Polizei gebracht hatte, seinem Mentor und Lehrer. Dieser eitle Trottel war satt geworden, spielte lieber bei der Obrigkeit das Hündchen, als sich wirklichen Vergehen anzunehmen. *Ein Fall für die Kripo, nicht unser Bereich.* Einer seiner Lieblingssätze. Wolf grunzte abfällig. Diese Einstellung würde ihn noch zum Polizeichef machen.

»Also hörte ich mich um. Ich suchte nach dem verschlagensten, korruptesten Soldaten oder Polizisten, der sich mit Ungeziefer und Abschaum im Milieu umgibt.«

»Und so kamen Sie auf mich.«

»Exakt.«

»Ich soll also herausfinden, ob Ihre Verlobte noch lebt und Ihnen sagen, wer die Alte im Sarg ist, die den Schmuck Ihrer Familie trägt.«

»Die Alte ist mir völlig einerlei«, blaffte Kampa. Der Arzt vollführte einen Schritt zu Seite und sah hoch, ihre Nasenspitzen berührten sich beinahe. »Drehen Sie jeden Stein um, schauen Sie in jedes Bett, bestechen Sie jede verlauste Nutte, wenn es nötig ist. Ich will meine Charlie zurück.«

»Haben Sie nicht genug Männer, die das für Sie erledigen können?«

»Natürlich habe ich die. Allerdings eröffnet sich ein Problem: Ihre Leute reden nicht mit unseresgleichen.«

Ihre Leute. Wie sich das anhörte. Aber er hatte recht. »Altes Sprichwort – die Gosse schweigt.«

Wolf spürte etwas in seiner Hand. Erst, als er herabblickte, erkannte er das Bündel Scheine. Ungläubig beäugte er die grünlich-violetten Reichskassennoten. Wenige Zwanziger waren dabei, das meiste machten 50-Reichsmark-Scheine aus. Noch nie hatte er so viel Geld in den Händen gehabt. Das Bild der alten Frau mit Kopftuch und verklärtem Blick auf der Note zauberte ihm ein Lächeln ins Gesicht.

Kampa schnippte mit den Fingern und sofort kam einer der Soldaten, den rechten Arm zum Hitlergruß gehoben.

»Geben Sie ihm die Waffe.«

Ein kurzes Nicken, schließlich griff der Soldat in den

Hosenbund und überreichte Wolf eine Pistole und drei Magazine.

Fachmännisch lud Wolf die Pistole. »Einen Anzug, eine Walther PKK, genug Geld, um mich abzusetzen – wer sagt Ihnen, dass ich nicht verschwinde und mir ein schönes Leben mache?«

»Niemand – und genau deshalb werden Sie es nicht tun. Sie haben drei Möglichkeiten. Erstens: Sie lehnen ab und stechen vor Anbruch der Nacht wieder Torf im Strafgefangenenlager. Zweite Möglichkeit: Sie nehmen den Handel an, finden Charlotte, ihre Akteneinträge verschwinden und Sie können mit einem hübschen Bonus Ihrer Hurerei frönen. Dritte Wahl: Sie versuchen die Flucht. Doch dann würde ich Ihnen raten, niemals wieder einen Fehler zu machen. Denn falls das passieren sollte, werde ich da sein und ich verspreche Ihnen, dann werden Sie lange leben. Sehr lange – ich bin Arzt und weiß, wie ich Menschen am Leben erhalte.« Hier machte er eine Pause. »Und sie leiden lassen kann.« Ohne Frage, er hatte seine Worte gut gewählt. »Und noch etwas – passen Sie auf meinen Stellvertreter auf. Sein Name ist Dr. Arthur Jaensch. Ein verschlagener Mistkerl, der leider den nötigen Verstand besitzt, um die richtigen Fragen zu stellen. Vertrauen Sie ihm nicht, haben Sie verstanden?«

Wolf nickte. »Mit dem Vertrauen habe ich es nicht so.«

»Vielleicht ist das auch besser.« Kampa streckte die Hand aus. »Also, böser Wolf: Wo stehen wir?«

Er war nicht überrascht, dass Kampa seinen wenig schmeichelhaften Spitznamen kannte. Der Offizier hatte gut recherchiert, das musste man ihm lassen. Die fingerdicke Akte, eine gut situierte Familie mit besten Beziehungen, unbegrenzte finanzielle Mittel. Kampa war ein Mann, den man nicht zum Feind haben wollte. Wolf schlug ein.

»Wir haben einen Handel.«

KAPITEL 3

- EIN FREMDER ZU HAUSE -

Noch lange sah Wolf dem Wagentross von Kampa hinterher. Der Offizier hatte ihn angehalten, alle paar Tage Bericht in der Medizinischen Akademie zu erstatten, wo Kampa Leiter der psychiatrischen Abteilung war. Und das in seinem Alter. Es war schon interessant zu sehen, auf welcher Sprosse der Karriereleiter die Menschen standen, deren Leben nicht völlig verkorkst war. Das Bündel Geld in der Innentasche von Wolfs Jackett schien Tonnen zu wiegen. Eine Leere erfasste Wolf, die er sich nicht erklären konnte. Dies war seine Chance, den ganzen Mist hinter sich zu lassen. Trotzdem grummelte sein Magen, als hätte er eine Exekution vor sich. Er schwankte zwischen Euphorie und Einsamkeit, eine perverse Mischung. Wo sollte er anfangen? An dem Ort, wo sie aufgefunden worden war, wie es jeder gute Polizist getan hätte? Oder lieber bei der Zeugenbefragung? Beide Wege würden ihn direkt in die Medizinische Akademie führen. Ein Gedanke, bei dem es Wolf grauste.

Wieder rebellierte sein Magen. Diesmal war das Gefühl wohlbekannt – er hatte es im letzten halben Jahr oft verspürt. Klar zu denken war beinahe unmöglich, er brauchte einen vollen Magen und ein Bier, um seine Überlegungen zu ordnen. Außerdem war er sich immer noch nicht sicher, ob es sich um einen verführerischen Traum handelte und er nicht doch gleich den Gewehrkolben eines Kapos an seinem Kopf spüren würde. Verdammt, er brauchte Alkohol und eine bekannte Stimme, die ihm sagte, dass dies hier wirklich die Realität war.

Der Wind nahm noch einmal zu, als Wolf die ersten, unsicheren Schritte in Richtung Zentrum setzte.

*

Es war ein guter Fußmarsch vom Nordfriedhof in die Innenstadt. Ab und zu sah er Juden oder Mischlinge mit dem aufgenähten gelben Stern. Hitler hatte also seine Drohungen wahrgemacht, *das kranke Fleisch vom Körper zu trennen*.

Öfters musste er Pausen einlegen, sich an den Häuserwänden abstützen und durchatmen. Als seine Haut die mehrgeschossigen Backsteingebäude berührte, fühlte es sich fremd an. Wie zuvor aus dem Auto beobachtete er seine Umgebung: lachende Schulkinder, die wohl zu spät zur Penne kamen, Arbeiter mit Brotdosen, Frauen, die schnatternd ihre Kinderwagen schoben, dies alles schien nicht mehr die Welt zu sein, die er verlassen hatte. Ein halbes Jahr konnte sich wie ein Wimpernschlag oder eine Ewigkeit anfühlen. Verdammt, dabei war das hier doch einmal seine Heimat gewesen. War er nicht an das von Kieseln bedeckte Rheinufer geflüchtet, wenn sein Vater wieder eine Flasche Fusel ergattern konnte? Hatte er nicht unweit von hier seine erste Hure getroffen, die ihm die Jungfräulichkeit genommen hatte? Er kannte jeden Stein, jeden Riss in der Straße und doch war es nicht mehr dasselbe. Wie von Seilen gezogen trieb es ihn weiter in die Innenstadt. Vorbei am kleinen Fluss Düssel, dem Namensgeber der Stadt, und dem mächtigen Triton, der als Skulptur über das Gewässer wachte. Endlich erreichte er sein Ziel. Es rief ihn zu sich wie das Licht die Motten. Manche Straßen erwachten bei Tagesanbruch zum Leben, wenn die ersten Bäcker ihre Pforten öffnen und die Menschen langsam den Schlaf aus den Gliedern schüttelten. Hier war es andersherum. Wenn das Rotlicht aus den Fenstern schimmerte und sich mit der Dunkelheit der Nacht zu einem ganz eigenen Farbton vermischte, zog es Geschöpfe an, die bei Tageslicht Banker oder Hausfrauen waren. Hier konnte man in eine andere Welt abtauchen. Mittelpunkt war die Bandelstraße. Im beruhigenden Alkohol-Schleier, wenn sich das Nervengift sanft auf die Sinne legte und den Körper in wohliger Ekstase wiegte, konnte alles passieren. Nicht umsonst hatte die Straße den Beinamen ›Bandeler Rue‹. Es war einfach, hier unterzugehen in einer Welt aus Sekt und Liebe. Ein Mikrokosmos, in der in einer Nacht alles möglich werden konnte und sich die intimsten Träume erfüllten, wenn man genug Reichsmark besaß. Noch sah man nichts von dem Gewerbe, welches jede Nacht hinter den Türen tobte. Wolf wusste es besser. Zielstrebig ging er zu einem schmucklosen Gebäude, das in der engen Straße die Sonne zu schlucken schien. Plötzlich war er genauso aufgeregt wie vor vielen Jahren. Er fühlte sich in die Vergangenheit versetzt. Damals, als 15-Jähriger, hatte er seinen Vater bestohlen, dazu ein paar Leute auf dem Markt, nur um schließlich am heiligen Nikolaustag genau vor dieser dunkelgrünen Tür zu stehen und so zaghaft anzuklopfen, dass man es beinahe drinnen nicht gehört hätte. In seiner Erinnerung hatte ihm die alte Irmi geöffnet, ihn kritisch beäugt und schließlich breit gegrinst. Ihre gelben, weit auseinanderstehenden Zähne hatten sich dabei für immer in sein Gedächtnis gefressen.

»Ich habe genau das richtige Mädchen für dich. Sie ist jung und doch schon erfahren. Sie wird dir gefallen«, hatte die Puffmutter schnell gesagt. Immerhin hatte Irmgard – ›Die Große‹, wie sie alle wegen ihres riesigen Vorbaus genannt hatten – ein gutes Gespür für das Geschäft gehabt. Sie hatte ihm die gesamten 30 Mark abgenommen und ihn auf ein Zimmer geschickt. Fast ein Viertel Monatslohn für einen Beischlaf! Wolf schüttelte lächelnd mit dem Kopf. Bei dem naiven kleinen Friedrich hatte ›Die Große‹ einen guten Schnitt gemacht.

Oben im kleinen Zimmer, das nach Männerschweiß und aufdringlichem Parfüm stank, hatte er sie zum ersten Mal gesehen … und verdammt, Helene war jeden Pfennig wert. Ein besseres Geschenk zu Nikolaus hätte er sich nicht machen können. Von diesem Moment an war er süchtig, nach ihren Küssen, der Spannung vor dem Akt nachts um halb zwei, wenn der Busen aus dem Hemd hüpfte und der Selbstgebrannte so bitter war, dass es einem die Kehle verätzte. Eigentlich sollte er sich freuen, wieder hier zu sein, doch warum musste Wolf sich dann überwinden, die Hand zur Klingel zu heben?

»Zum Doppelten«, flüsterte er zu sich. Die alte Irmgard hatte wirklich einen hinreißenden Humor gehabt. Schade, dass sie schon zwei Jahre tot war.

Mehrmals hämmerte Wolfs Pranke gegen die Tür. Der dumpfe Ton musste selbst zwei Häuser weiter noch hörbar sein. Die gusseiserne Tür schepperte, als Wolf ein zweites Mal ansetzte. Erst dann wurde der Messingriegel vom Sichtspalt gezogen.

»Wir sind besetzt, komm später wieder!«

Wolf war die harsche Stimme unbekannt. Auch das dunkle Augenpaar, mit Rändern so groß wie Wagenräder, sagte ihm nichts. Schnell wurde die Messingplatte wieder zugeschoben, was die Wut in Wolf aufkeimen ließ. Noch einmal donnerte seine Faust gegen das grüne Holz.

»Kannst du nicht hören? Ich sagte …«

Die Stimme des Mannes brach ab, als Wolf den Lauf der Walther PKK durch den Schlitz schob. Die Augen des Unbekannten weiteten sich und hastig wurde die Verriegelung geöffnet. Wolf spürte die Wärme des Raums.

»Wir haben kein Geld«, stammelte der Mann schnell. Er war klein, untersetzt, ein dünner Oberlippenbart zierte sein Gesicht. Dazu trug er ein offenes Hemd, etliche Brusthaare offenbarend. Er hob die Hände und zitterte wie Espenlaub, als Wolf eintrat und die Tür hinter sich mit einem lauten Knall schloss. Endlich, ein bekannter Ort, der seine Sinne beruhigte.

»Natürlich nicht«, knurrte Wolf und sah sich um. Hier hatte sich nichts verändert: Noch immer dieselben roten Sessel in der Ecke, die abgesessenen Hocker und der gleiche Duft aus Qualm und Parfüm – Zeugen der letzten Nacht.

Als würde der Mann seine Worte mit Beweisen unterlegen wollen, ging er hinter den Tresen, deutete auf die leere Kasse. »Sehen Sie, nichts.«

»Und was ist mit dem Tresor? Oben, im ersten Stock?«

Hätte der Mann die Augen weiter geöffnet, sie wären bald aus den Höhlen gefallen.

»Woher wissen Sie …?«

Was für ein Genius. Wolf konnte sich ein Lachen nicht verkneifen. Sein Rücken brannte, als er sich auf einen der Hocker setzte, die Pistole auf den Tresen legte und den Hut daneben. »Ich nehm dich nur auf den Arm, zapf mir ein Alt.«

Der Mann blieb wie angewurzelt stehen. Erst ein böser Blick setzte ihn in Bewegung. Als das Glas mit dem Bier vor ihm stand, traute Wolf sich nicht zuzugreifen. Zu groß war die Angst, dass er gleich aufwachen könnte. Erst als er den bitteren Geschmack auf der Zunge spürte, obsiegten seine Sinne. Wolf leerte es in zwei Zügen. Er war tatsächlich wieder in Düsseldorf.

Langsam sanken die Hände des Mannes, die er nach dem Zapfen wieder in die Höhe gehalten hatte. Wolf hätte es gar nicht bemerkt, wenn der Wirt nicht so die Pistole auf dem Tresen fixiert hätte. Das war zu einfach. Ein Grinsen umspielte seine Lippen. Wolf warf ihm das leere Glas zu. Der Mann musste beide Hände nehmen, um es zu fangen.

»Totschläger oder Knarre?«

Wolf sah an seinem Blick, dass er genau wusste, was er meinte.

»Knarre.«

»Dann mal auf den Tisch damit.«

Voller Zorn wuchtete der Wirt die Waffe auf den Tisch.

»Tatsächlich, eine P38 – dieses klobige Mistding. Damit wolltest du mich bedrohen? Sie ist zu schwer, hat eine große Streuung und ist ungenau. Wenn du sie nach mir geworfen hättest, wären deine Chancen besser gewesen«, lachte Wolf abfällig.

Die Augen des Mannes blitzten vor Zorn. »Für dich und auf diese Entfernung hätte es gereicht.«

Vielleicht hatte er ihn tatsächlich unterschätzt.

»Wo ist Lene?«

Der Mann schluckte trocken, stemmte die Hände in die Hüften. »Noch nie gehört. Du meinst …«

»Ich meine Helene Gelles, die Chefin.« Wolf beugte sich provozierend nach vorn. »Blonde Haare, schmales Gesicht, dicke Hupen? Wie schaut es aus, Freundchen?«

»Wolf!«

Diese Stimme!

Er musste sich gar nicht umdrehen, um zu wissen, welcher Ausdruck gerade in ihrem Gesicht lag. Er kannte ihn nur zu gut. Wenn er mal wieder einen Gast grundlos verprügelt hatte, fuhren ihm der schrille Ton und ihr eiskalter Blick immer tief in die Glieder. In dieser Sekunde allerdings klang ihre Stimme wie eine Engelsharfe.

»Morgen, Lene«, war das Einzige, das Wolf sagen konnte. Langsam drehte er sich um und erblickte sie auf der Treppe. Ein kurzes Lächeln huschte über Helenes Lippen. Kaum merklich, anderen wäre es nicht einmal aufgefallen. Wolf wusste es besser. Auch wenn sie es in hundert Jahren nicht zugeben würde, sie freute sich ihn zu sehen. Aus ihren blonden Haaren hatte sich eine Strähne gelöst. Der Zahn der Zeit hatte auch an ihrem Körper Spuren hinterlassen. Wolf war jetzt 41 und Helene …? Sie hatte ihm ihr Alter nie verraten. Das gehörte sich nicht für eine Dame.

Eine Dame … Puffmutter traf es wohl eher.

Ihr schwarzer Rock reichte bis über die Knie und zeigte wenig Haut. Das brauchte es auch gar nicht, sprach doch ihr Dekolleté für sich. Helene strich sich die Strähne hinter das Ohr und drehte sich um. Sofort setzte sie ihr bestes Lächeln auf. Sie war nicht allein.

»Nächste Woche um dieselbe Zeit?«, wollte eine unbekannte Männerstimme wissen. Sekunden später trat ein Herr im Anzug die Treppe herab und richtete seine Krawatte. Nicht schwer auszumalen, dass sie ihn gerade gut bedient hatte.

»Natürlich, Liebling.« Sie küsste ihn auf die Wangen und nahm diskret das Geld entgegen. Was der feine Herr wohl seiner Frau erzählen würde, wo er seine Morgen verbrachte? Er hatte sich nicht einmal die Mühe gemacht, den Ehering abzunehmen. Als er an Wolf vorbeigehen wollte, erhob dieser sich. Die Männer funkelten sich an. Wieder diese Wut. Erst langsam sammelte sie sich und ergriff von Wolf Besitz wie eine Krankheit, gegen die es kein Heilmittel gab. Am liebsten hätte Wolf das Gesicht des Mannes gegen die Holzverkleidung gestoßen. Er konnte selbst nicht sagen, warum er so fühlte, nur durch ihre Berufswahl war er schließlich auf Helene gestoßen.

Als der Mann die Pistole erblickte, setzte er den Hut auf und verschwand. Endlich waren sie allein.

»Frau Gelles, der Typ hier ist mit der Waffe einfach eingedrungen, ich habe alles versucht.«

Wolf zog die Augenbrauen hoch und lehnte sich zum Wirt hinüber. »Alles versucht?«

»Schon gut, Jürgen. Auch wenn es nicht so aussieht, er ist ein Freund.«

Diese Worte – sie waren wie Balsam auf Wolfs geschundener Seele. Als Helene die Treppe herab ging und das Geld im Dekolleté verstaute, breitete er die Arme aus. Würde sie sich gar dazu hinreißen lassen, ihn zu umarmen? Die schallende Ohrfeige beendete seine Überlegungen.

»Hast du jetzt völlig den Verstand verloren, Wolf? Hier einfach deine Knarre rumliegen zu lassen?«

»Dein Aufpasser wollte mich nicht reinlassen.«

Diese Aussage wischte sie mit einer hektischen Handbewegung beiseite. »Jürgen ist Wirt und öffnet die Tür. Ich brauche keinen Aufpasser und besonders keine grobschlächtigen Kerle, die sich dafür halten.«

Das hatte gesessen. Nicht schwer zu erraten, wen sie damit gemeint hatte. Gleichgültig, wie sehr ihre Stimme bebte und ihr Busen bei jeder Bewegung auf und ab hüpfte, an den wässrigen Augen erkannte Wolf, dass sie ihn auch vermisst hatte.

Helene kreuzte die Arme hinter dem Kopf und versuchte, Ruhe zu bewahren. »Du bist wieder da«, stellte sie schließlich kühl fest. »Von einen auf den anderen Tag verschwindest du, ohne ein Wort des Abschieds. Man hörte Gerüchte von deinem Tod, oder einer Flucht nach England.«

Wolf zuckte mit den Schultern und probierte sich an einem schiefen Lachen. »Du weißt ja, die Gosse erzählt viel.«

Eine weitere Ohrfeige war die Antwort. »Und jetzt bist du wieder da. Einfach so.«

Ihre blauen Augen waren so feucht, dass Wolf dachte, sie gleich zum ersten Mal in seinem Leben weinen zu sehen. Nur Herzschläge später hatte sie sich wieder gefangen und sie gab sich so resolut wie immer.

»Steck endlich die Knarre weg, wir sind hier nicht bei der Wehrmacht.«

Wie von Helene angeordnet, schob er die Pistole in die Innentasche des Jacketts. »Ich … war beschäftigt.«

»So beschäftigt, dass du dich nicht einmal verabschieden konntest?« Helene trat näher an ihn heran. »Ich habe gedacht, du wärst tot.«

Etliche Sekunden vergingen schweigend, bis Wolf langgezogen mit der Zunge schnalzte. »Das dachte ich auch.«

»Wolf, du siehst schrecklich aus. Wie viel hast du abgenommen? 20 Kilo? 30?«

Er sah an sich herunter. »Keine Ahnung.«

»Und was willst du hier?«

»Etwas zu Essen, Alkohol, ein Bett, vielleicht ein paar schöne Stunden?«

Helene seufzte auf. »Das ist so typisch. Gib mir einen Gin, Jürgen. Ich kann einen vertragen.« Nachdem der Wirt ihr Glas gefüllt hatte, leerte sie es in einem Zug. »Man hörte auch, dass sie dich ins Lager gesteckt haben. Sind die Gerüchte wahr?«

Noch bevor er antworten konnte, durchzog ein gellender Schrei die oberen Räume.

»Was war das?«

»Eins meiner Mädchen«, antwortete Helene und schritt zur Treppe.

Wolf konnte sie gerade noch zurückhalten. »Ich regle das.«

»Lass mich los.«

Kurz funkelte er sie an. »Ich sagte, dass ich das regle.« Seine Schritte donnerten auf der Holztreppe. Noch bevor er die richtige Tür lokalisiert hatte, hörte er Lene rufen. Es klang wie: »Kesser!« oder so etwas in der Art. Vielleicht sein Name. Sie wusste, dass es zwecklos war ihm hinterherzuschreien. Wenn er Rot sah, war es schwer ihn aufzuhalten. Schmerz und Schwäche zogen sich in die entlegensten Winkel seines Empfindens zurück. Im Moment zählte nur der aufgestaute Zorn und der arme Teufel, der jetzt als Ventil herhalten musste. Er hatte Helene genügend unliebsame Freier vom Hals geschafft, sie wusste, wie das Spiel lief. Wolf hasste diese strunzdummen Idioten, die zu Hause nichts zu sagen hatten und ihre Männlichkeit hier unter Beweis stellen wollten. Vier Türen gingen vom schmalen Flur des ersten Stocks ab. Wolf vernahm ein Wimmern hinter der zweiten. Erst wollte er die Tür einschlagen, besann sich schließlich doch, die Klinke herunterzudrücken. Das Erste, was ihm ins Auge fiel, war ein junges Mädchen. Kaum älter als Lene damals, als er sie vor einer halben Ewigkeit das erste Mal getroffen hatte. Sie lag auf dem Bett, die Hände schützend vor ihr Gesicht haltend. Über ihr ein Freier, die Hände zu Fäusten geballt, seine Hose tief in den Kniekehlen, das Gesicht zornesrot, als er Wolf sah.

»Scher dich hier raus«, schrie der Fremde wutentbrannt. »Das geht dich nichts an!«

Falsche Wortwahl, ganz falsche.

Wolf benötigte drei Schritte, um am Bett zu sein, fasste die Haare des Mannes und donnerte seine Stirn mit voller Wucht gegen den Nachttisch. Augenblicklich gaben die hölzernen Beine des Möbelstücks nach. Das Knacken des Holzes vermischte sich mit wilden Rufen, während Wolf den Mann am Unterhemd wieder auf die Beine zog. Aus einer dicken Platzwunde tropfte Blut auf den weißen Stoff und färbte ihn rot. Mit jedem Moment wurde Wolf ruhiger, während Panik in die Augen des Freiers stieg. Hoffentlich hatte er sich sein Gesicht am heutigen Morgen gut eingeprägt, schließlich würde es nie wieder dasselbe sein. Der Fremde machte eine schnelle Handbewegung, mit der Wolf nicht gerechnet hatte. Dann blitzte die Klinge eines Messers in seinen Händen auf. Messer, nicht Kesser. Das war es also gewesen, was Lene ihm auf der Treppe nachgerufen hatte.

Nicht die erste Messerstecherei, bei der er ohne Waffe da stand. Wolf spannte seine Nackenmuskulatur an und hämmerte seine eigene Stirn gegen die Nase des Mannes. Er war sich sicher, dieser Trümmerbruch würde nie mehr richtig zusammenwachsen und das Erscheinungsbild des Freiers für immer verändern. Das Knacken erfüllte den Raum, er sah sich selbst als handelnde Person, die Zeit schien langsamer zu laufen. Wolf konnte spüren, wie der Freier zusammensackte, seine Kraft wich und der

Wille zur Verteidigung es der Nase gleichtat und brach. Auch das Messer fiel zu Boden. Es war dieser Moment, in dem man einsah, dass Betteln und Aushalten die einzigen Optionen waren, die einem blieben. Wolf ließ den Mann gegen seine Brust sinken, nur um ihn dann fester zu packen. Mühelos hielt er ihn in der Umklammerung, öffnete dann mit der einen Hand das Fenster und drückte den Mann bäuchlings über die Kante.

»Wenn du irgendwem davon erzählst, finde ich dich«, flüsterte Wolf nur für den Freier hörbar in dessen Ohr, »und dann beenden wir die Sache.«

Kaum waren die letzten Silben gesprochen, gab Wolf dem Körper einen letzten Schubs. Ein kurzer Schrei, anschließend klatschte der Körper auf das Kopfsteinpflaster. Der Sturz würde ihn nicht umbringen, allerdings durften dem Kerl ein paar Knochenbrüche gewiss sein. Erst jetzt bemerkte er, wie Helene wie verrückt an seinem Arm zog. Wie lange sie wohl bereits versuchte, ihn davon abzuhalten? Als sich seine Atmung langsam normalisierte, drangen auch die Stimmen besser zu ihm durch.

»Bist du denn von allen guten Geistern verlassen?«, schrie Helene. Dabei war ihre Stimme nicht hysterisch, sondern ruhig und überlegt. »Er hätte sich das Genick brechen können.«

Wolf sah hinunter auf die Straße. Bis auf ein paar Passanten, die kurz gestoppt hatten und schließlich ihren Weg fortsetzten, gab es keinen größeren Aufruhr.

»Hat er aber nicht. Sieh doch, er humpelt schon davon.«

»Und wird nie wieder kommen!«

»Brauchst du solche Kunden?«

Helene kaute verbissen auf ihrer Unterlippe. »Nein.« Energisch setzte sie sich zu der jungen Frau auf das Bett. »Was ist passiert?«

Das Mädchen zog den Träger ihres Hemdes hoch. Sie sah nicht aus wie jemand, dem das zum ersten Mal passiert war. Kein geschockter Blick, kein Zittern, nur ein einfaches Schulterzucken.

»Von einer auf die andere Sekunde wurde der Kerl handgreiflich. Er hatte diesen Blick … er wollte … mich von hinten.« Sie zog die Nase hoch und befühlte die Platzwunde oberhalb ihres Jochbeins, die ihr der Freier beschert hatte. »Als ich ihm sagte, dass wir so etwas nicht machen, setzte es eine Ohrfeige, da habe ich geschrien.«

Wolf trat näher an sie heran. Es brauchte ein paar Sekunden, um seinen Puls zu beruhigen. Endlich gelang es ihm, sich zu konzentrieren und das Mädchen zu mustern.

»Wie heißt du?«

»Klara Schmidt«, antwortete sie und lächelte Wolf an.

Sah sie in ihm etwa den nächsten Freier, den es zu bedienen galt? Ihre offenen, kastanienbraunen Haare waren zerzaust, das weiße Hemdchen eingerissen. Selbst eine Schramme auf ihrer makellosen Haut und die Platzwunde vermochten die Schönheit dieses jungen Dings nicht zu schmälern. Ohne Frage, dieser Mistkerl hatte den Freiflug aus dem ersten Stock verdient. Als das Adrenalin langsam aus seinem Körper wich, spürte Wolf die aufkommende Schwärze vor seinen Augen. Erst nur leicht, wie nach einer Flasche Korn, wenn man zu schnell aufstand, doch als sich ein Schwindelgefühl zu den Empfindungen hinzugesellte, wusste er, dass etwas nicht stimmte. Er musste sich am Fensterrahmen abstützen, um nicht zu fallen.

»Fühlen Sie sich nicht wohl?«

Obwohl er sich an den Kopf fassen musste, lächelte er bei ihren Worten. »In dieser Stadt hat mich noch nie jemand gesiezt, sag einfach Wolf. Ich fühle mich nur ein wenig duselig.«

»Das glaubst du doch wohl selbst nicht.« Helene erhob sich, fühlte seine Stirn. »Gott, du siehst aus wie eine lebende Leiche. Mach, dass du nach oben kommst. Du kennst dich ja bestens aus. Ich versorge erst die Kleine und dann schau ich nach dir.« Mit Nachdruck schob sie ihn aus dem Zimmer und rief nach dem Wirt, der Jürgen hieß. Während Wolf sich am Geländer festklammerte und jeder Schritt zu einer immer schwererer werdenden Tortur wurde, hörte er Helene wilde Kommandos rufen, gefolgt von Flüchen und der Feststellung, dass dies hier das reinste Irrenhaus sei.

Als Wolf den Knauf drehte, spürte er kalten Schweiß seinen Nacken herablaufen. Was hatte er auch erwartet – dass er nach einem halben Jahr Arbeitslager einfach so wieder der Alte war? Dass er so flink sein würde wie dieser Neger Jesse Owens vor zwei Jahren bei den Olympischen Spielen, nur weil er die frische Brise der Rheinauen eingeatmet hatte? Ein Narr war er, wenn er so dachte.

Gerade so konnte sich Wolf zum Bett schleppen. Er

befand sich in einem kargen Raum, lediglich ein Schrank, zwei Stühle, ein Tisch und dicke Gardinen vor den Fenstern stellten die einzigen Einrichtungsgegenstände dar. Selbstverständlich war das immer noch mehr, als er verlangen konnte. Verdammt, er konnte in einem richtigen Bett schlafen. Alleine!

Dieser Gedanke befeuerte ihn so sehr, dass er die letzten Meter schaffte. Mit einem tiefen Seufzer ließ er sich auf die Decke fallen und rollte sich auf die Seite.

»Anstrengende Nacht gehabt?«

Wolf hatte gar nicht bemerkt, dass Jürgen plötzlich in der Tür stand. In seinen Händen hielt er einen Teller mit belegten Broten und eine Flasche Wasser. »Für dich, du sollst erst einmal zu Kräften kommen«, brummte der Wirt und stellte Flasche und Teller auf den Beistelltisch.

Nicht schwer zu erraten, dass er alles andere als begeistert war, dem Mann, der ihn eben noch bedroht hatte, jetzt das Essen zu bringen.

»Jürgen, richtig?« Der Wirt nickte. »Wegen eben … nichts für Ungut. Ich bin es nur nicht gewohnt, dass mir der Zutritt zu einem Puff verweigert wird.«

»Daran solltest du dich gewöhnen. Man kann nie vorsichtig genug sein in diesen Zeiten. Aber Helene sagt, dass man dir vertrauen kann.«

Wolf stöhnte auf, als er seinen Rücken durchdrückte. »Interessant, was hat sie noch über mich gesagt?«

»Dass du ein jähzorniger Trunkenbold bist, der keiner Schlägerei aus dem Weg geht, und Umgangsformen hast wie ein Wildschwein.«

Das amüsierte ihn. »Ich habe gehört, dass Schweine sehr reinliche Tiere sind.«

»Nicht wirklich, sie suhlen sich in ihrem eigenen Dreck.«

Wolf griff sich ein Schinkenwurstbrot. »Und schmecken köstlich. Willst du?«

»Nein danke. Guten Tag.«

Endlich war er allein. Jeder Bissen war ein Hochgenuss. Er schloss die Augen, während er kaute und mit viel Wasser nachspülte. Er musste an die Menschen im Lager denken, die gerade von Brammel malträtiert wurden. Diese armen Hunde. Doch was brachte es? Jeder musste sehen, wie er klarkam. Eine Lektion, die er schon früh und mit harter Knute hatte lernen müssen. Das Leben spielte ab und zu ein perverses Spiel.

Erst als er den Teller leer gegessen hatte, stellte sich bei ihm ein Gefühl ein, das er fast schon vergessen hatte: Er war wirklich satt.

Lenes energische Schritte konnte er bereits ausmachen, als sie den ersten Fuß auf die Treppe setzte. »Hat es geschmeckt?«

»Köstlich«, antwortete er lang gezogen. »Das bitte ab jetzt jeden Morgen.«

Helene trug einen großen Bottich mit dampfendem Wasser und stellte ihn neben das Bett. »Selbstverständlich. Und dann bringe ich dir deine Pantoffeln und den Völkischen Beobachter zum Schmökern.«

»Ich lese lieber die Düsseldorfer Nachrichten.«

»Wie konnte ich das vergessen? Und jetzt zieh dich aus.«

Ein schelmisches Grinsen umspielte Wolfs Lippen. »Oh, wie früher …«

»Nicht wie früher, du Dummkopf. Du sollst dich waschen. Hier stinkt es wie in einer Kloake. Wann hast du zum letzten Mal ein Bad genommen, Wolf?«

Selbst wenn er die Frage ehrlich hätte beantworten wollen, er konnte es einfach nicht. Schwerfällig stand er auf, entledigte sich seines Jacketts und knöpfte das Hemd auf. »Ist schon eine Weile her. Weißt du, ich war einfach viel zu beschäftigt, um …«

»Das kann nicht dein ernst sein.«

An Helenes geschocktem Blick erkannte er, dass er sie vielleicht hätte vorwarnen müssen.

»Das Lager?«, wollte sie wissen.

»Das Lager.«

Es tat gut, als ihre warmen Finger über die Haut seines Rückens fuhren. Als könnten ihre Berührungen Wunder vollbringen, Balsam für die geschundene Haut.

»Zieh dich aus, ich reinige die Wunden, und danach schläfst du dich erst einmal richtig aus. Wenn du wieder bei Kräften bist, nimmst du ein ordentliches Bad, hast du verstanden?«

Wolf nahm Haltung an. »Jawohl, Frau Oberfeldwebel Gelles.«

Als Helene mit dem feuchten Tuch über die verletzte Haut fuhr, zuckte Wolf zusammen. Doch dieser Schmerz war anders – guter Schmerz. Süßlich, heilend, in der Gewissheit, dass Lene es war, die seine Wunden versorgte

»Stell dich nicht so an wie ein Kleinkind. Es muss gemacht werden. Wer hat dir das nur angetan?«

»Ein fettes Schwein in SA-Uniform.«

»Lebt er noch?«

»Ja.« Es war ein finsteres Lächeln, welches sich auf Wolfs Lippen legte. »Noch.«

Helene wrang das Tuch im Wasser aus, um sich seiner Brust zu widmen. »Wie hast du es aus dem Lager geschafft? Du bist doch nicht etwa …«

Sie musste diesen Satz nicht zu Ende führen. Dafür kannten sie sich zu lange. »Geflohen? Nein, keine Angst. Die Gestapo wird dir meinetwegen keinen Besuch abstatten.«

»Gut«, hauchte sie erleichtert und legte die Hand auf die Brust. »Das ist das Letzte, was ich gebrauchen kann. Es ist schlimm geworden, seit du weg warst.«

Erkannte er in ihren Augen wirklich den hauchzarten Schimmer von Angst? Diese nervöse Art war ihm an ihr noch nicht aufgefallen.

»Verschweigst du mir etwas?«, wollte Wolf schließlich wissen.

»Jeder Mensch hat Geheimnisse, Wolf. Du solltest das wissen. Für die anderen sind wir nur das, was wir gewillt sind preiszugeben.« Helene erhöhte den Druck auf seine Wunden. »Willst du mir erzählen, was passiert ist?«

Wenn Wolf im Reich irgendjemandem trauen konnte, war es Helene. Deshalb erzählte er alles: von der Begegnung mit Kampa, dem Grab, in der nicht die Leiche lag, die dort eigentlich verrotten sollte, und seinem Auftrag. Die Zeit im Lager ließ er aus. Lene hatte genug Vorstellungskraft, um von seinem Rücken auf das letzte halbe Jahr zu schließen.

»Eine auffällige Rothaarige also?«, resümierte Helene und knotete den Verband zusammen. »So etwas Extravagantes wird gerne genommen von den Freiern. Sie wollen immer das, was sie zu Hause nicht haben.«

Wolf zeigte ihr das Foto. »Wenn du irgendetwas hörst, sag mir einfach Bescheid.«

Helene schloss die Augen und atmete tief ein. »Menschen, die einfach so verschwinden, falsche Gräber und lebende Leichen – ich habe das Gefühl, als wäre dieses Land ein riesengroßes Irrenhaus.«

Ihre Stimme war wie dünnes Eis. Kalt und doch zerbrechlich.

»Was ist passiert?«

»Nächtliche Besuche, überall. Entweder Soldaten in Uniform oder Gestapo-Beamte. Sie fahren vor, dringen in die Häuser ein, und diejenigen, die sie mitnehmen, sieht man nie wieder.«

Das kam Wolf seltsam bekannt vor. »Es scheint jetzt so zu laufen. Früher war das anders.«

»Du solltest dich reden hören. Bis vor einem halben Jahr noch war dir gleichgültig, welche Gesetze erlassen wurden, solange dein Glas voll war und eine Dirne dein Bett schmückte.«

Wolf nickte zustimmend. Natürlich hatte sie recht. Wie so oft. »Ich habe es immer geliebt, wenn du mein Bett geschmückt hast.«

»Die Zeiten sind vorbei. Diesen Fehler mache ich nicht noch einmal.«

Wolf beuge sich nieder, verzog das Gesicht, während er in der Innentasche kramte. Das Bündel Geld hielt er vor Helenes Gesicht. »Bist du dir sicher? Manche Fehler sind zu schön, um sie nicht zu wiederholen.«

Die nächste Ohrfeige traf ihn unvorbereitet. »Du bietest mir Geld an, damit ich mit dir schlafe?«

»Dich hat es nie gestört, bis …«

Helene packte das Tuch und die Schüssel unter ihren Arm, wobei ein Schwall Wasser auf den Holzboden schwappte. »Bis ich den Fehler machte, zu denken, dass du dich ändern kannst.« Sie hatte den Türknauf bereits in der freien Hand. »Du bist immer noch derselbe Hurenbock wie früher.«

Wäre es nicht Helene gewesen, die diese Worte gesprochen hatte, sie wären an ihm abgeperlt wie das Wasser an Entengefieder. Wolf legte sich ins Bett. Erneut zog die Müdigkeit an ihm, hinein in die Erlösung der Traumwelt.

»Du musst es ja wissen«, hauchte er zu sich selbst, bevor er in einen tiefen Schlaf fiel.

KAPITEL 4

- ZURÜCK IM REVIER -

Das Klopfen, welches ihn weckte, war zaghaft, beinahe ängstlich. Augenblicklich war Wolf hellwach. Ein unschöner Nebeneffekt des Lagerlebens. Schnell griff er zu seiner Pistole, richtete sie auf die Tür und ließ seine Stimme verschlafener wirken, als sie es war. »Herein.«

Als er Klara erkannte, musste er fast über sich selbst lachen.

»Herr Wolf? Ich bringe Ihr Abendmahl.«

Dass weder die SS noch die Gestapo sanft anklopfen würden, hätte er sich denken können. Unsicher schaltete sie das Licht an und blieb auf der Türschwelle stehen, als sie die Pistole erblickte.

»Komm ruhig herein, ich tu dir nichts«, raunte er, legte die PKK auf den Boden und schlug die Hände vor das Gesicht. »Wie spät ist es?«

Klara benötigte ein paar Sekunden, bis sie den Mut fand einzutreten und das Tablett sowie das Bündel Kleidung auf den Tisch zu legen. »Beinahe 22 Uhr, Herr Wolf.«

»Einfach nur Wolf, das reicht. Hat Helene dich geschickt?« Erst jetzt verfestigte sich sein Blick. Mit halb geöffnetem Mund starrte Klara auf seinen verbundenen Oberkörper. Besonders die ausufernde Verletzung in seinem Gesicht schien sie nicht mehr loszulassen.

»Ein Heinz von Cleve werde ich damit nicht mehr.«

Erst jetzt bemerkte Klara, wie sie ihn anstarrte und sah hastig zu Boden. »Wie bitte?«

»*Leichte Kavallerie*? *Der Favorit der Kaiserin*?« Das Mädchen schüttelte den Kopf. »Du solltest öfters ins Lichtspielhaus gehen. Mit Lene war ich früher oft … aber genug davon. Wo ist sie?«

»Sie ist unterwegs, mehr weiß ich nicht.« Die Kleine griff zum Tablett, ihre blauen Augen funkelten dabei wie Sterne. »Sie sagt, dass ich Ihnen diesen Brief geben soll, wenn es Nacht geworden ist.«

So ein Mädchen gehörte nicht auf die Bandeler. Das Mäuschen sollte behütet in eine der Vorstadtvillen in Kaiserwerth sitzen und am Kamin stricken – oder was solche Damen auch immer machten, um sich die Zeit zu vertreiben. Stattdessen musste sie Kunden bedienen und sich mit Abschaum wie ihm herumschlagen. Eine Schande war das. Wolf lehnte sich zurück. Er konnte seine Neugier noch nie gut zurückhalten und begutachtete das Mädchen genauer.

»Setz dich doch. Ich mag es nicht, alleine zu essen.« Als sei seine Bitte ein Befehl, reichte sie ihm den Topf und zwei Scheiben Brot. Anschließend nahm sie auf dem Stuhl gegenüber Platz und faltete die Hände im Schoß zusammen. »Grünkohl«, wisperte sie und lächelte. »Hat Frau Helene gemacht.«

War sie naiv oder ihr Spiel wirklich so gut? »Wo kommst du her?«

»Aus der Nähe.«

»Und deine Eltern?«, hakte Wolf nach und schob sich

einen vollen Löffel in den Mund. Herr im Himmel, wie sehr hatte er Helenes Kochkünste vermisst.

»Tot.«

Genüsslich kaute Wolf auf den dicken Kartoffelstücken herum. »Erzähl mir mehr über sie.«

Klara zuckte mit den Schultern. »Meinen Vater habe ich nie kennengelernt, er starb im Großen Krieg, meine Mutter kurz darauf an der Ruhr.« Sie lächelte, sah hoch. Gott, ihr Blick fesselte regelrecht. »Zumindest wurde mir das im Heim erzählt. Irgendwann hielt ich es nicht mehr aus und nahm Reißaus, habe mal hier, mal da angeschafft, bis ich vor vier Monaten bei Frau Helene angefangen habe.«

Anscheinend musste sie heute noch arbeiten, wenn man die dicke Schicht Schminke sah, die Helene bei ihr aufgelegt hatte. Zumindest hatte sie damit das Veilchen gut überdecken können.

Wolf wollte sie weiter reden hören, während er aß. Die sanfte Stimme, ihre unbeholfenen Bewegungen, dieses schüchterne Lächeln, alles schien sein Herz höher schlagen zu lassen – und nicht nur das – auch in der Hose verspürte Wolf eine immer stärker werdende Enge.

»Und wie gefällt es dir? Die Arbeit, meine ich?«

»Es ist besser als woanders.«

Wolf beendete sein Essen. Noch immer lag der Brief ungeöffnet auf der Bettdecke. Doch er hatte ganz andere Gedanken. »Wie viel nimmst du pro Stunde?«

Wieder ein Schulterzucken. Sie kam näher zu ihm heran, räumte sein Geschirr zusammen. Er konnte den Duft ihrer Haut in sich aufnehmen, einen Blick in ihr Dekolleté erhaschen.

»Die Preise bestimmt Frau Helene. Manchmal mehr, manchmal weniger. Das kommt drauf an, wie viele Männer da sind.«

Wolfs Lippen wurden trocken, obwohl er gerade gegessen hatte. Seine rechte Hand begann zu zittern, suchte sich langsam den Weg an den Bettrand. Zum Teufel mit ihm, er hatte Hunderte von Reichsmark in der Innentasche, damit könnte er die Kleine für mehrere Wochen buchen. Ein Mädchen, das seine Tochter sein könnte!

Die Lust schien mit jeder Sekunde, in der dieses junge Ding mit der makellosen, weißen Haut in seiner Nähe war, zu wachsen. War es nur ein Gefühl oder beugte sie sich wirklich ein Stück tiefer herab, als es eigentlich nötig war?

»Benötigen Sie … du noch irgendetwas?«

Zärtlich biss sie sich auf die Lippe. Wollte sie ihn etwa als Kunden gewinnen? Solche Mädchen konnten sich die Freier normalerweise aussuchen. Und sie würde ganz bestimmt nicht mit so einem Wrack wie ihm in die Laken hüpfen. Oder doch?

Denk keinen Stuss, alter Mann. Du bist vor ein paar Tagen noch durch die Hölle gegangen. Sie will nur freundlich sein.

Bevor er eine weiter Dummheit machen konnte, zog er seine Hand zurück und öffnete den Brief. »Nein, geh nur.«

»Ich wollte mich noch bedanken, wegen heute Morgen.« Sie machte sogar einen Knicks, als sie das Zimmer verließ. Das musste sie in irgendeiner Zeitschrift gelesen haben, dachte Wolf und schlug das Papier auf.

Helenes geschnörkelte Handschrift hatte er schon immer bewundert.

Wolf,

ich habe mich umgehört. Eine Frau, auf die deine Beschreibung passt, wurde in letzter Zeit oftmals bei Lemi gesehen. Vielleicht hilft dir das. Außerdem habe ich dir frische Kleidung besorgt, deine Größe ist mir noch wohlbekannt.

Du kannst ein paar Tage bleiben. Wenn du wieder bei Kräften bist, will ich, dass du gehst.

Helene

Wie immer ohne Umschweife. Wolf ließ die Kante des Briefs über seine Lippen streifen. Er war nicht gut für Lene. Er wusste das und sie wusste es auch. In wenigen Jahren würde sie aufhören, ihren Körper an fremde Männer zu verkaufen, und vollends in der Rolle der Bordellmutter aufgehen. Auch wenn ihre beiden Leben keinen glücklichen Anfang gehabt hatten, würde *sie* zumindest so weit vorsorgen, dass das Ende erträglich war. Im Gegensatz zu seinem.

Zu allem Überfluss war sein erster Anhaltspunkt auch noch Lemi. Messer-Lemi, wie er mit einer Mischung aus Ehrfurcht und Verachtung genannt wurde. Noch in Unterwäsche ging Wolf herab in den ersten Stock, wusch sich ausgiebig und zog den Anzug an, den Helene für ihn besorgt hatte. Einen wahrlich feinen Zwirn hatte sie ihm ausgesucht. Ebenfalls Nadelstreifen, wie der von Kampa, dieser sogar mit einem schicken, fliederfarbenen Tuch in der Tasche. Den Anschein eines Abschiedgeschenks konnte er nicht leugnen. Sogar an einen dicken Mantel und einen Hut hatte sie gedacht. Ein kleines Päckchen Zigaretten und Streichhölzer lagen ebenfalls auf dem Tablett. Plötzlich fühlte sich Wolf wie ein Dummkopf, als er die Treppen herabstieg und ihm das Stimmengewirr bereits auf den ersten Stufen entgegen schallte. Das Lokal lief gut. Da war sie wieder, diese Lebensfreude, das helle Frauenlachen und die Alkoholfahnen, die er so vermisst hatte. Ein paar Damen kannte er noch von früher. Sie nickten erst ungläubig, ihre Blicke verharrten wenige Momente auf ihm, wandten sich dann aber wieder ihren Kunden zu. Jürgen kam gar nicht hinterher, Bier und kleine Likörs auszuschenken.

Woher Helene solche Köstlichkeiten her hatte, wollte Wolf gar nicht wissen. »Wirt! Gib mir einen Stift!«

Er musste es zweimal schreien, bevor Jürgen endlich seiner Aufforderung nachkam. Wolf drehte den Brief um.

Liebe Lene,

verzeih, ich bin ein Trottel. Danke für alles.

Wolf

Er war kein Mann der großen Worte. Für ihn sollten Taten sprechen. Ungesehen von den anderen Gästen ließ er mehrere Scheine in den Umschlag gleiten, faltete den

Brief und verschloss ihn wieder. Anschließend rief er nach Jürgen. »Gib ihr das, wenn sie wieder zurück ist.«

Ein kurzes Nicken, dann war der Mann wieder dabei, seine Gäste anzulachen und Alkohol unter die Menschen zu bringen. Ab und zu gab er einen aus, klopfte den Männern auf die Schulter und animierte sie, noch mehr zu trinken. Ein geschickter Geschäftsmann war er, das musste man ihm lassen.

Wolf wollte sich nicht noch länger hier aufhalten. Zu groß wäre die Versuchung, einfach an der Theke Platz zu nehmen und sich volllaufen zu lassen. Außerdem saß Klara etwas abseits auf dem Schoß eines attraktiven Mannes. Die beiden tauschten innige Küsse. Diese kleine Verführerin – allein mit ihren Augen hatte sie Leidenschaft in Wolfs Lenden zurückgebracht. Er mochte gar nicht daran denken, was sie erst mit ihren Händen anstellen konnte … oder ihren Lippen … oder anderen Körperteilen.

Das war endgültig genug. Ohne jemanden noch eines weiteren Blickes zu würdigen, verließ er das Lokal. Draußen peitschte immer noch ein heftiger Wind, dazu nieselte es. Ein richtiges Sauwetter und ein guter Grund, die ganze Nacht in der Wirtschaft zu verbringen. Nur gut, dass genau so ein Lokal heute sein Ziel sein würde.

Wolf schloss den Mantel, zog den Hut tief ins Gesicht und machte die ersten Schritte in Richtung Westen. Düsseldorf hatte unendlich schöne Seiten. Wenn er weiter geradeaus gehen würde, könnte er die prachtvolle Königsallee bewundern und die geschmückte Adolf-Hitler-Straße. Doch wo Licht war, war auch immer Schatten. Sein Weg führte ihn tief in die Altstadt, bis er die nördliche Düssel erreichte. Vor dem großen Park fand er sein Ziel.

Die Wohnungen hier hatten ihre besten Tage weit hinter sich. Lediglich von ein paar Lichtern erhellt kam Wolf näher. Sein letzter Besuch dieses Viertels lag lange zurück, und doch war alles beim Alten geblieben. Ganze Parallelwelten spielten sich hinter den dicken Mauern ab. Man musste nur wissen, an welche Tür man klopfte. Das Milieu war verschwiegen. Niemand wurde verraten, solange man selbst keinen vor den Kadi zog. Fresse halten galt als oberstes Gebot. Ansonsten konnte man sich sicher sein, dass man früher oder später den Aalen im Rhein Gesellschaft leistete. Wolf hoffte auf eine blitzsaubere Lösung. Ein paar Tipps hier, ein paar Hinweise dort. So schnell es ging, würde er diese Charlotte finden, sie zur Not an den Haaren zu Kampa ziehen, seine Belohnung kassieren und dann verschwinden. Mehrmals hatte er auf dem Weg mit dem Gedanken gespielt, sich einfach in den nächsten Zug zu setzen. Das Ruhrgebiet war groß, viele Freudenhäuser lechzten geradezu nach seinen Scheinen. Allerdings würde sich der ganze Hass von Kampa auf ihn konzentrieren. Wenn er eins gelernt hatte, dann war es, keinen Krieg anzufangen, den er nicht gewinnen konnte.

Damit hatte das Reich schon 1914 schlechte Erfahrungen gemacht.

Mit ein bisschen Glück würde er in wenigen Tagen die flüchtige Verlobte finden und dann im Zug nach Essen sitzen. Weg von Helene und dem ganzen Mist, der hier passiert war.

Wolf drückte die Pistole im Hosenbund ein Stück tiefer und schritt durch eine schmale, unbeleuchtete Gasse. Nur einem schimmernden Licht am Ende war es zu verdanken, dass er überhaupt etwas sehen konnte. Zwei Gestalten warteten unter der Lampe, rauchten und unterhielten sich leise. Lemi hatte neues Personal eingestellt.

»Stopp!«, sagte einer der beiden absichtlich gelangweilt. »Was willst du?«

Wolf trat aus der Dunkelheit. »Wie wäre es mit ein bisschen Vergnügen?«

»Kannst du deine Zeche auch bezahlen?«

Wolf drückte dem Mann einen Schein in die Hand. Auch wenn sein Gesicht im Halbschatten lag, so war das Grinsen überdeutlich. »Viel Spaß!«

Sie ließen ihn passieren. Vom Innenhof führten mehrere Türen ab. Wolf lauschte in die Dunkelheit und entschied sich für jene, hinter der er meinte, Geräusche auszumachen. Ohne anzuklopfen, drückte er die Klinke. Auch wenn Prostitution verpönt war und der Führer ganz andere Tugenden predigte, es hatte sich kaum etwas verändert. Selten hatte er Helenes Konkurrenz besucht, nach einem Streit beispielsweise. Dann hatte sie ihn manchmal rausgeworfen. Wenn er es sich recht überlegte, war das in den letzten Jahren doch häufiger vorgekommen.

Die Rauchschwaden waberten durch den Raum und gerieten in Bewegung, wenn ein Angetrunkener sich seine Herzensdame ausgesucht hatte und sie oben auf eins der Zimmer verschwanden. Es stank nach Alkohol, der Boden klebte, die Luft war heiß und verbraucht. Verdammt, er war wieder zu Hause. Wolf zählte ein Dutzend Männer, dazu noch sechs Frauen, die allesamt ihre besten Tage hinter sich hatten. Wahrscheinlich waren die jungen bereits gebucht und verrichteten in der Horizontalen ihren Dienst.

Niemand beachtete ihn. Normalerweise war ihm das ganz recht, nur heute brauchte er Aufmerksamkeit. Wolf machte sich gar nicht die Mühe den Mantel abzulegen, öffnete ihn lediglich und ging an den Tresen.

»Eine Runde für alle!«

Die Worte verfehlten nicht ihre Wirkung. Die Blicke der Anwesenden drehten sich, ein kurzer aber kräftiger Jubelstoß durchbrach das Gerede. Zwei Frauen, deren Künste er in der Vergangenheit mehrmals genießen durfte, schmiegten sich sofort an seine Brust. Wie waren ihre Namen noch mal? Gleichgültig, so etwas war hier nicht von Belang. Wolf schüttelte Hände vom Halbfremden, mit denen er sich im Suff sicherlich schon einmal unterhalten hatte.

»Wie geht es?«

»Gut. Selbst?«

»Immer!«

Das Schöne an Geld war, dass man immer genug Freunde hatte, solange man welches besaß. Gespräche, die niemanden interessierten und in wenigen Sekunden vergessen waren. Das Leben im Bordell war einfach, nichtssagend und trotzdem so bittersüß, dass man davon nicht genug bekam. Der Wirt, ein kleiner, flinker Bursche mit breiten Schultern, lief mit der Schnapsflasche die umstehenden Gäste ab und füllte ihre Gläser. Eifriges Kerlchen. Wahrscheinlich bekam er einen geringen Teil der Abendkasse und kein festes Gehalt. Gut für den Umsatz. Messer-Lemi war nicht dumm, ein Geschäftsmann, wie er im Buche stand. Leider umwehte ihn auch der Hauch des Verrückten, was aus ihm einen unberechenbaren Mann machte. Wolf würde nie vergessen, wie er vor drei Jahren ein Opfer von Lemis nächtlichen Ausschweifungen fand. Der arme Teufel hatte seine Börse verloren oder sie war ihm gestohlen worden, irgendetwas in der Art. Eigentlich keine große Sache. Andere Besitzer hätten ihn einfach verprügeln lassen. Ein paar gebrochene Knochen, dazu Drohungen, man würde die Familie informieren oder schlimmer, ihr etwas antun, und ein paar Tage später war das Geld da. Leider sah Lemi das ein wenig anders. Es war einer dieser Tage, an denen man nicht wusste, ob er jemanden wie einen Bruder umarmte oder mit unzähligen Messern die Haut vom Gesicht schnitt. Im Fall des Mannes vor drei Jahren war es die zweite Option gewesen. Sein Gesicht hatte in Fetzen neben ihm auf einer Mülltonne gelegen. Als Warnung für alle anderen. Und genau diesem kranken Bastard musste er jetzt einen Besuch abstatten. Keine schönen Aussichten.

»Kleiner, komm mal her!«

Wolf schickte die Frauen weg, versprach, dass er später beide mit aufs Zimmer nehmen würde. Lügen war hier einfach, die Wahrheit ein kostbares Gut, welches es wohl zu dosieren galt. »Ich suche Lemi«, schrie Wolf dem jungen Mann absichtlich laut entgegen. »Wir haben ein paar Sachen zu bereden. Geschäftlich. Es würde sich für uns beide über die Maßen lohnen.« Wolf holte das Bündel Geldscheine aus der Innentasche.

Im Normalfall war es das Dümmste, was er hätte machen können. Doch unter diesen Umständen schien es nötig. »Wenn du mir helfen könntest, würde es sich auch für deine Börse lohnen.«

Der Mann leckte sich über die Lippen. Natürlich wusste er nicht, wo Lemi steckte. Das hätte Wolf auch überaus gewundert. Doch dank der Runde und dem Bündel Scheine hafteten die Blicke jetzt auf ihm. Es wurde getuschelt und hinter vorgehaltener Hand geredet. Zwei Minuten später bestätigten sich Wolfs Hoffnungen.

»Du suchst Lemi?« Der Mann war von breiter Statur, fast so groß wie Wolf und besaß eine Hasenscharte, die seinesgleichen suchte. Wahrscheinlich einer der Schläger, deren Loyalität demjenigen galt, der die meisten Reichsmark entbehren konnte.

»Ist er hier?«, wollte Wolf ohne Umschweife wissen.

»Das kostet dich aber eine Kleinigkeit.«

Schnell war man sich handelseinig. Wolf wurde in ein Hinterzimmer geführt, dann eine Treppe hoch. Die Stufen knarrten unter dem Gewicht der beiden Männer. Noch immer konnte er die Stimmen aus der Kneipe vernehmen, als er vor einer Tür stand.

Die Stimme des Mannes war leise. »Er ist heute nicht so gut zu sprechen. Eines seiner Mädchen ist mit einem Kunden durchgebrannt – also sei vorsichtig. Das hast du aber nicht von mir!«

Wolf legte noch einen Schein obendrauf und nickte. Endlich verschwand der Kerl. Natürlich musste er damit rechnen, dass es eine Falle war. Lemi und er hatten in der Vergangenheit die eine oder andere Fehde ausgetragen, die mit Geld oder Zuwendungen aus der Welt geschafft werden konnte. Er hoffte, dass es auch diesmal so war, und trat ein. Ohne anzuklopfen.

»Guten Abend, Leonhard.«

Der Mann schaute nicht einmal hoch. Er saß allein am Tisch, eine Lampe war die einzige Lichtquelle in dem kleinen Zimmer. Vor ihm Messer, mehrere Bündel Geld und ein kleines Notizbuch. Innerlich stieß Wolf einen Fluch aus. Lemi war nicht überrascht.

Schlecht für ihn. Sehr schlecht.

Endlich sah er hoch. »Friedrich. Es ist lange her. Setz dich doch, bitte.«

Wolfs Magen zog sich zusammen, als er die Treppe knarren hörte. Scheinbar postierten sich mehrere Männer vor der Tür. Die Falle war zugeschnappt und er war hineingelaufen wie ein hungriger Esel, dem man eine Karotte vor die Nase hielt.

Wolf legte seinen Hut auf den Tisch, nahm Platz und nickte in Richtung der geschlossenen Tür. »Erwartet du noch Gäste?«

»Nicht wirklich, du besitzt meine gesamte Aufmerksamkeit.« Lemi lächelte so freundlich, dass es Wolf kalt den Rücken herablief. Seine mittellangen, blonden Haare waren zu einem lockeren Scheitel gekämmt. Kaum zu glauben, dass dieses Milchgesicht mit Akne-Narben und strahlend weißen Zähnen einer der größten Verbrecher Düsseldorfs war. Die halbe Polizei stand auf seiner Schmiergeldliste, zusätzlich ein paar Politiker der

NSDAP. Lemi hatte sich eine Schutzzone geschaffen, die beinahe undurchdringlich war. Er musste vor nichts mehr Angst haben … bis auf eine Sache. Es galt, diese Karte glaubwürdig und behutsam auszuspielen.

»Wundervoll.« Wolf schlug die Beine übereinander. »Ich hoffe, du hast nichts dagegen, wenn ich dir ein wenig Gesellschaft leiste.«

Lemis dunkle undurchdringliche Augen funkelten aufmerksam. »Aber nein, ich freue mich immer über deine Gegenwart. Und wo wir gerade davon reden, wie war *deine* im letzten halben Jahr? Hast du das Lagerleben genossen?«

Mist. Er war gut informiert, hatte seine Augen und Ohren überall. Wolf hoffte, dass er dies zu seinem Vorteil nutzen konnte.

»Nicht so schlimm, wie man denkt. Gutes Personal, tolles Essen, ein wenig Sport, um wieder in Form zu kommen. Die frische Luft im Emsland hat mir gutgetan.«

Lemi nickte eifrig, spielte mit einer Klinge und lehnte sich zurück. »Siehst auch erholt aus. Du hast abgenommen, oder?«

Wolf klapste mehrmals auf seinen Bauch. »Ist das so offensichtlich? Ein paar Kilo sind schon runter.«

»Großartig, wirklich toll.«

Endlich herrschte Schweigen. Nur ein leichtes Kratzen, als Lemi mit der Klinge seine Fingernägel reinigte, durchbrach die Ruhe.

»Friedrich, mir brennen zwei Fragen auf der Seele. Also, wenn du erlauben würdest?«, begann Lemi im Plauderton.

Endlich kamen sie zur Sache. Wolf hob zustimmend die Hand, worauf Lemi sich beinahe verbeugte.

»Die dringendste Frage: Was hat den großen, bösen Wolf zu mir verschlagen? Sucht er etwa nach Rotkäppchen?«

Die Zeit der Nettigkeiten war vorbei. Gut so, er hätte Lemis überfreundliche Arroganz nicht länger ertragen können. »Fast. Aber ja, ich suche jemanden.«

»Das tun wir doch alle.«

»Eine junge Frau, feuerrote Locken, soll sich vor ein paar Tagen an dich gewandt haben. Klingelt es da bei dir?«

Lemi sah an die Decke, tat so, als überlegte er, und wippte mit dem Kopf. »Möglich. Wie viel ist dir diese Information wert?«

Endlich sprachen sie die gleiche Sprache. Wolf zog ein abgezähltes Bündel aus der Innentasche, um es neben den Klingen auf dem Holztisch aufzufächern. »Reicht das?«

Beinahe gekränkt lehnte sich Lemi nach vorn, legte die Hände flach auf den Tisch und machte ein Gesicht, als hätte Wolf ihn auf Spanisch angesprochen. »Geld? Ist das dein Ernst?«

Wolf nickte, Lemi lachte auf und deutete auf die Reichsmark auf dem Tisch. »Schau dir die Bündel an. Das ist allein der Umsatz der gestrigen Tage. Und du denkst, dass du mich mit ein paar hundert Reichsmark ködern kannst?« Seine Stimme wurde lauter. »Ich will etwas anderes von dir. Etwas, das dir wirklich am Herzen liegt.«

Noch immer gab Wolf sich betont lässig. Wenn sein Temperament mit ihm durchgehen würde, wäre es für beide Seiten fatal und niemand würde diesen Raum lebendig verlassen. »Und das wäre?«

Lemis Stimme war durchzogen von Ruhe und Provokation. »Ich will Helene und ihr heruntergekommenes Freudenhaus. Sie hat mich schon immer fasziniert. Ihre schönen, langen, blonden Haare, ihr üppiger Busen. Wie ist es so an ihren Nippeln zu saugen, werden sie schön schnell hart?«

Wolf schwieg. Die Wut stieg mit jeder Silbe auf, so langsam und unaufhörlich wie Magma im Innern eines Vulkans. Bald schon würde er vor dem Ausbruch stehen.

»Ihr kleines Etablissement fügt mir doch gehörigen Schaden zu«, hauchte Lemi wehleidig. »Und wenn ich mit 20 Männern einfach die Einrichtung zerschlage und das Haus in Brand setze, kann selbst die Polente nicht mehr die Augen verschließen.«

»Also?«, knurrte Wolf mit einer gehörigen Portion Aggressivität in der Stimme.

»Also lieferst du sie und diesen Wirt einfach mir aus. Du lockst sie heute Nacht noch aus ihrem Puff, ihr trefft euch irgendwo am Rheinufer. Doch anstelle von dir werde ich mit meinen Leuten da sein.« Mit dem Messer vollführte er zwei hastige Bewegungen. »Es geht ganz schnell, das verspreche ich dir. Zack Zack und schon ist unser gemeinsames Problem gelöst. Du bekommst alle Informationen, die ich habe. Ich lege sogar ein Jahr freien Verkehr in meinen Häusern obendrauf. Dann sind alle glücklich und wir gehen wieder getrennte Wege.« Lemi streckte die Hand aus und grinste breit. »Wie schaut es aus, Friedrich? Haben wir eine Übereinkunft?«

Er hatte all seinen Willen aufbringen müssen, um ruhig zu bleiben. Die Zeit war in diesem Moment vorbei. »Leonhard, wenn du jetzt muckst, bist du tot.«

»Wie bitte?«

Ohne eine weitere Sekunde zu zögern, nahm Wolf ein Messer vom Tisch und presste Lemis Hand auf die Platte. Mit voller Wucht rammte er die Klinge durch den Handrücken in das Holz. Er war selbst überrascht, wie einfach das ging. Der Schock spielte ihm in die Karten. Lemi war wie versteinert, starrte mit offenen Augen auf seine fixierte Hand. Noch bevor er schreien konnte, stand Wolf hinter ihm und presste seinen Mund zu. Nur noch gedämpfte Geräusche drangen an seine Ohren, als er die Klinge an Lemis Kehle setzte.

»Wie ist deine zweite Frage, Leonhard?«

Erst als Wolf ihm etwas Luft ließ, konnte er ein paar leise und vor Angst triefende Worte stammeln: »Was … was meinst du?«

»Du erwähntest, dass dir zwei Fragen auf der Seele brennen. Stell mir die zweite!«

Der Mann brauchte Zeit, um sich zu sortieren, ungläubig, ob er diese Aufforderung gerade wirklich verstanden hatte. »Welche Frage?«

Wolf zog den Stuhl zurück, sodass Lemis Arm gestreckt wurde. Seine Hand lag ganz starr inmitten einer immer größer werdenden Blutlache.

»Leonhard, ich kann dich auch mit voller Wucht zurückziehen. Deine Hand wirst du dann allerdings nie mehr gebrauchen können. Also, noch mal: Du wolltest mir eben zwei Fragen stellen.«

»Ja, genau«, stammelte Lemi. »Wie um alles in der Welt bist du aus dem Lager gekommen?«

»Genau das, was ich hören wollte!«, jubilierte Wolf. »Denk mal scharf nach – der feine Anzug, meine neuen Ermittlungen und – wann habe ich jemals so viel Geld besessen? Des Weiteren dürften deine Leute mich bereits mit meinen neuen Kollegen gesehen haben. Habe ich nicht recht?«

Als Wolf mehr Druck auf die Klinge ausübte, begann Lemi zu reden: »Das hohe Tier der Schutz-Staffel. Auf dem Friedhof!«

»Genau. Und da mir eine schwarze Uniform einfach nicht steht … was schlussfolgerst du?«

»Gestapo«, zischte er, als wäre dieses Wort eine Krankheit. »Das hätte ich mir denken können, dass sie den miesesten Schläger aus Düsseldorf in ihren Reihen wissen wollen. Dreckiges nationalsozialistisches Pack!«

»Vorsichtig, Lemi, meine Kollegen verstehen da keinen Spaß.« Wolfs Lippen kamen nah an sein Gesicht. »Und ich übrigens auch nicht.«

»Wenn mich die Staatspolizei holt, bin ich in zwei Tagen wieder draußen.«

»Da wäre ich mir nicht so sicher. Es gelten neue Regeln, neue Gesetze – besonders für kleine Mischlingsjuden, die ihre Herkunft besonders gut versteckt haben. Es reicht schon der Verdacht, das weißt du …« Seine Stimme war nicht mehr als ein drohendes Flüstern, ein gespenstisches Wispern im Wald, das einem die Nackenhaare aufstellen ließ. »Wenn sich diese Tür gleich öffnet, wirst du sagen, dass dir ein dummer Unfall passiert ist. Niemand deiner

Männer wird Helene oder mich jemals wieder belästigen.« Wolfs Mund berührte beinahe seine Ohren. »Sollte mir etwas zustoßen, werden meine Kollegen nach dir suchen. Glaub mir, ich bin der Einzige, der dich derzeit vor einer Deportation in den Osten schützt. Dein schönes Leben hier willst du doch nicht aufs Spiel setzen?« Wolf konnte die Wut des anderen Mannes spüren. Sie war förmlich greifbar.

»Das Mädchen war hier, vor ein paar Tagen. Sie wollte den abgelegensten Verschlag, den ich ihr vermieten konnte. Ich hab ihr ein Zimmer im obersten Stock in der Fabelstraße gegeben. Das gelbe Haus, kurz vor dem Brunnen. Es wird bald abgerissen, aber für sie reichte es.«

Allmählich lockerte sich Wolfs Griff. »Hat sie sonst noch etwas gesagt?«

»Nein«, keuchte Lemi.

Wolf holte das Foto aus seiner Innentasche.

»Diese hier?«

Die Antwort war ein peinvolles Zischen: »Ja.«

Wolfs Griff lockerte sich, er ließ das Geld liegen und zog den Hut auf. »Vielen Dank, Leonhard.«

Mit schmerzverzerrtem Gesicht packte Lemis gesunde Hand das Messer. »Das ist noch nicht vorbei, Wolf.«

Natürlich war er auf Rache aus und würde Wolf bis ans Ende der Welt jagen, um sie zu bekommen. »Ich weiß. Guten Abend, Leonhard.«

KAPITEL 5

- IM REICH DES RATTENKÖNIGS -

Dass er wirklich so viel Glück haben könnte, damit hätte Wolf überhaupt nicht gerechnet. Es war mehr ein Schuss ins Blaue als eine wirkliche Ahnung gewesen, dass Leonhard, immerhin ein blonder Jüngling, wirklich Großeltern jüdischer Abstammung besaß. Sicherlich, die Gerüchte kursierten immer mal wieder. Mehr Scherz und böser Wille als fundierte Information. In Verbindung mit seiner angeblichen Anstellung bei der Staats-Polizei hatte es Lemi eine Angst eingejagt, die Wolf nachdenklich werden ließ. Mit spitzen Schreien hatte er seinen Männern befohlen, Wolf kein Haar zu krümmen und diesen einfach gehen zu lassen. Die verdutzten Gesichtsausdrücke der groben Kerle würde er nie vergessen. Er war an ihnen vorbeigegangen, einfach so, hatte das Lokal verlassen und sich auf den Weg in die Fabelstraße gemacht. Obwohl Wolf sich mehrmals umdrehte, konnte er niemanden ausmachen, der ihm folgte.

Angst war ein großer Motivator und ein noch stärkerer Antrieb.

Auch Hitler war sich wohl dieser einfachen Formel bewusst. Wolf hatte ihn als klugen und weisen Staatslenker gefeiert. Ein Mann, der Autobahnen bauen ließ, Sicherheit und Stabilität brachte und dem deutschen Volk seinen Stolz zurückgab. Nach der unsäglichen Niederlage im Großen Krieg und der daraus resultierenden Geißel des Versailler Vertrags brauchte es einen Führer wie ihn, damit sich das Reich auf seine alten Tugenden besann. Die Erfolge waren schließlich sichtbar – jeder ungelernte Bauernlümmel konnte für einen guten Lohn arbeiten gehen, die Menschen gaben wieder Geld aus, niemand musste mehr hungern. Wer achtete da schon auf Kleinigkeiten, die beim *Reichsparteitag der Freiheit* 1935 einstimmig vom Reichstag angenommen worden waren. Wolf hatte nicht die geringste Ahnung, ob das Blut von Juden besser oder schlechter war als das seine, das arische. Er hatte weder die Ausbildung noch das Interesse, es herauszufinden. Mit der Titelseite des Reichsgesetzblatts hatte er sich den Hintern abgewischt, nachdem er die Lektüre überflogen hatte. Begriffe wie Blutschutzgesetz und Ehegesundheitsgesetz sagten ihm nichts. Allerdings hatte die Zeit im Lager seine Spuren hinterlassen – körperlich und geistig. Die Gespräche der Politischen hatte er anfangs ausgeblendet. Dummes Geschwafel der Intelligenz, dem er sowieso nicht folgen konnte. Allerdings war auch ihm nicht entgangen, dass die Zahl derer, die jeden Tag enteignet wurden, ständig wuchs. Erst war es nur der Beamtenstatus, der den Juden aberkannt wurde. Bald schon waren es alle öffentlichen Ämter, von denen man sie ausschloss. Schließlich verbannte man sie aus Krankenhäusern, Apotheken und Ausbildungsstätten. Am Ende durften sie nicht in Parks oder im Wald spazieren gehen. Wenn jemand wie Messer-Lemi Angst vor dem gelben Stern am eigenen feinen Zwirn hatte, war die

Machtverschiebung im Staat unaufhaltsam fortgeschritten. Langsam, schleichend, einer Schlange gleich, die sich ihrem Ziel unsichtbar und lautlos näherte.

*

Die gelbe Farbe des Gebäudes erstrahlte schon von Weitem. Putz blätterte von den Wänden ab, eine grünlichbraune Schicht hatte sich über das Mauerwerk gelegt. Lange Zeit musste sich niemand für dieses Areal verantwortlich gefühlt haben. Die Fensterläden im ersten Stock waren komplett geschlossen, etliche Streben hingen lose herab. Wolf konnte sich nicht vorstellen, dass hier irgendjemand lebte.

Der Knauf an der Tür hatte Rost angesetzt, das Schloss war aufgebrochen. Anzeichen dafür, dass Vagabunden hier die Nächte verbrachten. Wolf presste seine Schulter gegen die Tür, erhöhte den Druck, bis sie schließlich nachgab. Die Geräusche seines Eindringens hallten von den Wänden wider. Kam es ihm nur so vor oder war es tatsächlich kälter als draußen? Der Boden war voll mit Schutt und Glasscherben, jeder Schritt knirschte unter seinen Schuhen. Lemi musste ihn in eine Falle gelockt haben. Hier konnte niemand freiwillig wohnen. Etliche Türen waren ausgehoben, alles von Wert war mitgenommen worden. Wolf machte zerschlagene Möbel, ein paar alte Lampen und sogar Weihnachtsdekoration aus. Dieses Haus musste ein beliebter Lagerungsort für Müll sein. Dazu drang ihm ein Gestank in die Nase, der kaum auszuhalten war.

Im kargen Licht, das von den Fenstern in das Gebäude fiel, erblickte er eine herumstehende Petroleumlampe und versuchte, sie mit Streichhölzern zu entzünden. Allerdings würde der Brennstoff nicht ewig Licht spenden, Wolf musste sich beeilen. Eine gespenstische Stille legte sich über das Areal, nur durchbrochen vom Echo Wolfs langsamer Schritte. Der Docht der Lampe war beinahe abgebrannt, sodass sich nur ein leichter Schein auf die Wände legte, der die Schatten tanzen ließ.

Lemi hatte vom obersten Stock gesprochen. Hätte es nicht der Keller sein können? Die morsche Holztreppe sah alles andere als vertrauenerweckend aus. Immerhin war er kein junges Mädchen, sondern brachte einiges mehr auf die Waage. Selbst jetzt, nach dem Lager. Vorsichtig setzte Wolf den ersten Schritt auf die Stufe und verlagerte sein Gewicht. Das Holz knarrte und gab nach, trotzdem wirkte es stabiler, als es den Anschein machte. Schritt für Schritt stieg Wolf hinauf, wobei sein Herz heftiger zu pochen begann.

Als er in der zweiten Etage angekommen war, drang ein Poltern an seine Ohren. Wolf hielt die Lampe vor sein Gesicht, versuchte seinen Blick zu schärfen. Es kam von unten. Mehrmals lauschte er in die Stille.

Nichts, bis auf fiepende Geräusche von Ratten, die sich ihre Mahlzeit suchten. Etliche der Nager hatte er aufgeschreckt. Wahrscheinlich war ein Rattenkönig verärgert, dass jemand in sein Reich eindrang.

»Ich bin gleich wieder weg, Euer Majestät«, wisperte Wolf leise.

Er glaubte weder an Fabelwesen noch an Märchen und ganz bestimmt nicht an einen Knäuel von Ratten, die am Schwanz mit Kot und Abfällen verbunden waren und von einer Oberratte geführt wurden. Gleichgültig, ob der Rattenkönig in den Untergang schritt oder die umliegenden Artgenossen zur Selbsterhaltung fraß – die anderen Tiere folgten ihrem Anführer bis in den Tod. Es waren diese gruseligen Geschichten, die ihm in den Sinn kamen, und die Stimmung an diesem Ort, welche selbst sein Blut in den Adern gefrieren ließ. Wenn er eines in seiner Zeit als Oberwachtmeister gelernt hatte, dann war es, auf seinen Instinkt zu vertrauen. Und hier stimmte etwas ganz gewaltig nicht.

Wolf zog die Walther PKK aus dem Hosenbund, als er sich der Treppe in den zweiten Stock näherte. Das Licht seiner Lampe nahm mit jeden Schritt ab. Als er endlich das Dachgeschoss erreicht hatte, warf es seinen Schein keine zwei Armlängen mehr weit. Hier oben ging nur eine Tür vom Flur ab. Die Klinke quietschte fürchterlich, als er eintrat. Das würde dem Rattenkönig gar nicht gefallen. Wolf musste sich ducken, so niedrig war die Decke hier oben.

Lemi hatte nicht gelogen. Das Zimmer war mehr ein Verschlag als eine wirkliche Wohnung. Keine weiteren Türen – keine Schränke oder Winkel. Zumindest hier würde er nicht Opfer eines Hinterhalts werden. In der Mitte des Raums stand ein Kupferkessel. Angekokelte Äste und Zeitungen mit Brandrändern kündeten davon, dass hier wirklich jemand gewesen sein musste. Auch eine Matratze und einen Tisch konnte er erkennen. Die Fenster waren mit dicken Holzbrettern zugenagelt. Offensichtlich hatte sich hier tatsächlich jemand ein Refugium geschaffen. Wolf steckte seine Pistole in den Hosenbund und fuhr mit der Hand über den Tisch. Weder Schmutz noch Staub hafteten an seinem Finger. So lange konnte es noch nicht her sein, dass hier jemand gesessen hatte. Kleidungsstücke lagen überall im Raum verteilt. Wolf hob eine Bluse und einen Pullover hoch, drehte sie im Licht. Von der Statur und Größe nach zu urteilen könnte zumindest der Pullover sehr gut zu Charlotte passen. Selbst den Hauch eines blumigen Parfüms konnte Wolf ausmachen. Nur das Hemd war eindeutig zu groß für die junge Dame und gehörte bestimmt nicht an so einen Ort. Es war blütenweiß mit einem gestärkten Kragen. Die Marke war ihm bekannt. Diese Art von Hemd gehörte zu denjenigen, die er sich nicht leisten konnte.

»Van Laack – ein königliches Hemd«, las Wolf leise den geschnörkelten Schriftzug im Stoff vor. Ganz eindeutig ein Männerhemd, das üblicherweise unter einem feinem Anzug oder einer Uniform getragen wurde. Die anderen Kleidungsstücke waren billiger Qualität und gehörten einer weiblichen Person. Er hatte es also mit einer Frau zu tun, die hier länger lebte, und einem Mann, der wenige Male hier gewesen sein musste. Noch einmal drehte er es im Schein. Keine Knitterspuren, kein Blut, weder Risse noch Schnitte. Der Unbekannte hatte das Hemd freiwillig ausgezogen. Ein Schäferstündchen, fernab der Ehefrau, an einem geheimen, schmutzigen Ort?

Es musste ein überhasteter Aufbruch gewesen sein, schlussfolgerte Wolf und sah sich weiter um. Wolf fand noch zwei Teller mit Essensresten. Die Ratten hatten sich noch nicht bedient, ein weiteres Indiz dafür, dass der Aufbruch nicht lange her sein konnte. Er brauchte mehr Informationen, um sich ein Bild zu machen. Das hier würde weder Kampa noch ihn weiterbringen. Schnell ging er zum Kessel, stellte die Lampe ab und griff die verkohlten Reste heraus.

»Na also.« Das, was er suchte, war schnell gefunden. Selbst wenn es angebrannt war, konnte er das Datum auf der Zeitung noch erkennen. Die Publikation war drei Tage alt. Als Wolf noch tiefer in den Kessel griff, wurde er stutzig. Für ein wärmendes Feuer in der Nacht hätte er Holz oder Äste genommen. Das ganze Haus war voll mit Gegenständen, die man verfeuern konnte. Doch im Kessel fühlte er nur Papier. Seufzend krempelte er den Ärmel des Mantels hoch und griff beherzt bis auf den Boden des Kessels. Was er zu greifen bekam, legte er auf den Schreibtisch, bis im Kessel nur noch verkohlte Überreste von Holz zu sehen waren.

Tatsächlich, dachte Wolf, als er mit schwarzen Fingern seinen Fund sortierte. Zumindest das letzte Feuer war nicht als Wärmequelle gedacht, sondern galt der Vernichtung von Aufzeichnungen. Die Zeitungen warf er wieder in den Kessel. Übrig blieben mehrere Dokumente, einige davon mehr, andere weniger vom Feuer zerstört.

Plötzlich schreckte er hoch. Wieder ein Scheppern. Wie von Seilen gezogen ging sein Griff an die Pistole. Diese miesen Ratten gingen bei der Essenssuche rücksichtslos vor.

»Ganz ruhig, Majestät. Ich bin gleich wieder weg.«

Er verharrte einen Moment, um sich erneut den Papieren zu widmen. Als Erstes erkannte er eine ausladende Frauenhandschrift. Vielleicht die von Charlotte? Mithilfe seines neuen, besten Freundes, Obersturmführer Dr. Ernst Kampa, würde sich zumindest das eindeutig klären lassen. Die Schriften waren ein Sammelsurium aus Gesetzestexten und persönlichen Notizen. Nur schwerlich konnte Wolf die zerrissenen und angekokelten Versatzstücke zusammensetzen. Das Erste, was er erkannte, war ein Gesetzestext:

Erbgeſundheitſgeſetz

§ 1: Erbkrank im Sinne deſ Geſetzeſ iſt, wer an einer der folgenden Krankheiten leidet:

1. angeborener Schwachſinn
2. Schizophrenie
3. Unſinn (maniſch depreſſiv)
4. erblicher Fallſucht
5. erblichen Veitſtanz (Huntingtonſche Chorea)
6. erblicher Blindheit
7. erblicher Taubheit
8. ſchwerer erblicher körperlicher Miſſbildung

Ferner kann unfruchtbar gemacht werden, wer an ſchwerem Alkoholiſmuſ leidet. Inkrafttreten am 01. Januar 1934

Zwangssterilisation – bei diesem Wort drehte sich Wolf der Magen um. Allein die Vorstellung, dass ein Quacksalber in Weiß da unten mit einem Messer hantierte, machte ihn über die Maßen nervös. Wolf setzte weitere Stücke zusammen. Auf dem Gesetzestext waren handschriftliche Notizen vermerkt:

Fritz Lenz 1934 – Ziel muss sein, dass über jeden Staatsbürger eine erbbiologische Akte geführt wird.

Das Wort »jeden« war mehrmals unterstrichen. Dann folgte ein langer Strich, die Handschrift wurde größer:

Aktion T-4???, Berlin – Warum? Idiotie muss von Ärzten, Hebammen etc. dem Reichsausschuss gemeldet werden. Welche Entscheidungsgewalt?

Kontakt mit Hans Hefelmann, Leiter Hauptamt IIB, Kanzlei des Führers ... nur der Beginn? Eugenik überprüfen!

Wolf konnte mit dem wirren Geschreibsel nichts anfangen. Als er das Blatt umdrehte, kam eine seltsame, ebenfalls handgeschriebene Notiz zum Vorschein, die ihn stutzig werden ließ. Mehrfach musste er die Papierschnipsel neu ordnen, bis es endlich lesbar war:

Provinzial Heil- und Pflegeanstalt Waldniel
Erfassung von Kindern, KFA – Verlegung?

Begutachtung, ob ›dauernd nicht arbeitsverwendbar‹

Laut Gespräch: Barbiturate / Phenobarbital / Experimente / Schock / Kälte / Luminal-Schema / Lungenentzündung

Mit Jaensch sprechen!

Die junge Dame, die hier gelebt hatte, musste eine Schraube gehörig locker sitzen haben. Was für ein zusammenhangloses Zeug sie da schrieb! Wolf überprüfte, ob er noch mehr Schnipsel zusammensetzten konnte. Es war vergebens. Die meisten waren zu sehr verbrannt und somit unlesbar. Nur dieses eine Papier war von der Feuersbrunst verschont worden. Wolf hatte genug gesehen. Er hatte einen Ort und einen Namen, mehr brauchte es meist nicht, um eine Fährte weiter zu verfolgen. Kleine Brotkrumen, die ihn hoffentlich zu Charlotte führten. Kampa hatte ihn vor diesem Dr. Jaensch gewarnt. Wieso überraschte es ihn nicht, dass der seine Finger mit im Spiel hatte? Wolf warf die restlichen Schnipsel in den Kessel und zündete sie an. Das zusammengesetzte Papier ließ er in seine Manteltasche gleiten.

Jetzt nichts wie raus hier. Die Geduld des Rattenkönigs hatte er schon lange genug strapaziert. Als wollte die Petroleumlampe seinen Gedankengang unterstreichen, flackerte sie bedrohlich, während er den Rückweg antrat. Das Knarren hallte im Gebäude wider. Erneut dieses Geräusch. Erst ein Scheppern, dann fiepte es im Erdgeschoss. Nicht nur er schien in der Nacht zum Leben zu erwachen, auch die Tiere waren von seiner Anwesenheit alles andere als begeistert und rannten panisch umher. Der modrige Gestank des Verfalls, der das Haus erfüllte, drang ihm tiefer in die Nase. Er sehnte sich nach einem kühlen Windhauch und einer Zigarette. Wolf musste den Arm mit der Lampe weit ausstrecken, um seine Füße sicher auf die letzten Stufen der Treppe zu setzen. Nur noch wenige Meter und er konnte diese gespenstische Kulisse endlich verlassen.

Wieder dieses Knarren über den Holzdielen. Diesmal war es anders. Schwerer, gröber, flüsternde Schatten in der Dunkelheit. Wolf hob die Lampe ein Stück höher. Ein Geräusch in seinem Rücken ließ in hastig umdrehen. Dann traf ihn der erste Schlag. Er war gezielt und genau gegen seinen Kopf gerichtet. Ein dumpfer Ton erfüllte den Raum und zuckende Sterne flimmerten vor seinen Augen. Das hier waren keine Ratten, dies hier war doch ein verfluchter Hinterhalt. Wolf ging in die Knie, konnte sich gerade so aufrappeln und schlug unkoordiniert in die Richtung, in der er den Angreifer vermutete. Er traf etwas hartes, vielleicht die Schulter. Endlich hatte er ein Ziel, auf das er seine Wut und damit seine Kraft konzentrieren konnte. Gerade als er ausholen wollte, attackierte ihn ein zweiter Mann von hinten. Mehrere Hiebe landeten in seinen Nieren. Die Männer schienen gut trainiert zu sein und so etwas nicht zum ersten Mal zu machen. Es war, als ob Knüppelschläge auf seinen Körper prallten. Ein weiterer Leberhaken des ersten Angreifers nahm ihm die Luft. Die Lampe fiel krachend zu Boden. Das Mondlicht, welches durch die Fenster einfiel, war ab jetzt die einzige Lichtquelle.

Zwei Tritte ließen Wolf in die Knie gehen. Es mussten mindestens drei Männer sein. Im Auftrag von Lemi?

Hatten sie auf ihn gewartet? Fragen, die er später beantworten würde … wenn es ein Später gab.

So wollte er sich nicht geschlagen geben. Er hatte sich schon mit mehr Männern angelegt. Allerdings war er zu dem Zeitpunkt auch in Form gewesen. Wolf konzentrierte sich, hörte den ersten Lump vor sich atmen. Mit aller Macht verlagerte er sein Gewicht auf das linke Bein und holte mit dem Arm aus. Alle Kraft legte er in diesen einen Schlag.

Volltreffer. Er traf genau das Kinn des Mannes. Ein kurzer Schrei, dann sah Wolf, wie ein Körper zu Boden ging, als hätte man einen nassen Sack auf die Dielen geworfen. Der würde nicht mehr so schnell aufstehen. Blieben noch mindestens zwei. Tanzende Silhouetten in der Finsternis. Wolf war noch immer benommen. Sie hatten ihn eingekreist, blieben ruhig, um auf den richtigen Moment zu warten. Noch einmal spähte er in die dunkle Nacht. Er konnte eine weitere Person ausmachen. Sofort wollte er sich auf sie stürzen, doch seine Bewegungen erstarben und Wolf knickte ein. Mit voller Wucht traf ihn ein Tritt von hinten ins Kniegelenk. Ein Stöhnen fuhr ihm über die Lippen, der Schmerz fraß sich unbarmherzig durch seinen Körper. Sein Herz hämmerte bis zum Hals. Die Männer spielten ihre Übermacht geschickt aus. Zwei weitere Schläge landeten an seinem Hinterkopf, ein Tritt in die Magengrube zwang ihn völlig in die Knie. Wolf spürte, wie warmes Blut seinen Nacken herab lief. Schweißgetränkt klebte das Hemd an seinem Körper und die Wunden an seinem Rücken schmerzten fürchterlich. Dann vernahm er schleifende Geräusche, als würde etwas Hartes über den Boden gezogen. Das grobe Stück Kantholz erkannte er erst, als einer der Männer es hochhob. Der Mondschein ließ die Waffe in einer weißlich-silbernen Farbe erstrahlen, während sie auf sein Gesicht zusauste. Den Schmerz spürte er nicht, nur den Aufschlag, als sein massiger Körper bäuchlings auf das Holz fiel. Wolf versuchte sich noch einmal aufzurichten, dann verließen ihn die Kräfte und er verlor sich in der Schwärze.

KAPITEL 6

- GEFÄHRLICHE ALLIANZEN -

Niemand geringeres als Ludendorff höchstpersönlich hatte dem Soldaten vor ein paar Jahren noch auf die Schulter geklopft. Sein Blick war so starr gewesen, dass er das Blut zum Gefrieren brachte. Der junge Kämpfer hatte gedacht, dass der Generalmajor ganz allein die Franzmänner in die Flucht schlagen konnte. Wie euphorisch sie damals abgereist waren!

Schreiend und ihre Hüte werfend waren sie in die Züge gestiegen. Ein paar Wochen nur bis zum Sieg, ein kurzer Urlaub in Frankreich, Lustwandeln in Paris und dann ab in die Heimat. Wer konnte dem traditionsreichen Niederrheinischen Füsilier-Regiment Nr. 39 schon etwas anhaben? Bestimmt nicht diese Amateure aus Frankreich. Die fraßen lieber Schnecken und besoffen sich mit teurem Rotwein. Immerhin waren sie die preußische Armee! Im Felde unbesiegt – so schrie es jedenfalls ihr Kommandeur jeden Tag, bis sich die Worte eingebrannt hatten wie ein Zeichen, das man Pferden und anderem Vieh setzte. Schöne französische Frauen, Alkohol in Massen, Ruhm und Ehre – alles für Kaiser Wilhelm, dem König von Preußen.

Der Soldat lachte heiser auf und fasste sein Gewehr.

Wo waren sie geblieben, die Ehre und der Ruhm? Hier im Schlamm von Verdun waren sie bestimmt nicht zu finden. Und er hatte sich den Füsilieren auch noch freiwillig angeschlossen. Mittlerweile war Ludendorff nicht mehr ihr Kommandant, sondern Oberstleutnant Willy von Livonius. Selbst ihre Einheit war im 8. Lothringischen Infanterieregiment 159 aufgegangen. Der Marsch durch Belgien war einfach gewesen, ein neutrales Land, in dem ihnen die Mädchen zulächelten und manchmal eine Blume ansteckten. Zwei Jahre später konnte sich der Soldat nur schwerlich daran erinnern, wie betörend das Lachen einer Frau sein konnte. Dieser Sommer im Jahr 1916 schien ihn keinen klaren Gedanken mehr fassen zu lassen. Der junge Soldat atmete tief durch, schmiegte sich noch ein wenig fester gegen den Erdwall und war für einen kurzen Moment in seiner eigenen Welt. Vor seinem geistigen Auge stand es immer noch da, dieses Mädchen aus Düsseldorf.

›Du musst keine Angst haben‹, hatte es gesagt und zart über seine Lippen gestreichelt.

Es war ein zufälliges Treffen, er wollte einfach wissen, was es hieß, ein Mann zu sein. Und beim Allmächtigen, er war froh, dass sie zwei Jahre älter war als er und ihn an die Hand nehmen konnte. Immer, wenn er an Lene zurückdachte, musste er unweigerlich lächeln. Ihre großen, festen Brüste, das blonde Haar, ihre zärtliche und doch bestimmende Art. Er hätte sie ewig küssen und ihren nackten Rücken bis in alle Ewigkeit liebkosen können, wenn nicht die Puffmutter hereingestürmt wäre, weil seine Zeit vorüber war. Dachte dieses junge Mädchen manchmal an ihn? Der junge Soldat blickte hinauf in den pechschwarzen Himmel. Wenn die Nacht so finster war, dass sie einen zu verschlingen drohte – blickte sie dann auch aus dem Fenster und verschwendete einen winzig kleinen Gedanken an ihn?

Der Soldat schüttelte sich. Beinahe wäre ihm ein Lachen rausgerutscht. *Natürlich nicht, du Dummkopf.* Sie war ein leichtes Mädchen, eine Nutte – hatte sein Gesicht schon vergessen, kaum dass er aus der Tür war, die Erinnerung an ihn nichts als ein Bündel Scheine in ihrem Ausschnitt.

»Fertigmachen!«

Die Stimme ihres Leutnants war gut zu hören. Der Soldat war trotz seines jungen Alters der Größte und Kräftigste in der Truppe. Eine Einteilung an der Flanke war ihm gewiss. Nach wenigen Sekunden drang das schrille Pfeifen über die Tunnelsysteme und Krater. Nun galt es, Fort Souville zu erobern. Die deutsche Artillerie feuerte aus allen Rohren, seit einigen Stunden hallte der Donner in den Ohren des Soldaten wider. Doch diesmal waren ihre todbringenden Ladungen keine Schrapnellen, sondern Phosgen-Granaten. Augenblicklich griff der Soldat an seine Schutzmaske. Grünkreuz, dieses giftige Teufelszeug wollte er lieber nicht in den Lungen haben. Die Leichen, welche sich den Hals zerkratzt hatten und mit offenen Augen qualvoll verreckt waren, gingen ihm nicht mehr aus dem Kopf. Er wollte nicht dazugehören.

Neben ihm stürmten die Männer aus den Schützengräben. Sie schrien aus Wut oder Verzweiflung. Die Erde bebte unter dem Trommelfeuer der Artillerie, sie erzitterte, als könnte sie Furcht empfinden. Aus der Ferne vernahm der Soldat ein zischendes Geräusch. Die ersten Grünkreuz-Behälter mussten ihren Weg gefunden haben und versprühten ihre giftige Substanz. Seine Finger waren schweißnass, als er sich die Maske aufsetzte. Das Atmen fiel ihm schwer.

Ein weiterer Pfiff ertönte. Auch die Franzosen kamen aus den Gräben. Als die ersten Schüsse krachten, knickten rechts und links von ihm die älteren Soldaten ein. Ihre Schreie brannten sich in seinen Verstand. Mehrmals stolperte er wegen der großen Furchen, die die Geschosse angerichtet hatten. Dann zündeten die Leuchtraketen und er sah das ganze Ausmaß des Schreckens. Er war schnell gerannt, von der Peitsche der Angst getrieben. Die feindlichen Schützengräben lagen nur wenige Meter vor ihm. Drei französische Soldaten erhoben sich aus dem Schlamm. Mit den Schutzmasken sahen sie aus wie Gestalten aus einer anderen Welt. Genauso überrascht wie er selbst hoben sie ihre Gewehre an. Gerade noch so konnte er sich auf den aufgeweichten Boden werfen. Schüsse krachten in der Nacht. Er wollte nicht sterben, nicht auf diesem von Gott verlassenen Acker. Um alles in der Welt musste er dieses Gemetzel überleben, wenn er sie wiedersehen wollte. Lene.

Doch dafür musste er aufstehen. Der Soldat schoss unkontrolliert in die Richtung der Franzosen. Heute war das Glück ihm hold, denn er traf einen von ihnen mitten in die Brust. Sofort sackte er zusammen. Der zweite stürmte mit seinem Bajonett auf ihn zu. Jetzt galt es nicht mehr nachzudenken, sondern zu handeln. Schnell fasste der Soldat seinen Spaten und zog die scharfe Kante über die Atemmaske des Angreifers. Als der Franzose am Boden lag, hämmerte der Soldat auf ihn ein. Es brauchte nur zwei weitere Hiebe, bis er sich nicht mehr bewegte. Blut verteilte sich schnell auf dem Boden und bildete eine Lache auf dem weichen Schlamm. Ein Schlag beendete die Gewaltorgie für eine Sekunde. Etwas Hartes hatte ihn am Kopf getroffen. Aus dem Augenwinkel erkannte er den dritten französischen Soldaten. Er kam näher, das Gewehr fest in seiner Hand. Rage erfasste den Körper des Soldaten, blinde Wut, wie damals, als Vater seinen Gürtel immer und immer wieder auf ihn herabsausen ließ. Damals hatte er ruhig auf dem Boden gelegen, die Schläge erduldet. Niemals wieder würde er sich so erniedrigen lassen.

Er sammelte alle Kraft, stemmte sich hoch und packte das Gewehr des Mannes. Den Kolben rammte er diesem mitten auf die Maske. Der Franzose torkelte zurück, verlor das Gleichgewicht. Auf diesen Moment hatte der Soldat gewartet. Schnell war er über dem anderen, riss die Maske von seinem Gesicht und ließ seine Fäuste niedersausen. Zuerst hob der Franzose noch die Arme zur Abwehr, doch bald schon erstarb sein Widerstand. Noch bevor sich der Soldat seines Handelns gewiss werden konnte, erklang ein allzu bekanntes Pfeifen. Er blickte nach oben. Kleine Punkte am Himmel, die schnell näherkamen. Der Soldat sprang in den Schützengraben, als eine Explosion neben ihm zündete.

*

»Wirst du langsam wach, Prinzessin?«

Als Erstes erkannte Wolf eine Stimme, schließlich eine Ohrfeige. Nicht hart geschlagen, sondern nur, um ihn wieder ins Reich der Lebenden zu führen.

»Ah, du hast ihn doch nicht zu kräftig erwischt. Ein harter Brocken ist das.«

Langsam öffnete Wolf die Augen. Er war in einem fensterlosen Raum. Der Geruch von Desinfektionsmittel lag in der Luft. Vor ihm standen drei Männer. Ein vierter lag auf einer Liege, hatte einen blutigen Verband um den Kopf gewickelt und wies einen angeschwollenen Kiefer auf. Hasserfüllte Augen blickten ihn zwischen den Mullbinden heraus an und Wolf wusste genau, dass dies der Mann gewesen sein muss, der seine Rechte zu spüren bekommen hatte. Wolf wollte aufstehen, bemerkte aber, dass er an einen Stuhl gefesselt unter einer Lampe saß. Keine Fesselung, die er einfach überwinden konnte. Wenigstens hatten sie seine Wunden notdürftig versorgt.

»Hast uns ganz schöne Probleme bereitet«, sagte der eine Mann grinsend und kniete sich herab.

Die Grobiane waren keine Anfänger. Gut trainierte Schläger, in Anzug und Krawatte. Ihr Auftraggeber musste sie hervorragend bezahlen.

Wolf schluckte trocken, versuchte das hämmernde Pochen in seinem Kopf zu unterdrücken. »Sagt Leonhard, dass er damit sein Todesurteil unterschrieben hat.«

Die Männer sahen sich fragend an. Wolf beobachtete ihre Reaktion ganz genau.

»Der Schlag war wohl doch zu hart«, flüsterte einer.

Ein anderer zuckte nur mit den Schultern. »Was stammelst du da für wirres Zeug?«

Lemi war nicht der Einzige, der ihm in dieser Stadt nach dem Leben trachtete. Dann musste es eine andere Fraktion sein. »Gut, dann bestellt Major Fritsch halt einen schönen Gruß von mir.«

Erneut unverständliche Blicke. Sogar der Schläger auf der Liege richtete sich mit schmerzerfülltem Stöhnen auf und sah hilflos zu seinen Kameraden. »Was redest du da für einen Stuss?«

Damit hätte Wolf nicht gerechnet. Er drückte sein Kreuz durch, sodass der Stuhl unter seinem Gewicht knackte. Wie lange war er bewusstlos gewesen? Zumindest hatte es gereicht, um das Blut aus seinen Armen zu drücken. Sie fühlten sich taub an, als wären sie nicht mehr Teil seines Körpers.

»Also, was wollt ihr?«

»Du redest im Schlaf«, zischte der Wortführer und richtete sich auf. Er genoss die Situation sichtlich. »Von Grünkreuz, Blut und Granaten.«

Keine Neuigkeit für Wolf. Hin und wieder suchten sich die vergangenen Ereignisse den Weg zurück in seinen Kopf. Da halfen nur eine Flasche Schnaps und die beruhigenden Zärtlichkeiten einer schönen Frau.

»Und?«, knurrte Wolf.

»Und? Es klingt, als wärst du geisteskrank. Das macht mir Angst.«

Wolf verschluckte sich beinahe am Blut, das sich aus einer Platzwunde an der Lippe in seinem Mund gesammelt hatte, und spuckte es auf den Boden. »Mach mich los und ich zeige dir, was Angst ist.«

Der verletzte Schläger richtete sich auf. »Der hat eine verdammt große Klappe.«

Ein wölfisches Grinsen umspielte seine aufgeplatzten Lippen. »Ich bin ja auch ein verdammt großer Mann.«

»Genug!« Verschreckt drehten sich alle Anwesenden um. Ein Mann in SS-Uniform lehnte am Türrahmen und bedachte die Gruppe mit einem aggressiven Blick. »Dieses Geplänkel ist unerträglich. Lassen Sie mich mit Herrn Wolf alleine.«

Die Gruppe trollte sich langsam. Ihr Anführer gab Wolf noch einen Schlag auf die Schulter. »Viel Spaß«, flüsterte er kaum hörbar und half seinem verletzten Kumpanen von der Liege. Als alle den Raum verlassen hatten, schloss der SS-Offizier die Tür. Er fasste einen Stuhl an der Lehne, zog ihn über den Boden und platzierte ihn Wolf gegenüber. Leichtfüßig schwang er sich auf die Sitzfläche und stützte sich mit den Ellenbogen auf der Lehne ab.

»Sie sind gerade einmal einen Tag wieder hier und schon bereiten Sie mir Probleme, Herr Wolf.«

Wolfs Fesseln schmerzten, der Druck auf seinem Oberkörper nahm zu. Die Fesseln des Arbeitslagers abzulegen, nur um hier in engere geschnallt zu werden, war bestimmt nicht sein Plan gewesen. Schwer atmend sah Wolf dem Mann in die Augen. Er zählte drei silberne Runen auf den Kragenspiegeln. Ein Untersturmführer, was bei der Wehrmacht dem Rang eines Leutnants entsprach. Er war noch nicht sehr alt, vielleicht gerade über 30, und auch er trug den Äskulapstab, was ihn als Arzt auswies. Sein Ziegenbart war so akkurat rasiert, dass er höchstwahrscheinlich etliche Minuten morgens im Bad verbrachte oder sich jeden Tag einen Barbier leistete. Die schwarzen Haare waren kurz geschoren. Nur seine stahlblauen Augen sorgten dafür, dass man dieses Gesicht bestimmt nicht so leicht vergessen konnte.

»Glauben Sie mir, so habe ich mir das auch nicht vorgestellt«, knurrte Wolf, hustete und spuckte erneut Blut auf den Boden. Erst jetzt erkannte er die Bodenfliesen. Sie mussten ihn zu einem Krankenhaus oder Krematorium gebracht haben. Beide Optionen gefielen ihm nicht im Geringsten.

Der Offizier griff in seine Innentasche. Zum Vorschein kamen die Papierschnipsel. »Warum haben Sie das bei sich?«

»Keine Ahnung, wie das da rein gekommen ist.«

»Natürlich nicht.« Der Offizier spielte mit den Schnipseln in seiner Hand. »Haben Sie es gelesen?«

»Ich kann gar nicht lesen.«

Der Mann grinste, streifte sich seinen schwarzen Lederhandschuh ab und zog ihn über Wolfs Gesicht. »Ich habe weder Lust noch Zeit, mich mit Ihnen länger als unbedingt nötig zu befassen.« Er wuchtete den Stuhl beiseite. »Warum steht mein Name auf dieser Notiz?«

Plötzlich leuchtete es Wolf ein. Darauf hätte er früher kommen müssen. Ein toller Oberwachtmeister war er. Die Schläge gegen seinen Kopf mussten mehr Spuren hinterlassen haben, als ihm lieb war.

»Dr. Arthur Jaensch«, knurrte Wolf und grinste. Ihm war bewusst, welch groteskes Bild er abgab, mit seinen von Blut rot bemalten Zähnen und dem dämlichen Grienen. »Mir wurde schon erzählt, dass Sie ein sehr sympathischer Zeitgenosse sein sollen. Aber um Ihre Frage zu beantworten, ich habe keine Ahnung.«

Ausnahmsweise entsprach das der Wahrheit. Jaensch schien mit der Antwort zufrieden. Zumindest für den Moment. »Wer hat Sie beauftragt?«

»Sturmbannführer Kampa.« Wolf fand beim besten Willen keinen Grund zu lügen. Warum auch – halb Düsseldorf hatte sie auf dem Friedhof zusammen stehen sehen und eine bei helllichtem Tag durchgeführte Exhumierung dürfte für Gesprächsstoff gesorgt haben. Außerdem war Wolf sich sicher, dass Jaensch dies ohnehin wusste.

Erneut dieses selbstzufriedene Nicken, der Mann fuhr sich über seinen Spitzbart. »Sie scheinen nicht viele Freunde hier in der Stadt zu haben, Wolf. Viele wollen Sie tot sehen. Was auch passieren wird, wenn Kampa nicht mehr seine schützende Hand über Sie hält.« Jaensch holte aus einem der Schränke eine Schale und legte die Schnipsel vorsichtig hinein. Anschließend entnahm er eine Packung Streichhölzer der Innentasche seiner Uniform, entzündete eines und hielt es drohend über die Schale. »Eine Menge Leute in Düsseldorf würden jubilieren, wenn man Ihre Leiche eines Tages in der Gosse findet. Dutzende Messerstiche, die Haut Ihres Gesichts abgezogen, unendliche viele Stunden voller Qualen, bis die süße Erlösung des Todes über sie hereinbricht.« Mit der letzten Silbe fiel auch das Streichholz. Die trockenen Schnipsel loderten kurz auf.

Als Wolf dem ersterbenden Feuer zusah, traf ihn die Erkenntnis zum zweiten Mal. »Ich kenne nur einen, der liebend gerne den Menschen das Gesicht abzieht, bevor er sie tötet.« Er würde dieses miese Frettchen Leonhard ungespitzt in den Boden rammen … wenn er hier lebend rauskam. »Wie geht es Lemis Hand?«

Jaensch zuckte gelangweilt mit den Schultern. »Seine Stimme zitterte sehr, als er mich informierte, dass Sie bei ihm waren«, gab er unverhohlen zu. »Um ganz ehrlich zu sein, ist er in meinen Augen nur eine weitere, verabscheuungswürdige Kreatur, die es beizeiten auszumerzen gilt. Aber er verfügt über gute Kontakte, hat seine Augen und Ohren überall, deshalb ist er derzeit noch wichtig für mich.«

War denn diese Stadt ein einziges intrigantes Theaterspiel, bei dem er den dummen August geben musste? Kampa hatte sich nicht einmal die Mühe gemacht, ihn im Geheimen zu treffen und ihm somit eine imaginäre Zielscheibe auf den Kopf gemalt. Er hatte sich davon überzeugen lassen, mit einem Stock in einem Wespennest herumzustochern, und musste nun die Stiche ertragen. Nur sein ominöser Retter und Auftraggeber, sein Spieler, freute sich in Sicherheit und am Rande des Schachfelds, auf dem sein Bauer treudoof seine Aufgabe erledigte.

»Und was wollen Sie jetzt von mir?« Wolf spie die Frage aus. Er hatte nicht die Torfgruben vom Aschendorfermoor überlebt, um hier im Keller eines Krankenhauses elend zu verrecken.

»Informationen, mein Lieber. Ich will alles wissen«, antwortete Jaensch ruhig. Er hatte anscheinend nur auf diesen Augenblick gewartet. »Auch Sie werden meine Augen und meine Ohren sein. Ich will wissen, woran Kampa arbeitet, was er denkt, was er vorhat. Einfach alles!«

»Ich habe keinen Kontakt zu ihm.«

Jaensch schoss hervor, stützte sich mit beiden Händen auf der Lehne von Wolfs Stuhl ab. »Dann intensivieren Sie diesen!«

In was für eine Sache war er nur hineingeraten?

Jaenschs Augen funkelten. »Sind wir uns einig?«

Welche Wahl war Wolf geblieben? Nur wenige Menschen verdienten, dass man ihnen Loyalität entgegenbrachte, aber diese beiden SS-Offiziere, die eine Fehde untereinander austrugen, gehörten bestimmt nicht dazu. Außerdem würde jede andere Antwort seinen Tod bedeuten.

»Von mir aus.«

Ein kurzes Nicken folgte. »Ich muss Ihnen wohl nicht erklären, was passiert, wenn Sie versuchen sollten, mich zu hintergehen. Ihr Freund Leonhard ist ganz begierig darauf, Sie in exponierter Lage zu treffen. Und wenn Sie mir diesen kindischen Vergleich erlauben – er wetzt bereits seine Messer.« Endlich erlöste Jaensch ihn von den Fesseln und klopfte mehrmals gegen die Tür. »Bringt ihn in ein Krankenzimmer und lasst seine Wunden versorgen. Er kann gehen, sobald er sich einigermaßen auf den Beinen hält. Und beeilt euch, ich habe noch zu tun.«

Wolf konnte den Schlägern ihre Enttäuschung ansehen. Besonders demjenigen, dem er mit voller Wucht eine verpasst hatte. Nicht schwer zu erraten, dass sie ihr Werk lieber vollendet hätten.

Beinahe fürsorglich halfen sie Wolf auf die Beine, gaben ihm seine Kleidung und die Pistole zurück. Lediglich das Geld und die Fotografie fehlten.

Sein anfänglicher Eindruck hatte ihn nicht getäuscht: Sie waren im Keller der medizinischen Anstalten in Düsseldorf. Mit jedem Schritt kam die Kraft in seine Glieder zurück; bevor sie durch eine Treppe das Erdgeschoss erreicht hatten, konnte er wieder allein gehen. Der Geräuschpegel nahm zu und bald schon befand er sich inmitten hektischer Betriebsamkeit. Die Sonnenstrahlen drangen durch die Fenster und kündeten davon, dass er eine ganze Nacht geschlafen hatte. Ärzte und Schwestern gingen eifrig ihrem Tagwerk nach. Sie grüßten Dr. Jaensch freundlich und schüttelten seine Hand. Besonders eine Gruppe von älteren Anzugträgern schien hocherfreut, den Untersturmführer zu sehen. Sie wurden zu einem geschmückten Vortragsraum geführt, in dem etliche Sitzplätze belegt waren. Hakenkreuzbanner hingen an den Seiten, die Farben der Partei waren überall.

»Der Mann der Stunde!«, frohlockte einer der älteren Herrschaften und ging mit ausgestrecktem Arm auf Jaensch zu. »Wundervoll, dass Sie es einrichten konnten!«, gluckste ein anderer.

Wolf indes wurde ignoriert. Lediglich der Trupp Schläger positionierte sich hinter ihm. Es war erstaunlich zu sehen, mit welch überzeugender Freundlichkeit der Arzt den Männern begegnete. Hier ein Witz, dort eine amüsante Anekdote. Mit ernster Stimme erkundigte er sich nach dem Befinden der Frau oder Enkelin. Auf einem Ball musste Jaensch ein beliebter und eloquenter Gesprächspartner sein.

Die älteren Herren trugen allesamt das Hakenkreuz der NSDAP an ihren Anzügen. Wahrscheinlich hohe Tiere in der Partei, die Jaensch protegierten und sich den Offizier als neues, politisches Zugpferd in Düsseldorf vorstellten. Eine Werbeveranstaltung also, bei der Jaensch bestimmt auch ein paar Worte zu sagen hatte.

Im Vorführsaal begann nun ein Mann mit Fistelstimme seine Ankündigung. Er redete über wichtige Aufgaben, die bald anstünden, und den richtigen Mann, der sie anpacken könnte. Die Menge klatschte, als Jaenschs Name genannt wurde. Nachdem er mit jedem der Männer geredet hatte, wandte er sich an Wolf und reichte ihm die Hand. »Ich denke, wir haben uns verstanden. Ruhen Sie sich aus und denken Sie an unsere Vereinbarung.«

Sein Blick war dabei starr, keinen Widerstand zulassend. Nur Sekunden später fiel er in eine andere Rolle: Die Augen des Mannes glänzten, sein Gesicht strahlte vor Freude und Zuversicht, während er von den Männern in den Saal begleitet wurde. Das Publikum erhob sich, feierte Jaensch beinahe frenetisch, sodass er mehrmals um Ruhe bitten musste, bevor er seinen Vortrag beginnen konnte.

Wolf ging einige Schritte in den Raum und lehnte sich im Dunkeln an die Wand. »Euer Chef ist ja ein richtiger Heinz Rühmann«, sagte er in Richtung seiner Bewacher.

»Hör lieber zu, da kannst du noch etwas lernen«, antwortete sein Bewacher schroff.

»… und deshalb ist es umso wichtiger, das deutsche Blut reinzuhalten. Nichts darf die arischen Wurzeln beschmutzen.« Applaus von der Menge, Jaensch schien in seinem Element. Er machte eine Kunstpause und deutete mit dem Zeigefinger auf ein großes Hakenkreuzbanner. »Gemeinsam müssen wir unsere Kraft bündeln, um das Judentum ein für alle Mal dem Erdboden gleichzumachen. Meine Damen und Herren, ich sage Ihnen das als Arzt – eine intelligente Eugenik muss den Grundstein dafür legen, die Spreu vom Weizen zu trennen. Das Volk darf nicht durch Schwachsinnige oder Erbkranke geschwächt werden. Besonders schädliche Elemente, wie es die Juden nachgewiesenermaßen nun einmal sind, gehören schon vor der Geburt ausgemerzt.« Erneut brandete ohrenbetäubender Zuspruch auf. Wolf ließ seinen Blick über die Menge gleiten, die sich die Hände wund klatschte. Jaensch lief rot an, als er gegen diesen Lärm anschrie: »Dies, meine lieben Freunde, kann nur durch eine strikte Sterilisationskontrolle und Euthanasie geschaffen werden. Wenn ich Sie daran erinnern darf, das Wort kommt aus dem Griechischen und bedeutet ›schön‹ und ›Tod‹. Wenn also ein Individuum nicht zum Wohl der Gesellschaft beitragen kann, muss die nationalsozialistische Rassenhygiene angewendet werden. Eine Krankheit, die immer weiter wuchert, wird irgendwann den ganzen Leib befallen. Und das, meine Damen und Herren, zwingt uns per se zu einer radikalen Lösung!«

Während die Menschen frenetisch applaudierten, hatte Wolf genug gehört. »Bringt mich zu meinem Bett«, sagte er an seine Bewacher gewandt und humpelte aus dem Saal. Er war beinahe schon überrascht, als er nach wenigen Minuten wirklich in ein Krankenzimmer geleitet wurde. Er wusste nicht, was genau er erwartet hatte – aber nicht, dass Jaensch sein Versprechen hielt. Der Raum war zwar klein, aber immerhin war er allein.

»Wir schicken dir gleich jemanden, der deine Wunden versorgt und dir was zu fressen bringt«, polterte ihr Anführer.

Wolf warf Mantel und Hut auf einen Stuhl, ließ sich stöhnend auf das Bett fallen. »Großartig.«

»Und noch etwas: Wenn wir uns das nächste Mal begegnen, wird es nicht so glimpflich ablaufen.«

»Ich freu mich und jetzt mach die Tür zu. Von außen!«

Wolf hatte endgültig genug davon, zusammengeschlagen und wie eine Schachfigur benutzt zu werden. Wieso konnten die SS-Offiziere ihre Streitigkeiten nicht einfach wie Männer erledigen? Ein dunkler Hinterhof, zwei Pistolen und am Ende behielt einer recht.

Leider teilte nicht jeder dieses einfache Weltbild. Vielleicht war das der Grund, warum aus ihm nichts geworden war und er sich noch mit über 40 Jahren in Kneipenschlägereien verwickeln ließ, keine feste Bleibe sein eigen nennen konnte, geschweige denn eine Familie oder festes Einkommen.

Die Krankenschwester war recht hübsch, riss angesichts seiner Verletzungen lediglich die Augen auf und holte einen älteren Arzt. Gemeinsam verbanden sie die schmerzenden Stellen und gaben ihm Pillen, ohne zu viele Fragen zu stellen. Jaensch musste seinen Laden gut unter Kontrolle haben. Und wo er war, konnte Kampa nicht weit sein. Der Arzt und die Schwester arbeiteten schnell und effizient. Sie reinigten seine Wunden und bestrichen sie mit einer stinkenden Tinktur. Selbst seines Rückens nahmen sie sich an. Nach einer halben Stunde konnte sich Wolf endlich ins Bett legen. Der Arzt murmelte noch etwas von ›leichter Gehirnerschütterung‹ und die Schwester brachte ein Tablett mit einer ordentlichen Portion Brot, Käse und Wurst.

Ob jedem Patienten so ein üppiges Mahl zuteil wurde?

Wolf verdrängte den Gedanken und bat die Krankenschwester, Obersturmführer Kampa zu informieren, dass er hier lag. Allerdings erst in den Abendstunden, man wolle schließlich nichts überstürzen. Wolf fühlte sich schlapp, er brauchte seinen Schlaf und es war nicht sein Krieg, in den er da gestolpert war. Sollten sie sich doch die Köpfe einschlagen, wenn sie ihn nur sein trauriges Dasein fristen ließen.

Nach dem Essen zog Wolf die Decke über das Gesicht. Die Sonnenstrahlen blendeten ihn. Er hasste den Morgen. Alles Verborgene, das gut behütet im Schatten lag, Geheimnisse und Intrigen, welche unter dem Schleier der Finsternis eingehüllt waren, brachen nun ans Licht. All die Dämonen, die die Dunkelheit in ihre Umarmung einschloss, wurden nun sichtbar. Wenn die ersten Sonnenstrahlen hinter den Dächern der Stadt hervorkrochen, sah man das ergraute Antlitz der Menschen. Die Maske der Nacht war verschwunden und zum Vorschein kam ihr wahres Gesicht. Nur Geduld konnte die wohlige Dunkelheit wiederherstellen, wenn der Tag seine ewige

Schlacht mit der Nacht verlor und die Dämmerung als stiller Vorbote vom Sieg kündete.

Wenige Augenblicke später forderten die Anstrengungen und Verletzungen ihren Tribut. Wolf fiel in einen tiefen Schlaf.

KAPITEL 7

- DUNKLE ERINNERUNGEN -

Als Wolf erwachte, war das glutrote Glimmen einer Zigarette das Erste, was er sah. Er wähnte sich noch im Schlaf, blinzelte mehrmals und erkannte erst dann, dass es sich jemand auf dem Stuhl neben dem Krankenbett gemütlich gemacht hatte.

»Tod und Teufel, Wolf. Wo waren Sie gerade?«

»Kampa«, stöhnte dieser und richtete sich auf. »Haben Sie kein Heim?«

Der Offizier hatte die Beine auf den Tisch gelegt und sich von seinem Waffenrock getrennt. Das weiße Hemd war aufgeknöpft, eine Flasche brauner Fusel leistete ihm Gesellschaft im Halbdunkel.

»Was soll ich denn zu Hause?«, antwortete Kampa, zog genüsslich an seiner Zigarette und schnippte die Asche auf den Boden. »Dort wartet niemand mehr auf mich.«

»Und deshalb beobachten Sie, wie ich schlafe? Das ist selbst für die Schutz-Staffel ein ziemlich merkwürdiges Vorgehen.«

»Vielleicht werden Sie es verstehen, wenn Ihnen jemand mal das nimmt, was Ihnen wichtig ist.« Der Offizier lächelte matt. »Trinken Sie einen mit?«

»Unbedingt«, entgegnete Wolf sofort und nahm die Flasche an sich. Er hoffte, mit dem bitteren Schnaps das pochende Hämmern in seinem Kopf betäuben zu können. Zumindest seine Glieder schmerzten nicht mehr und auch die Wunden am Rücken wurden mit jeder Stunde erträglicher.

Nachdem mehrere Schlucke seine Kehle benetzt hatten und Wolf spürte, wie der Alkohol kribbelnd die Speiseröhre hinabrann, fühlte er sich augenblicklich wohler. »Was meinen Sie damit, wo ich war?«

»Sie murmeln im Schlaf«, antwortete Kampa und reichte Wolf Zigarette und Feuerzeug. »Vieles unverständlich, aber einige Worte waren nur allzu deutlich zu verstehen. Zum Beispiel das Wort ›Vater‹.« Kampa nahm die glänzenden Stiefel vom Tisch, setzte die Flasche an und trank einen großen Schluck. »Ich habe mir Ihre Akte noch einmal angesehen. Es war kein Unfall, oder?«

Wolf zündete eine Zigarette an, lehnte sich nach hinten und blies den Rauch Richtung Decke. Herr im Himmel, warum musste Kampa die alten Geschichten aufwärmen? Wunden gehörten geschlossen. Darüber lagen dicke Narben. »Ich habe nie verstanden, warum er es getan hat.«

»Was meinen Sie?«

»Die Schläge, die Schreie, dieses grundlose Prügeln.« Wolfs Blick blieb an der Decke kleben. »Verstehen Sie mich nicht falsch. Dass er trank und rumhurte, das kann ich nachvollziehen. Jedoch hätte er glücklich nach Hause kommen sollen, wenn er genügend Schnaps im Magen und sein Geld bei anderen Frauen verprasst hatte.«

Kampa nickte verständnisvoll. »Was nützt einem der ganze Spaß, wenn man keine Freude daran hat?!«

»So ungefähr.«

»Er war Schuster, oder? Lief es so schlecht?«

»Eigentlich gar nicht«, antwortete Wolf. »Wir waren der einzige Laden im Ort. Mein alter Herr leistete gute Arbeit. Nun ja, wenn er nicht gerade besoffen war.« Ihre Blicke trafen sich. Wolf wusste nicht, warum er gerade diesem Mann seine Geschichte anvertraute. Vielleicht lag es einfach an der Tatsache, dass er offen gefragt hatte. »Wissen Sie, er besaß diese Eigenart: Wenn wir eine Lieferung frisches Leder zum Ausbessern bekamen, legte er die Lappen in Tierfett ein, damit sie geschmeidiger wurden. Und immer, wenn er einen getrunken hatte, nahm er sich so einen Lappen und schlug meine Mutter damit windelweich, sobald er irgendeinen Grund gefunden hatte.«

»Das tut mir sehr leid.«

»Das Beste kommt ja noch«, wiegelte Wolf ab. »Dieses Leder hat einen ganz bestimmten Geruch, wenn es noch nicht vollends getrocknet ist. Zusätzlich ist es unglaublich biegsam. Also, mein Vater nahm sich so einen Lederlappen und schlug meine Mutter und mich immer wieder auf die Wange. Diesen Geruch werde ich nie vergessen. Sind Sie schon einmal mit einem fettigen Lederlappen geschlagen worden?«

Kampa schüttelte mit dem Kopf.

Natürlich war er das nicht. Ein Junge aus gutem Hause bekam es höchstens mal mit der Rute auf den Hintern. »Wenn die Fasern mit voller Wucht auf die Haut treffen, gibt es einen lauten Knall, wie bei einem Schuss. Es schmerzt höllisch, aber nach einer Stunde ist schon nichts mehr davon zu sehen. Keine Blessuren, keine blauen Flecken. Für niemanden sichtbar. Verdammt, das ganze Dorf hat bis zum Ende geglaubt, dass mein Vater ein treu sorgender Ehemann gewesen sei.«

Kampa nahm den letzten Zug und trat die Zigarette auf dem Boden aus, während er Wolf die Flasche reichte. »Bis zu dem Unfall.«

»Es war unvermeidbar, dass es irgendwann so weit kommen würde. Meine Mutter war schon lange abgehauen, ich musste also alleine für meinen Vater als Prügelknabe herhalten. Als er dann eines Tages stinkbesoffen nach Hause kam, ging er in den Laden, um einen Lederlappen zu holen. Doch anscheinend hatte er dieses Mal mehr geladen als sonst und schlief neben dem Behälter mit dem Tierfett ein.«

Interessiert kaute der Offizier auf seiner Unterlippe. »Also taten Sie, was getan werden muss.«

»Es war noch nicht einmal sonderlich schwer. Ich war fast genauso groß wie der alte Bock, musste seinen Kopf nur ins Fett drücken, den Rest erledigten eine harte Hand und etwas Geduld.«

Stille legte sich über den Raum. Wortlos tranken die Männer, reichten sich gegenseitig die Flasche, bis Kampa die Ruhe brach: »Ich kann Sie nicht verurteilen. Die meisten hätten genauso gehandelt.«

»Nein«, sagte Wolf scharf. »Die meisten hätten es schon viel früher getan. Ich hatte immer noch die Hoffnung, dass ich ihn irgendwann verstehe. Doch ich tue es bis heute nicht.«

Wenn Worte nicht ausreichten, mussten Taten herhalten. Kampa erhob sich und reichte Wolf eine weitere Zigarette.

»Jaenschs Männer haben Sie ganz schön rangenommen«, stellte er fest und musterte Wolf argwöhnisch. »Woher wusste er, wo er sie findet?«

»Ich bin in Düsseldorf kein Unbekannter.« Ein Anflug von Stolz lag in seiner Stimme. »Ein alter Handelspartner hat es auf mich abgesehen und es ihm gesteckt.«

Kampa wirkte amüsiert. »Sie scheinen nicht viele Freunde in dieser Stadt zu haben.«

»Sie wissen doch, wie es heißt – viel Feind, viel Ehr'.«

»Um Charlie zu finden, wäre es hilfreich, wenn Sie mehr Freund ihr Eigen nennen könnten.« Seine blauen Augen blitzten gefährlich. »Wenn Sie Hilfe benötigen, um Probleme … sagen wir, aus dem Weg zu räumen, wenden Sie sich direkt an mich.«

Anscheinend hatte er tatsächlich einen neuen Freund gefunden. Konnte nicht schlecht sein in diesen Zeiten. Die Sache mit Leonhard war persönlicher Natur. Zu gegebener Zeit würde er Messer-Lemi seine volle Aufmerksamkeit widmen. Er freute sich jetzt bereits, ihn von seiner eigenen Medizin kosten zu lassen. »Das werde ich, verlassen Sie sich drauf.«

»Gut«, hauchte Kampa zufrieden. »Was haben Sie herausgefunden?«

Wolf gönnte sich noch einen tiefen Schluck und holte Luft. »Durch diesen Handelspartner habe ich erfahren, dass eine rothaarige Schönheit vor Kurzem im Milieu auftauchte. Angeblich erkannte mein Kontakt sie sogar wieder, allerdings würde ich darauf nicht viel geben.«

»Wieso nicht?«

»Nun, er hatte ein Messer in der Hand stecken.«

Das schien Kampa zu gefallen. Er legte die Stirn in Falten, eine Augenbraue nach oben gezogen. »Sehr gut, und weiter?«

»Die Spur führte mich zu einem Versteck. Eine Frau muss dort ein paar Tage lang gehaust haben. Essensreste, alte Kleidung, von Größe und Statur her könnt es passen.« Das gefundene Männerhemd unterschlug er. Man konnte nie wissen, wie der Offizier reagieren würde, und Wolf wollte keine schlafenden Hunde wecken. »Diese Frau muss ihr Refugium schnell verlassen haben. Ich fand verbrannte Dokumente, wahllos zurückgelassene Kleidung, Essensreste.«

»Irgendetwas Interessantes?«

Jetzt war der Zeitpunkt gekommen, an dem Wolf entweder die Karten auf den Tisch legen oder seinem Instinkt vertrauen musste. Eine innere Stimme schrie ihn an, nichts preiszugeben. Mit der SS war nicht zu scherzen und, wenn er Kampas Natur richtig einschätzte, war dieser Mann gefährlicher, als es den Anschein machte. Hinter der eloquenten und ruhigen Fassade lauerte ein Tier, welches nur schwer zu bändigen war. Wolf wollte lieber nicht zwischen ihm und seiner weggelaufenen Verlobten stehen. Er war sich sicher, dass Kampa ein Mann war, der seine Gegner in der Luft zerriss.

»Nur Hinweise, denen ich noch in dieser Nacht nachgehen werde.«

»Etwas, das ich wissen sollte?«

»Allerdings.« Es wäre töricht, ihm diese Information zu verweigern. Unter Umständen könnte sie sogar seinen Profit in die Höhe treiben. »Jaensch hat mich angewiesen, für ihn zu arbeiten.«

Der Offizier lehnte sich gegen das Bettgestell, nahe zu Wolf.

»Glauben Sie mir, Ihre Loyalität werde ich fürstlich belohnen.« Kampas Blick wurde eindringlicher. »Sind Sie sicher, dass ich zum Schutz keine Männer für Sie abstellen soll?«

Eine Handbewegung von Wolf wischte den Vorschlag beiseite. »Wenn die SS mit einem halben Dutzend Panzerwagen vorfährt, verschrecken Sie mehr, als Ihnen lieb ist. Glauben Sie mir, die Gosse schweigt, und besonders gegenüber Akademikern in schwarzen Uniformen sind diese Menschen stiller als der Rhein bei Nacht. Sie würden nicht viel herausbekommen.«

»Ich habe Mittel und Wege, aus jedem die gewünschte Information herauszubekommen, allerdings kann ich Ihren Gedankengang nachvollziehen.«

»Danke. Wenn ich die Kavallerie brauche, werde ich Sie sofort informieren.«

»Einverstanden. Fühlen Sie sich überhaupt in der Lage weiter die Ermittlungen zu verfolgen?«

Diese Blutfehde der beiden besaß allem Anschein nach größere Ausmaße, als es Wolf lieb war. »Wieso schalten Sie ihn nicht einfach aus? Natürlich, er ist ebenfalls bei der Schutz-Staffel und bestimmt ein guter Arzt, aber Sie haben Geld, eine mächtige Familie, gute Kontakte …«

»Sie haben recht, Jaensch ist ein Niemand«, antwortete Kampa voller Abscheu. »Kein Geld, keine Familie, kein Name. Aber eine gewisse Intelligenz kann man ihm nicht absprechen. Er besitzt die Gabe, Menschen mit Worten in seinen Bann zu ziehen. Ein miserabler Arzt, wenn sie mich fragen, aber die Partei will ihn.«

Endlich verstand Wolf die Seilschaften dieser beiden Männer. »Und das macht ihn zu einem mächtigen Gegner und sie beide ebenbürtig.«

»Wenn Sie es so bezeichnen wollen.« Kampa sah auf die Uhr. »Ich habe noch etwas zu erledigen. Wie fühlen Sie sich?«

»Bin schon schlimmer verprügelt worden.«

»Lassen Sie mal sehen.«

Als Wolf sich erhob, wunderte er sich, dass seine Glieder nicht schmerzten. Sicherlich, ein kleiner Stich, eine dumpfe Prellung, aber im Großen und Ganzen fühlte er sich nicht so, als hätte ihn letzte Nacht eine Gruppe Schläger durch die Mangel gedreht. Wenn er ehrlich war, fühlte er sich heiter und voller Tatendrang.

»Ich habe Ihnen ein halbsynthetisches Stimulans gespritzt, während Sie schliefen. Es heißt Methamphetamin – das sollte Ihnen helfen, wieder auf die Beine zu kommen«, sagte Kampa, während er die Wunden mit einer Salbe versorgte und die Verbände wechselte. »Eins muss man Ihnen lassen, Wolf: Sie haben gutes Heilfleisch.«

»Das höre ich nicht zum ersten Mal. Sie spritzen mir im Schlaf irgendein Zeug?«

»Wollen Sie lieber mit Schmerzen im Bett liegen und sich selbst einkoten?«

Wolf schüttelte mit dem Kopf.

»Gut, dann tun Sie, was Sie tun müssen. Informieren Sie mich, wenn ich Ihnen irgendwie helfen kann oder wenn Sie meine geliebte Charlotte gefunden haben. Außerdem habe ich noch etwas für Sie.« Kampa ging zu seinem Waffenrock und griff in die Innentasche. »Hier, nehmen Sie das, wenn die Schmerzen wiederkommen oder Sie sich müde fühlen.«

»Pervitin«, las Wolf laut vor und drehte die blau-rote Dose mit dem gelben Schriftzug vor dem Gesicht. »Das soll helfen?«

»Wird es!«, versicherte Kampa.

»Fast vergessen, Ihr Feuerzeug.« Wolf drehte das längliche Metall im Licht.

Für Ernst. In Liebe, Charlie

Kampa winkte ab. »Behalten Sie es. Zu viele schmerzhafte Erinnerungen sind damit verbunden. Und hier ist noch etwas Geld, Sie werden sicher Verwendung dafür finden.«

Vielleicht war dieser Kerl gar nicht so übel. Wolf grinste breit. »Sicherlich.«

*

Als die Nacht vollends ihr dunkles Tuch über die Stadt gelegt hatte, war Wolf aufgestanden. Kampas Medizin leistete ganze Arbeit. Er empfand wenig Schmerzen, während er die Bäder der medizinischen Anstalten nutzte. Sogar das unterschwellige Pochen in seinem Schädel hatte endlich nachgelassen. Das üppige, von Kampa organisierte Essen konnte er problemlos genießen. Selbst seine Kleidung war weniger vom Blut getränkt, als er es in Erinnerung hatte.

Gegen 21 Uhr verließ er das Krankenhaus und tauchte in die Dunkelheit ab. Den Verband um seinen Kopf bedeckte er mit seinem Hut. Wolf versuchte sich zu erinnern, was auf den Zetteln gestanden hatte, während er sich seinen Weg zurück in die Innenstadt suchte. Vieles hatte er vergessen, einige Schlagwörter wollten jedoch nicht aus seinem Schädel weichen. Obwohl das Bild immer noch diffus war, war er sich sicher, dass es töricht gewesen wäre, Kampa darauf anzusprechen. Sollte seine geliebte Charlie abgehauen sein, würde es sicherlich einen Grund dafür geben. Die Frage war nun, ob Kampa genau so loyal war, wie er es von Wolf verlangte. Würde er ihn wirklich reich belohnen oder einfach wegsperren lassen? Es gab keine andere Möglichkeit – Wolf musste mehr über die Dinge herausfinden, die er gelesen hatte.

Was war die Aktion T-4? Wieso um alles in der Welt hatte sich Charlotte so für das Erbgesundheitsgesetz interessiert? Was zum Henker war ein Luminal-Schema und welche Rolle spielte Jaensch in dieser Geschichte? Es war bestimmt kein Zufall, dass dessen Männer aufkreuzten, als Wolf gerade Jaenschs Namen auf Papierschnipseln vorfand. Nicht zu vergessen, dass Kampa bereit war, ein so hohes Risiko einzugehen.

Erneut lieferten sich die beiden Offiziere vor seinem inneren Auge ein Pistolenduell auf Leben und Tod. Es wäre so einfach, so schnell und herrlich endgültig! Zusätzlich müsste Wolf dann nicht in dunkler Nacht frierend durch Düsseldorf schlurfen, in der Hoffnung, dass sein Instinkt ihn noch nicht verlassen hatte.

KAPITEL 8

- ALTE FEINDE -

Ein wohliges Gefühl überkam ihn, als er endlich die ›Bandeler Rue‹ erreichte. Sein Weg führte ihn am jüdischen Schneider Rosenkranz vorbei, der Beste seiner Zunft in der Stadt. Nun ja, zumindest war er es einmal gewesen, wie Wolf zugeben musste. Unbekannte hatten mit weißer Farbe ›Juden raus‹ auf das Schaufenster geschrieben. Das Glas war an mehreren Stellen eingeworfen, der Laden geplündert. Wo der alte Rosenkranz sich jetzt wohl befand?

Wahrscheinlich im Ausland, mutmaßte Wolf und wünschte sich ehrlich, sein Gedankengang sei wahr.

Die frenetische Stimmung war fast identisch mit der, die vor dem Großen Krieg geherrscht hatte. Vor etlichen Jahren soffen die Menschen schon einmal ihren Siegestrunk, noch bevor der erste Schuss gefallen war. Berauscht von sich selbst und ihrer scheinbar unfehlbaren Führung. Zumindest das wusste Wolf besser. Ein Heiland konnte fallen, genau wie ein König oder Kaiser. Was vorher als nicht möglich gegolten hatte, wurde rasch widerlegt. Andererseits war der Reichskanzler einer von ihnen, hatte mit ihnen im Krieg gekämpft. Kein Regent von Geburt wegen, sondern ein intelligenter Mann, der wusste, wie es sich anfühlte, wenn Menschen neben einem selbst starben. Es war ihm zu verdanken, dass das Reich einen nie dagewesenen Aufschwung erlebte. Er musste wissen, was er tat. Zumindest hoffte Wolf das inständig.

Kurz bevor er die Tür des ›Zum Doppelten‹ erreichte, stoppte er. Die Vorfreude auf ein Glas Rotwein war groß. Aber er wusste auch, dass er sich bei Helene würde entschuldigen müssen. Wie immer hatte sie ihm den richtigen Weg gewiesen. Wenn er gehen sollte, dann zumindest nicht, ohne sich von ihr im Guten zu verabschieden. Das hatte sie verdient.

Außerdem konnte er auf diese Weise noch einen kurzen Blick auf Klara erhaschen. Dieses junge Ding hatte ihm gehörig den Kopf verdreht. Er war nicht stolz darauf, sich einerseits bei Helene Gehör zu verschaffen, andererseits in den Ausschnitt der jungen Dirne zu glotzen, aber für Moral konnte man sich bekanntermaßen nichts kaufen.

Als Wolf vor der Tür seines so lieb gewonnenen Etablissements stand, ließ ihn seine innere Stimme erstarren. Hier stimmte etwas nicht. Es war auf der Straße seltsam ruhig, verstärkt dadurch, dass der Wind nachgelassen hatte. Die Geschäftsleute auf der Bandelstraße hatten immer darauf geachtet, dass nicht viel vom Innenleben nach draußen gekehrt wurde. Diese absolute Stille allerdings machte ihn stutzig. Aus Reflex zog Wolf seine Waffe und drückte gegen das Türblatt. Als er das Holz mit einem leichten Knarren aufschieben konnte, wurden Wolfs Befürchtungen bestätigt. Halbvolle Gläser standen auf der Theke, es roch nach Zigarettenrauch, etliche Tische und Stühle waren achtlos auf den Boden geworfen. Selbst das Licht brannte noch. Mit der Walther im Anschlag setzte Wolf vorsichtig einen Schritt nach dem anderen in das Haus. Wenn sie ihn überraschen wollten, hätten sie zumindest das Licht ausgemacht. Hier lag die Situation anders – eine Hausdurchsuchung oder Beschlagnahmung vielleicht. Zumindest würde das die Stille auf der gesamten Straße erklären. Nichts verscheuchte die Nachtschwärmer mehr als die Angst und Furcht vor den Uniformierten.

»Hallo?«, fragte er mit fester Stimme und lauschte in die Stille. »Oberwachtmeister Wolf, geben Sie sich zu erkennen!«

Er hielt den Atem an und wartete. Nichts.

Spätestens jetzt hätte sich Helene zeigen müssen. Das hier musste er selbst in die Hand nehmen. Wolfs Nackenhaare stellten sich auf, während er die Treppe hochschlich. Er verfluchte sein Gewicht und die Holzdielen, welche mit jedem Schritt mehr zu knacken schienen. In den Räumen der ersten Etage war niemand zugegen. Auch oben nicht. Überall bot sich dasselbe Bild: Aufgerissene Schubladen, durchwühlte Schränke, verschobene Möbelstücke. Von den Mädchen oder Jürgen keine Spur. Wenn Helene ihm eine Nachricht hinterlassen haben sollte, gab es nur einen Ort, wo er sie finden konnte.

Wolf ging zurück in den ersten Stock und blieb im Flur vor einem Ölgemälde stehen. Es zeigte eine hässliche Vase und trockene Sonnenblumen. Er würde nie verstehen, warum Helene dieses schreckliche Bild so mochte. Damals, in einer ihrer unzähligen Nächte, in denen sie sich als Paar stundenlang geliebt hatten, waren ihr die Worte so leicht über die Lippen gekommen: »Es erinnert mich daran, dass alle Schönheit irgendwann verbleicht. Deshalb sollten wir den Moment genießen, Wolf.«

Ihre Worte klangen in seinem Geist nach. Er schüttelte sich. Keine Zeit, um schöne Erinnerungen zu durchleben. Schnell nahm er das Gemälde von der Wand und fasste gegen den Tresor. Dieses Monstrum von S. J. Arnheim hatte Helene noch von der alten Irmgard übernommen. Er wusste, dass dieses silberne Zahlenschloss einer vierstelligen Eingabe bedurfte. Mehrmals hatte er gesehen, wie Lene Geld darin deponiert oder Dokumente aus dem Tresor geholt hatte. Einmal hatte er sie nach der Kombination gefragt. Die Antwort war gewesen, dass diese ein Datum sei, das ihr sehr wichtig wäre. Wolf überlegte und drehte das Rädchen so lange, bis der 19.01. eingestellt war. Der Todestag von Irmgard, an dem sie Helene das Lokal vermacht hatte. Die Tür bewegte sich keinen Zentimeter. Anschließend probierte er Lenes Geburtsdatum aus. Nichts.

Ihm lief die Zeit davon. Helene war weg und ihm fehlte jeder Hauch eines Anhaltspunkts. In einem Anflug von Irrsinn gab er schließlich den 06.12. ein. Der Tag, an dem er vor vielen Jahren als Junge in die Kneipe gegangen war und sie als Mann verlassen hatte. Zu seiner Überraschung gab der Tresor mit einem Klicken seine Geheimnisse preis.

Helene musste verrückt geworden sein. Was sollte das bedeuten? Ein Datum, das ihr wichtig sei … Schuld und Angst machten Wolf rasend. Sein Atem beschleunigte sich, während er die Dokumente überflog. Er konnte nichts Wichtiges ausmachen. Auch unter den Bündeln Geld war nichts von Interesse.

»Das hätte ich mir denken können!«

Die Stimme ließ Wolf erschrocken umdrehen. Mit gezogener Pistole blickte ihn Jürgen aus hasserfüllten Augen an. »Einen feuchten Mist kannst du dir denken«, raunte Wolf. »Wo ist Helene?«

»Kaum ist die Gelegenheit da, greifst du in ihre Kasse.«

Dieser dickliche Kerl überhörte ihn absichtlich, was Wolf noch wütender machte. »Das Geld ist mir vollends einerlei, sag mir einfach, wo Lene ist!« Der Lauf von Jürgens P38 zitterte gewaltig. Nicht schwer zu erraten, dass er ungewohnt im Umgang mit Waffen war. Wolf machte einen Schritt auf ihn zu. »Ich würde an deiner Stelle lieber schnell antworten, bevor ich dir dieses klobige Wehrmachtsding in den Allerwertesten trete!«

»Was weiß ich?!«, schrie Jürgen. »Helene, Klara und ich warteten auf die Mädchen, wir wollten das Lokal aufmachen, als plötzlich die Polente vor der Tür stand.«

»SS?«

Jürgen fuhr sich mit der Zunge über die Lippen. »Nein, Ordnungspolizei. Frau Helene fuchtelte mit den Armen und wies mich an, dass ich mich schnell unten im Vorratsraum verstecken sollte.«

Klug von ihr. Die schwere Falltür hinter dem Tresen würde niemand so schnell entdecken. »Wieso hat sie sich nicht versteckt?«

Jürgen zuckte mit den Schultern, eine Schweißperle war auf seiner Stirn zu erkennen. »Keine Ahnung, wahrscheinlich dachte sie, dass sie nichts zu befürchten hat oder dass alles mit ein paar Scheinen wieder in Ordnung gebracht werden kann.«

»Die Polizei hat also Klara und Helene mit aufs Revier genommen. Warum solltest du dich verstecken?«

»Es hätte alles noch schlimmer gemacht.« Plötzlich war seine Stimme leise und zittrig. Seine Nervosität brach durch und trotzdem blitzte in den Augen des Mannes der Anflug von Stolz auf. Er streckte den Arm durch, die Pistole war nur wenige Handbreit von Wolf entfernt. Ein Anfängerfehler.

»Wenn du nicht sofort die Hände vom Geld lässt, werde ich …«

Weiter ließ Wolf ihn nicht mehr kommen. Geschickt schlug er die Pistole mit dem Arm zur Seite und versetzte Jürgen einen Schlag gegen den Kehlkopf. Nicht zu hart, dass es ihn umbrachte, trotzdem so, dass er auf die Knie sackte und sich schmerzvoll die Kehle hielt. Jürgen riss die Augen auf, keuchte und hustete, während sich seine Hände verkrampften.

»Du machst gar nichts.« Gemächlich nahm Wolf die P38 auf. »Also, neuer Versuch: Wo zum Teufel ist Helene?«

Noch immer kauerte Jürgen am Boden. Aus ihm würde er nicht so schnell etwas rausbekommen. Wolf seufzte, packte den Wirt am Arm und zog ihn die Treppe herab. Grob hob er den Mann auf einen Hocker vor der Theke und holte eine Flasche Rotwein hervor. Die Flüssigkeit füllte er in zwei Altgläser.

»Trink«, forderte er Jürgen auf, warf die Waffe dabei

demonstrativ neben ihn auf die Holzplatte. »Wir haben nicht den ganzen Tag Zeit.«

Jürgen räusperte sich mehrmals, schüttelte mit dem Kopf. »Kann ich nicht.«

»Nun stell dich mal nicht so an. Der Schlag war nicht wirklich hart, der Alkohol wird dir guttun.« Er drückte ihm das Glas in die Hand.

Obwohl die Stimme des Mannes noch sehr belegt war, konnte Wolf ganz genau verstehen, was er sagte. Jedes Wort war mit Bedacht gewählt und er blickte ihm dabei fest in die Augen: »Du hast mich nicht verstanden – ich *kann* nichts trinken, was aus vergorenen Trauben hergestellt wurde.«

Wolf trank einen großen Schluck. »Was soll das denn bedeuten?«

»Denk mal genau nach.«

Die Gehässigkeit in Jürgens Stimme ließ Wolf innehalten. Plötzlich schlug der Gedanke so hart ein wie früher das Leder seines Vaters. »Du bist Jude.«

Der Mann nickte langsam. »Und mein Name ist nicht Jürgen, sondern Ari.«

Wolf schloss die Augen. Herrgott, Lenchen – welcher Teufel hat dich denn geritten? Er setzte das Glas an, leerte es in einem Zug und schmiss eine Pervitintablette hinterher. Obwohl Wolf überzeugt davon war, dass er sich das nur einbildete, drehte sich die Welt ein wenig schneller und mit ihr seine Überlegungen.

»Ich hätte es wissen müssen«, scherzte Wolf. »Als ich den Tresor geöffnet habe, warst du direkt zur Stelle. Ihr könnt Geld riechen, oder?«

Ari sah ihn fest an, ohne dass er sich zu einer Reaktion hinreißen ließ. Erst Wolfs infantiles Kichern bewirkte, dass sein Blick ins Ungläubige abglitt.

»Schon gut, war nur ein schlechter Scherz. Also, *Ari* – warum sollte Lene ihr Leben riskieren und dich verstecken?«

Ari hustete mehrmals und stand auf. »Weil ich Irmgards Sohn bin.«

Wolf meinte sich verhört zu haben. Er verschluckte sich an seinem Wein. »Du nimmst mich auf den Arm. Die alte Irmi konnte zwei Flaschen Wein trinken, ohne rülpsen zu müssen. Ich habe es mehrmals mit eigenen Augen gesehen. Nie im Leben war sie Jüdin.«

»Nein, aber mein Vater … Als er starb und ich meine Anstellung verlor, unterstützte mich Irmgard finanziell. Helene versprach ihr auf dem Sterbebett, sich um mich zu kümmern.«

Wolf schlug die Hände vor dem Gesicht zusammen. »Lene hat einfach ein zu großes Herz. Sie hat wohl eine Schwäche für Taugenichtse.«

»Taugenichts?«, Aris Stimme überschlug sich. »Taugenichts? Ich war Professor für Geschichte, bis die Nationalsozialisten im April 33 das Gesetz zur Wiederherstellung des Berufsbeamtentums einführten und ich von heute auf morgen auf der Straße stand.«

Ohne Frage, Lene war von allen guten Geistern verlassen. Ein bedeutungsloser Schwur für eine alte Hure könnte sie das Leben kosten. Wolf schüttelte mit dem Kopf. »Lass mich raten, als immer schärfere Gesetze erlassen wurden, fehlte dir das Geld für die Flucht ins

Ausland und da hast du an ihre Tür geklopft, in der Hoffnung, dass sie dir Geld leiht.«

»Was sollte ich machen? Durch Gesetze und Verordnungen wurden die Preise für unsere Immobilien behördlich diktiert. Wir mussten zu Spottpreisen verkaufen, über meine Konten durfte ich nicht mehr verfügen, alle Wertgegenstände wurden zwangsgepfändet. Und nein, sie sollte mir nichts leihen, ich will es mir erarbeiten«, entgegnete Ari scharf. »Niemand will mich mehr anstellen. Das Geld oben im Tresor ist auch von mir. Sobald ich genug besitze, gehe ich und falle Helene, dir und allen anderen hier nie wieder zur Last.«

Zumindest klang er ehrlich. »Wie auch immer«, winkte Wolf ab. »Sie haben also nur die beiden mitgenommen, keine anderen Frauen?«

»Es war noch niemand hier. Die Damen müssen die Unordnung gesehen haben und wieder gegangen sein. Man kann nicht vorsichtig genug sein in diesen Zeiten.«

»Wem sagst du das.« Wolf trank auch das zweite Glas Wein aus, überprüfte seine Waffe und schritt zur Tür.

»Wohin gehst du?«

»Zur Polizei. Einem alten Bekannten einen Besuch abstatten.«

»Bist du wahnsinnig? Ist dir in den Sinn gekommen, dass sie deinetwegen hier sein könnten?«

Wolf drehte sich im Gehen. »Oder deinetwegen!«

»Sie könnten dich umbringen«, protestierte Ari.

»Nicht, wenn ich ihnen zuvorkomme.«

*

Wieso um alles in der Welt wurde er das Gefühl nicht los, dass Jaensch hinter all dem steckte? Er würde sich diesen miesen Bastard wohl vornehmen müssen und in kleine Scheiben hacken, wenn das hier vorüber war.

Wolf passierte den Kaiserteich und den Schwanenspiegel. Vor einiger Zeit hatte er sich von Lene sogar dazu überreden lassen, im Winter mit ihr über die gefrorene Eisfläche zu schlittern. Für Außenstehende mussten sie wie ein ganz normales Paar gewirkt haben. Gut, dass er es besser wusste. Hatte sich denn alles gegen ihn verschworen? Das Letzte, was er nun wollte, war seine alten Kollegen wiederzusehen. Er musste zum Polizeipräsidium am Mackensenplatz, um in die gelackten Gesichter von Fritsch und seiner Führungsriege zu blicken. Ganz davon abgesehen, dass auch die Schutz-Staffel dort Büros besaß – alles Typen, denen er jetzt lieber nicht begegnen wollte.

Den Reichsadler am Eck des fünfstöckigen Backsteingebäudes erkannte er bereits von Weitem. Das Hakenkreuz prangte dort, als wollte es ihn verhöhnen. Unzählige Male hatte er Festgenommene in die Tonne dieses riesigen Komplexes verfrachtet. Hütchenspieler, Taschendiebe, viele kamen nach einem Bußgeld wieder frei. In den letzten Jahren war es anderes geworden. Menschen wurden aus nichtigen Gründen inhaftiert und sahen ihr Zuhause niemals wieder. Wer einmal im Bauch der Bestie gefangen war, konnte nur selten seine Liebsten wieder in die Arme schließen. Wolf war die Ausnahme von der Regel. Fragte sich nur, wie lange noch. Diesen Aufschub musste er nutzen.

Wolf schmiss die Schwenktür auf und ging zur Pforte – der Übergang von der Welt draußen hinein in die langsam mahlenden Mühlen der polizeilichen Gewalt. Zwei junge Männer verrichteten in dieser Nacht ihren Dienst. Beides noch Grünschnäbel, die ihre Langeweile kaum verbergen konnten. Ihre grünen Uniformjacken waren geöffnet, die Tschakos lagen auf dem Tisch hinter der Glasscheibe. Genervt, dass sie jemand aus ihrem Gespräch riss, dauerte es, bis sie sich Wolf zuwandten. Ein halbherziger Hitlergruß folgte.

»Sie wünschen?«

Wolf setzte sein breitestes Grinsen auf und sparte es sich, den rechten Arm zu heben. »Verzeihen Sie, ich wusste nicht, dass die Herren Unterwachtmeister eine so interessante Diskussion genießen.« Im nächsten Augenblick verfinsterte sich seine Miene. »Und jetzt nehmen Sie gefälligst Haltung an. Kein Wunder, dass jeder über die Polente meckert. Hemd zu, Tschako auf, stillgestanden!« Eingeschüchtert kamen die beiden der harschen Aufforderung nach. »Sie glauben doch nicht allen Ernstes, dass Sie um eine Meldung herumkommen! Ihr Verhalten ist unter aller Sau!«

Es war ein Vergnügen mit anzusehen, wie die Farbe aus den beiden Gesichtern wich. Wolf musste sich zusammenreißen, um nicht laut loszulachen. Diese Worte sollten die beiden erst einmal verinnerlichen. Er wartete nur darauf, bis irgendeiner von den beiden den Mund aufmachte.

Der blonde Bengel rechts von ihm schien seinen Auftrag noch nicht ganz vergessen zu haben. Mit zaghafter

Stimme begann er zu stottern: »Entschuldigen Sie, wen darf ich melden und was …?«

»Wen Sie melden dürfen?«, polterte Wolf. »Freundchen, wenn ich mit dir fertig bin, wirst du nicht einmal mehr den Mist von Pferden wegmachen dürfen. Oberwachtmeister Wolf mein Name. Ihr habt von mir gehört?« Tatsächlich nickten die beiden, nun in kerzengerader Haltung, sodass man eine Teetasse auf ihren Köpfen hätte abstellen können. »Gut«, fuhr er fort. »Und wie werde ich genannt?«

Erneut war es der Blonde, der das Wort ergriff. »Der … der böse Wolf.«

Zufrieden mit der Antwort des jungen Polizisten zog Wolf einen Mundwinkel nach oben. Er hatte Glück, dass sein Ruf noch nicht vollends ruiniert war. »Schön, wenigstens habt ihr beiden Aushilfspförtner etwas gelernt. Einer von euch Milchgesichtern öffnet die Pforte und kommt mit in die Tonne. Der andere rennt zu Fritsch und sagt ihm, wo ich bin. Verstanden?«

»Jawohl, Herr Oberwachtmeister.«

Auf nichts konnte man sich mehr verlassen als auf den blinden Gehorsam einer Befehlskette. Herrlich!

»Gut, dann Marsch!«

Wie zwei aufgeschreckte Katzenbabys setzten sich die beiden in Bewegung. Der blonde Jüngling öffnete die Pforte, während der andere die Treppe hochstürmte, mehrere Stufen auf einmal nehmend. Hier hatte sich nichts verändert, dachte Wolf, während er die Gänge entlangschritt. Ein paar Hakenkreuzbanner mehr oder weniger vielleicht, ansonsten haftete dem Präsidium immer noch der erdrückende Gestank von Leder und altem Gemäuer an. Die übrigen Beamten schienen keine Notiz von ihm und seinem Begleiter zu nehmen. Sein Glück, dass er auf kein bekanntes Gesicht traf. Erst im Keller wurde es brenzlig. Mist! Diesen Kerl kannte Wolf tatsächlich. Schlimmer noch, der wusste, dass Wolf nicht mehr im Dienst war. Der dickliche Polizeibeamte mit dem Namen Manfred Zetschke beäugte die beiden kritisch.

»Wolf, was machst du denn wieder hier?«, entfuhr es ihm bereits von Weitem. Der Mann zog seine Koppel nach oben, wobei der massige Schlüsselbund klirrte.

Jetzt hieß es Ruhe zu bewahren. Die Frischlinge konnte er mit überzeugendem Auftreten und einem Namen, der früher einmal etwas bedeutet hatte, verschrecken. Zetschke hingegen war 15 Jahre älter als er und saß nur noch seine Zeit ab.

»Ganz ruhig. Fritsch ist auf dem Weg hierher, wir haben noch eine persönliche Angelegenheit zu klären, wie du weißt.« Warum es nicht mal mit der Wahrheit probieren.

Zetschke fuhr sich durch den Vollbart und nickte langsam. »Ja, unschöne Sache, damals. Aber du hast dem Chef keine Wahl gelassen.«

»Die einen sagen so, die anderen so.« Wolf zündete sich eine Zigarette an, reichte Zetschke und sogar dem blonden Unterwachtmeister eine. Beide nahmen dankbar. »Fragen den Kleinen hier, Fritsch wird gleich hier sein, ich brauche nur ein paar Minuten mit deinen Neuankömmlingen. Zwei Frauen, eine Blonde mit dicken Dingern und eine junges Mädchen. Sind sie hier?«

»Ja, die sind hier.« Gemächlich, als hätte er alle Zeit der Welt, zog Zetschke am Glimmstängel. Mit selbstbewusster und zufriedener Miene rauchte der Mann. »Aber wenn Fritsch gleich vorbeikommt, warum sollte ich die Tür dann öffnen?« Seine Hand glitt langsam herab und legte sich auf die Pistole. »Immerhin würde ich dann gegen die Vorschriften verstoßen, Wolf. Du weißt, welche Konsequenzen das nach sich ziehen kann.«

Wolf schnalzte mit der Zunge und nickte verstehend. Der Junge hatte keine Ahnung, wovon die beiden redeten. Es stimmte wohl, die Dummen hatten es am besten auf dieser Welt. Sie konnten einfach nur dasitzen und das Schauspiel begaffen. Wenn sie auch nichts vom Sieg wussten, so blieb ihnen wenigstens die Schmach einer Niederlage erspart.

»Hol dir mal einen Kaffee, Kleiner«, forderte Wolf schließlich den jungen Polizeibeamten auf und wandte sich an Zetschke. »Willst du dieses Spiel wirklich so spielen?« Er zog den Mantel beiseite. Zum Vorschein kam die Walther PKK. Zetschke öffnete die Knöpfe des Holters. »Muss nicht, aber du lässt mir nicht viele Optionen.«

»Du bist doch fast älter als der Laden hier. Was kann dir blühen? Gar nichts!« Wolfs Stimme war nicht mehr als ein Flüstern im Wind. So leise gesprochen, dass sich Zetschke konzentrieren musste, um die Worte zu verstehen. »Glaub mir, ich brauche nur ein paar Minuten und es soll auch nicht dein Schaden sein.« Schnell holte Wolf zwei 50-Reichsmark-Scheine aus der Innentasche des Jacketts, nachdem der Unterwachtmeister sich getrollt hatte. »Du lässt dich von Fritsch ein paar Minuten anbrüllen, dafür lädst du deine Ehefrau morgen in das beste Restaurant der Stadt ein. Und übermorgen deine Freundin, ganz wie du magst. So eine Gespielin ist teuer, hab ich recht?«

Er kannte Zetschke nicht wirklich gut, wusste aber, dass ihn der Dienst seit einer halben Dekade langweilte. Die Ahnung, wo er sich die Ablenkung holte, war lediglich der männlichen Schwäche geschuldet, und in diesem Fall Wolfs Geißel und seine beste Verbündete.

In einer Bewegung nahm Zetschke die Scheine an, steckte sie in die Innentasche und ging zur Tür. »Ein paar Minuten nur, beeil dich.«

Als Wolf eintrat, drang ihm sofort ein Gestank in die Nase, den er nur mit größter Mühe unterdrücken konnte. Er machte die Zigarette auf dem Boden aus, atmete durch den Mund und schritt die Reihen hab. Ab und an blickte jemand auf. In den Gesichtern der Männer lag eine nervöse Unsicherheit, wie Wolf sie bereits Hunderte Male gesehen hatte. Hier unten, im Keller des Mackensenplatzes, warteten sie auf ihr Verhör oder den Kadi. Die meisten Gefängnisse waren überfüllt. Politische und Asoziale, denen ein Strafgefangenenlager oder die Umerziehungsanstalt drohte. In beiden Fällen keine rosigen Aussichten. Obwohl Frauen seltener in Gewahrsam genommen wurden, kam es gerade bei Prostituierten vor. Ihre Zellen waren am Ende des Ganges zu finden, Spießrutenlauf inbegriffen.

Klaras leises Wehklagen erkannte er sofort. Ihre Stimme hatte sich in seinen Kopf gemeißelt, selbst wenn er sie nur wenige Tage kannte.

»Guten Abend, ihr beiden«, lächelte er verschmitzt, als er vor den Frauen stand.

»Wolf!« Die beiden Frauen stürzten zu den Gittern, ergriffen seine Hände. »Was machst du hier?« Normalerweise wurden Verdächtige, die gemeinsam verhaftet wurden, getrennt untergebracht, damit sie ihre Aussage nicht absprechen konnten. Helene und Klara teilten sich jedoch eine Zelle und waren scheinbar noch nicht verhört worden. Ein weiteres Detail dieses verworrenen Bildes, das ihn stutzig machte.

»Ich wollte euch beiden Arrestanten besuchen. Eigentlich hatte ich noch vor, einen Kuchen mitzubringen, doch der ist mir leider im Ofen verbrannt.«

Helene packte seine Hand fester, musste sich voller Erleichterung eine Freudenträne aus dem Augenwinkel wischen. »Du und deine dummen Scherze.« Sie griff durch die Gitterstäbe, streichelte zärtlich seine Wange. »Du siehst fürchterlich aus. Was ist mit deinem Gesicht passiert?«

»Das höre ich in letzter Zeit öfters. Eine kleine Meinungsverschiedenheit, wie immer. Nichts, worüber du dir Sorgen machen solltest.«

»Und wie geht es …?«

Wolf musste, worauf sie hinauswollte. »Deinem Wirt geht es gut. Er bewacht das Haus und die Einnahmen.«

Endlich war ein Lächeln auf ihren Lippen zu erkennen. Wolf betrachtete Klara, als er ihr mit der freien Hand eine Träne von der Wange wischte. Ihr helles Antlitz glich im Halbdunkeln wie dem Porzellan einer Puppe. Sie wirkte zerbrechlich, sodass in ihm die Angst wuchs, sie mit etwas anderem als seinem Handrücken zu berühren.

»Herr Wolf«, schluchzte sie mit dünner Stimme, »holen Sie uns hier heraus? Wir haben nichts getan.«

Armes, naives Ding. Als bräuchten die Nationalsozialisten einen Grund, um jemanden einzusperren. Wie oft hatte er von einem Mörder und Vergewaltiger gehört, dass er eigentlich unschuldig war, obwohl seine Kleidung voller Blut war und seine Hände noch tief in der Leiche steckten? Hier war es anders. Eine von Willkür und Angst getriebene Macht, die vor nichts Halt machte. Besonders nicht vor einem unwichtigen Oberwachtmeister, der seine beste Zeit hinter sich hatte.

»Einfach nur Wolf, das genügt. Ich habe zwar einen Plan, aber der wird euch beiden Hübschen nicht gefallen.« Als er die hallenden Schritte erkannte, sah er kurz zu seiner rechten. »Das könnte jetzt ein wenig ungemütlich werden.«

In Helenes Augen war Panik zu lesen. Der Griff um seine Hand verfestigte sich. »Wolf, was hast du vor?«

Er ließ die vor Schweiß feuchten Hände der Frauen los und lehnte sich gegen die Gitterstäbe. »Etwas sehr Dummes!«

»Oberwachtmeister a. D. – Friedrich Wolf!«

Ihm wurde speiübel, als er die Stimme vernahm. »Guten Abend, Herr Major. Wie ist das Wohlbefinden?«

Mehrere Männer hatten sich vor ihm positioniert. Bei allen ruhte die Hand auf ihrem Holster. Lediglich Major Fritsch überkreuzte die Arme und sah ihn missbilligend an.

»Hervorragend, herzlichen Dank der Nachfrage«, antwortete der Mann. Seine grau melierten Haare hatte er kurz scheren lassen. Früher war er der Einzige in der gesamten Düsseldorfer Polizei gewesen, der es an Kraft und Statur mit Wolf hatte aufnehmen können. Jetzt hatte dieser das Gefühl, der andere würde ihn überragen. Die Uniform spannte über den breiten Schultern des Mannes, aus seinem Blick sprach eine Mischung aus Hass und freudiger Erregung. »Ich habe Sie kräftiger in Erinnerung, Wolf. Das Lagerleben scheint Ihnen nicht gut zu bekommen zu sein.«

»Es schärft die Sinne.« Mit dem kleinen Finger fuhr Wolf über die Narbe in seinem Gesicht. »Ich habe oft an Sie gedacht.«

»Das freut mich, wirklich.« Fritsch hob das Kinn. Seine Finger streichelten nun seinerseits über eine Narbe am Hals. »So haben wir beide ein Andenken an diese Nacht.«

Er hätte die abgebrochene Flasche tiefer in Fritschs Hals rammen müssen, dann wäre ihm das letzte halbe Jahr erspart geblieben.

Wolf zählte insgesamt sieben Mann. Es war Wahnsinn gegen alle anzutreten. Inständig hoffte er, dass Fritsch sich von seinem Stolz und der unsäglichen Arroganz blenden ließ. Er brauchte den Mann nur anzusehen, um den Zorn in sich aufflackern zu spüren. »Warum haben Sie die beiden Damen inhaftiert? Wie lautete die Anklage?«

Fritsch breitete die Arme aus. »Anklage? Frauen, die diesem Gewerbe nachgehen, gelten als gemeinschaftswidrig und können jederzeit als asoziale, weibliche Elemente aufgegriffen und interniert werden. Nichts anderes habe ich angeordnet. Ihnen sollte diese Regelung wohlbekannt sein.«

Diese widerliche Doppelmoral ließ die Wut in seinem Leib kochen. »Und das von dem Mann, der sich jeden Freitag ein Schäferstündchen bei immer jüngeren Dirnen gönnt«, schnaubte Wolf abfällig. Wenn er nur den Anflug einer Chance haben wollte, musste er seinen ehemaligen Chef da packen, wo er verwundbar war. »Sagen Sie, Fritsch, wie fühlt es sich an, wenn man die jungen Dinger nicht befriedigen kann? Lachen sie Ihnen ins Gesicht und sagen, wie gut es ihnen gefallen habe? Dass sie dreimal hintereinander gekommen seien und noch nie so einen Stier im Bett hatten?« Ein dreckiges Lachen folgte. Wolf deutete auf die Zelle hinter sich. »Im Milieu sind Sie recht bekannt für Ihre Unzulänglichkeit. Ein Mann wie ein Baum, aber eine Männlichkeit wie ein Gewürzgürkchen.«

Fritschs Männer prusteten leise in ihre Fäuste, verzogen die Gesichter und versuchten händeringend nicht zu lachen.

Die Hautfarbe des Majors indes wechselte bedrohlich ins Rote, eine Ader an seiner Schläfe trat hervor. »Sie waren schon immer ein miserabler Lügner.«

Was blieb ihm anderes übrig? Wolf musste dieses Spiel fortführen. »Anscheinend hat selbst Ihre Führungsriege die Gerüchte gehört.«

Fritsch bebte vor Zorn. »Ich sollte Sie hier und jetzt totprügeln.«

Wolf machte einen weiten Schritt auf den Major zu und ließ dabei die Nackenknochen knacken. »Sie haben es schon damals nicht geschafft und auch heute fehlt Ihnen dazu einfach die richtige …« Er deutete mit einem Nicken in Richtung Fritschs Hosenstall. »… Ausstattung.«

Die Augen des Majors glänzten vor Wut. Jeder Muskel seines Körpers war angespannt, die Hände formten Fäuste und in der Stimme lag der drückende Hauch des Wahnsinns. »Ich würde es jederzeit mit Ihnen aufnehmen, Wolf. Schauen Sie sich an: abgemagert, Blutergüsse und Verbände, ein Schatten des früheren Polizisten, der einmal so herausragende Arbeit geleistet und irgendwann dunkle Pfade beschritten hat.« Fritsch sah ihn an, als sei Wolf nicht mehr als ein Bazillus, den es auszumerzen galt. »Sie haben das Präsidium beschmutzt mit Ihrer Korruption, den ewigen Prügeleien und grenzwertigen Verhörmethoden. Sagen Sie mir, wie viele Verdächtige mussten nach einer Befragung durch Sie in die medizinischen Anstalten gebracht werden? Selbst Ihre Erfolge können Sie nicht mehr schützen. Wer Huren, Spieler und kriminelles Gesindel als Umgang hat, muss sich nicht wundern, wenn er irgendwann selbst zu einem von ihnen wird.«

»Und deshalb schleicht man mit zwei Männern nachts in sein Büro und entledigt sich diesem Gesindel mit Schlaghölzern.« Wolf konnte sich an diese Nacht erinnern, als wäre es gestern gewesen. Er hatte über ein paar Akten gesessen, eine Flasche Fusel auf dem Tisch, als die Schatten plötzlich lebendig geworden waren. »Wo bleibt da die Ehre der Polizei?«

»Es war Mittel zum Zweck«, schrie Fritsch wutentbrannt, um in der nächsten Sekunde wieder ruhig zu werden. »Außerdem hätte ich Sie auch allein, Mann gegen Mann, erledigen können.«

Das war der Augenblick, auf den Wolf gewartet hatte. Fritsch war von Stolz und Gloria getrieben, jeden Schaden von der Polizei abzuwenden. Dabei war er nicht einmal Mitglied in der Partei. Es war seine ureigene Mission, die Ehre des Präsidiums aufrechtzuerhalten. Fern von parteipolitischen Dünkel oder ethnischen Überlegungen. Kein Wunder, warum Wolf ihn lange Zeit bewundert hatte und sein Stern erst gesunken war, als er erkennen musste, dass mit Pathos und dem Gerede von Ehre kein Krimineller freiwillig in die Tonne wanderte. Dafür bedurfte es Kontakte, einer großen Waffe und einer Prise Gewalt. Diese Lektion hatte er verstanden, gleichzeitig hatte Fritsch recht behalten – Wolf war einer von ihnen – den Kriminellen – geworden.

»Beweisen Sie es mir!«

»Sie gegen mich?« Fritsch kicherte wie ein kleines Mädchen. »Sie würden keine Minute durchhalten. Wolf, Sie sind ein Wrack, können sich ja kaum auf den Beinen halten.«

»Dann müsste es Ihnen ja nicht allzu schwer fallen, mich zu besiegen! Der Erste, der auf dem Boden landet, hat verloren.«

Der Geräuschpegel im Trakt nahm zu. Einige Insassen johlten oder riefen Anfeuerungsparolen und mussten mit Schlägen gegen die Gitter zur Ruhe gemahnt werden.

»Einverstanden.« Fritsch überlegte keine Sekunde, überkreuzte die Arme vor der massigen Brust und nickte. »Ich habe nicht die geringste Ahnung, mit welchen Kontakten Sie es aus dem Strafgefangenenlager geschafft haben, aber wenn ich gewinne, gehen Sie dorthin zurück und werden bis ans Ende Ihrer Tage Torf schaufeln. Des Weiteren werden diese *Damen* die volle Härte des Gesetzes zu spüren bekommen. Ein Umerziehungslager wäre an dieser Stelle wohl die richtige Wahl, will ich meinen.«

»Und wenn Sie am Boden liegen, kommen die Frauen frei. Wir erhalten freies Geleit nach draußen, niemand wird uns aufgreifen und Sie tun alles in Ihrer Macht Stehende, damit weder wir noch das Lokal erneut von Ihren Leuten behelligt werden!«

»Wie Sie meinen.« Fritsch sah sich um, schob zwei seiner Männer zur Seite und öffnete die Tür zu einem Verhörraum. »Sie und ich wissen, dass dieses Geplänkel nur eine Farce ist. Nach Ihnen!«

Die Polizisten wechselten ungläubige Blicke. Wolf wollte gerade den ersten Schritt in Richtung des Verhörraums machen, als er von einer Hand gepackt wurde.

»Du dummer Esel kannst es in deiner Verfassung nicht mit ihm aufnehmen«, flüsterte Helene und sah in eindringlich an.

»Ich weiß, mein Täubchen.« Wolf riss sich los, sah zu Fritsch. »Sagen Sie es Ihren Männern!«

»Wie bitte?«, brüllte der Major so laut, sodass es bestimmt noch Polizisten im ersten Stock hören konnten.

Wolf zischte die Worte zwischen seinen zusammengekniffenen Zähnen hervor. »Sie sollen Ihren Männern die Bedingungen erläutern.«

»Als ob Sie wirklich eine Chance hätten …« Fritsch fixierte jeden einzelnen seiner Polizisten nacheinander, dann seufzte er. »Wenn ich am Boden liege, gleichgültig unter welchen Umständen, hat Wolf gewonnen. Sollte dieser Fall eintreten, werden die Zellentüren der Prostituierten geöffnet und Sie werden die Frauen und Wolf nicht daran hindern zu gehen. Sie werden Sie nicht mehr behelligen, weder heute noch an einem anderen Tag. Jegliche Anklagepunkte werden fallen gelassen und das Beweismaterial zerstört. Haben Sie das verstanden?«

»Jawohl, Herr Major«, schallte es aus der Runde.

Bevor Wolf in den Raum ging, hörte er Klaras sanfte Stimme: »Sei vorsichtig.« Bei diesen Worten lief es ihm heiß und kalt den Rücken herab.

Unzählige Stunden hatte er in seinem Leben schon hier im Verhörraum verbracht. Eine einzelne Lampe warf ihr blendendes Licht in den Raum, es spiegelte sich auf der glatten Tischoberfläche wider. Fritsch legte seinen Fuß an die Kante und wuchtete den Tisch gegen die Wand. Langsam, als würde er jede Nuance dieses Moments auskosten wollen, fasste er die Stühle an der Lehne und zog sie mit ohrenbetäubendem Lärm von der Mitte des Raumes weg. Die Gladiatoren waren da, ihre Arena geräumt. Als Letztes fiel die Tür ins Schloss, ein Stuhl wurde unter den Türknauf geschoben und sie waren allein.

Wolf durchbrach die neu entstandene Stille: »Was fühlten Sie, in dem Moment, als die beiden Kerle auf mich eindroschen und Sie mir mit dem Messer diese Narbe verpasst haben? War es Stolz? Oder Genugtuung?«

Bedächtig knöpfte Fritsch seine Uniformjacke auf und legte sie auf den Tisch. »Zuerst einmal war das mit dem Messer nicht geplant. Es konnte niemand ahnen, dass Sie nach einer halben Flasche Fusel noch imstande sind, zwei Männern die Rippen zu brechen. Schnell sollte es gehen und ohne großes Aufsehen.«

Wolf schnalzte mit der Zunge. »Ein großartiger Versuch.«

»Nicht mein bester Einfall, zugegeben.« Fritsch knöpfte sein Hemd auf und krempelte die Ärmel hoch. »Aber als Sie am Boden lagen, ich das Messer an ihre Kehle hielt und Sie mir die zerbrochene Flasche in den Hals rammten, fühlte ich eigentlich nur Trauer.«

»Trauer? Wollen Sie mich auf den Arm nehmen?« Die Aussage ließ das Blut in Wolfs Adern kochen. Regungslos stand er da, die Hände schlapp am Körper herabhängend. Mit jedem Herzschlag wuchs der Hass.

»Sie waren ein großartiger Polizist. Verdammt, mit Ihrem Instinkt wäre die Kriminalpolizei das Richtige für Sie gewesen. Stattdessen ließen Sie sich mit Halunken und Huren ein.«

»Ich hatte immer Respekt vor Ihnen«, gab Wolf zu.

Fritschs Gelenke knackten, er hob die Hände zum Faustkampf. »Dann zeigen Sie mal, was Sie drauf haben!«

Wolf nickte, zog seine Pistole. »Sie waren ein großartiger Lehrer.«

Zwei Schüsse krachten im Raum. Sofort sackte Fritsch zusammen und hielt sich den Oberschenkel. Kein Schrei, kein Wehklagen, nur seine gepresste Atmung erfüllte den Raum.

»Sie haben mir beigebracht, dass man einer Prügelei immer aus dem Weg gehen sollte, wenn es auch andere Wege gibt.«

Das schmerzverzerrte Gesicht des Majors war rot angelaufen. »Das war nicht unsere Abmachung«, zischte er. Speichel landete auf dem kargen Boden und der Major zog hastig Luft in seine Lungen. Von außen hämmerten Polizisten gegen die Tür. Wolf meinte sogar die Schreie der Frauen vernehmen zu können.

Jetzt hing alles davon ab, wie hoch Fritsch seine Ehre wirklich hielt. »Das war *genau* unsere Abmachung.« Wolf steckte die Walther wieder in den Hosenbund. Es fiel ihm schwer, sich zu seinem alten Chef herab zu knien. »Gleichgültig unter welchen Umständen, das waren Ihre Worte. Also gilt unsere Abmachung noch oder brechen Sie Ihr Wort?«

Nach einer gefühlten Ewigkeit nickte Fritsch schließlich. »Öffnen Sie die Tür, ich will hier nicht verbluten wie ein abgestochenes Schwein.«

Wolfs Gedanken hämmerten, sein Herzschlag pochte wie wild in seiner Brust. Entweder war er gleich tot oder Fritsch würde sich selbst an dieses linke Spiel halten. Es war an der Zeit, es herauszufinden. Als er den Stuhl zu sich zog, drangen die Polizisten mit gezogener Waffe in den Raum ein. Sie brüllten Befehle und bei nicht wenigen hatte er das Gefühl, ihr nervöser Finger würde ihn in den nächsten Sekunden ins Jenseits befördern.

Erst Fritsch gebot dem Chaos Einhalt. »Stillgestanden!«

Wolf erkannte unsichere Augenpaare, deren Blick zwischen ihm und den am Boden Liegenden hin und her sausten.

»Haben Sie mich nicht gehört!«, schrie Fritsch erneut, während er beide Hände auf die Einschusswunden presste. »Wolf und die Frauen dürfen gehen. Keine Verfolgung. Und holen Sie einen Arzt, zum Teufel!«

Ein letztes Mal sah Wolf seinem alten Chef in die Augen. Er hatte Wort gehalten. Obwohl er es nicht wollte, nickte Wolf kurz zum Abschied, bevor er mit hastigem Schritt den Raum verließ und gegen die Zellentür hämmerte. Als die Gitter zur Seite geschoben wurden, fielen die beiden Frauen in seine Arme.

»Was ist passiert?«, wollte Helene wissen. Ihre Augen glänzten, als würde sie gleich in Tränen ausbrechen.

»Männersache«, brummte Wolf und nahm die beiden an die Hand.

Klara schmiegte sich so fest an seinen Körper, dass er die Wärme ihrer Haut spüren konnte. »Hast du den Mann erschossen?«

Er legte den Arm um das Mädchen. »Nein, er wird es überleben. Und jetzt nichts wie raus hier, bevor er sich es noch anders überlegt.«

KAPITEL 9

- BÖSE TRÄUME -

Helenes Anspannung war beinahe zum Greifen.

Mehrmals sah sie aus dem Fenster und blickte die Straße herauf. Es war ein freudiges Wiedersehen mit Ari. Den Großteil der Unordnung hatte er bereits beseitigt, die Scherben aufgekehrt und selbst die Betten frisch bezogen. Ein fleißiger Kerl war er, das musste man ihm lassen. Nachdem Helene das große ›Geschlossen‹-Schild vor die Tür gehangen und betont hatte, dass heute keine Freier mehr bedient wurden, ging sie in die Küche und versuchte sich mit Kochen abzulenken. Ari half ihr bei der Arbeit, sodass Wolf sein Bier an der Theke genießen konnte und die junge Klara ihm dabei Gesellschaft leistete.

»Du solltest etwas trinken, meine Güte. Immerhin zitterst du wie Espenlaub.«

Klara saß auf einem Hocker mit kerzengeradem Rücken und nestelte gedankenverloren an dem grünen Kleidchen herum. Der Stoff zeigte mehr von ihrer Haut, als er verdeckte. Wo war sie nur mit ihren Überlegungen?

»Eigentlich trinke ich nichts«, hauchte sie nach einer Weile, als Wolf schon gar nicht mehr damit gerechnet hatte. »Ab und zu, zwischen den Kerlen, wenn sie zu schlimm werden.« Das Mädchen sah dabei scheu zu

Boden. Das hatte nichts mit der verführerischen Sirene zu tun, die am Vorabend die Männer um den Verstand gebracht hatte. Hier saß ein zerbrechliches Ding, dessen Wunden, verursacht durch den letzten Freier, noch nicht ganz verheilt waren.

»Passiert das oft?«, wollte Wolf wissen. »Dass die Männer ein wenig … grob werden?«

Traurig nickte das Mädchen. »Einige sind schlimm.« Endlich sah sie ihm in die Augen. Allein der Blick ließ das Blut in seinen Adern rauschen. »Nicht so wie du.«

»Glaub mir, Kindchen. Ich bin viel schlimmer als die alle zusammen.«

»Das ist nicht wahr«, protestierte sie sofort und schreckte zusammen, als hätte die Intensität ihrer eigenen Stimme sie überrascht. »Ich habe gesehen, wie du Frau Helene ansiehst.«

Betont gleichgültig nippte er am Altglas. »So? Wie sehe ich Frau Helene denn an?«

»Wie ein treusorgender Mann, der sie beschützen will. In deinem Blick liegt Sehnsucht. Genauso sieht Dr. Nagel auch seine Astrée an, im Film *La Habanera*. Er weiß, dass sie unglücklich ist, kann sie jedoch nicht retten, weil er zu stolz ist. Er kann ihr einfach nicht sagen, dass er sie noch liebt und sie mit ihm kommen soll. Manchmal, wenn du Frau Helene hinterher siehst, lächelst du einfach. Es ist genau wie im Film.« Klara wischte sich mit dem dünnen Ärmel über die Nase. »Ich wünsche, jemand würde mich so ansehen.«

»Da liegst du falsch«, entgegnete Wolf trotzig und trank sein Bier mit einem Zug aus. Dumme Gedanken eines kleinen Kindes! Ihn mit Dr. Sven Nagel zu vergleichen entsprach der Behauptung, Mond und Sonne seien dasselbe. *La Habanera* war ein toller Film, nur leider hatte auch Lenchen so gar nichts mit Zarah Leander gemein. Zugegeben – Astrée war bisher die beste Rolle der Schwedin gewesen. Am Ende, als ihr Geliebter Dr. Nagel vom Gift gebeutelt in ihren Armen starb, hatte sogar Wolf eine Träne verdrückt. Was er natürlich nie zugeben würde.

»Sieh dich an. Du bist jung, hübsch, klug und hast eine Art, die jeden Mann mit einem Augenaufschlag verzaubern kann.« Endlich war ein Lächeln auf dem Gesicht des Mädchens zu sehen. »Du wirst bald schon eine ganze Menge Kerle haben, die dir den Hof machen und dich wie eine Prinzessin behandeln. Gedulde dich, bei Mädchen wie dir kommt das von ganz alleine.« Es tat gut, Klara lachen zu sehen. Solch ein süßes Mädchen sollte keine trüben Gedanken haben.

Als Wolf sich ein weiteres Bier zapfte, wurde endlich die breite Schwenktür zur Küche aufgestoßen. Flink stellte Helene dampfende Köstlichkeiten auf den Tisch, Ari folgte ihr mit Besteck und Tellern. Sie selbst nahm sich ein großes Glas Rotwein, als sie zu viert am Tisch vor der Theke Platz nahmen. Bevor sie damit begann, das Essen zu verteilen, sah Helene noch einmal aus dem Fenster.

»Reg dich ab«, kommentierte Wolf Helenes Tun. »Fritsch und die Polizei werden uns heute keinen Besuch mehr abstatten.«

»Du hast leicht reden«, wiegelte sie ab. »Die Polente

ist ja auch nicht in *dein* Haus eingedrungen und hat *deine* Unterwäsche durchwühlt.«

»Das liegt vielleicht daran, dass ich kein Haus besitze. Außerdem ist Fritsch nicht der Mann, vor dem wir Angst haben sollten.«

Helene trank einen großen Schluck Wein und begann mit ihrer Mahlzeit. »Wäre es nicht an der Zeit, uns über alles zu unterrichten, wenn schon fremde Männer in mein Haus eindringen und mich unter Arrest stellen?«

Wolf wollte das Gespräch eigentlich vermeiden. Leider waren sie in diesen Irrsinn mit hineingezogen worden. Er umriss mit wenigen Sätzen die Vorkommnisse im Lager, das Gespräch mit Kampa und seine Spur zu Charlotte, dieser großen Unbekannten, weswegen er in diesen riesigen Haufen aus Mist geraten war. Dabei achtete er genau darauf, dass er nicht zu viele Details verriet. Sie sollten zwar wissen, warum er seinen Kopf riskierte, es aber immer noch glaubwürdig abstreiten können.

Helene kaute bedächtig, während sie seiner Geschichte folgte, und ließ sich Zeit mit einer Antwort, nachdem er sie beendet hatte. »Glaubst du, dass dieser Offizier … dieser Dr. Jaensch die Polizei beauftragt hat?«

Diese Frage hatte er sich auch schon gestellt. »Möglich ist es. Zumindest waren sie nicht wegen Ari hier. Aber auch Lemi muss ins Auge gefasst werden.«

»Du hast eine ganze Menge Feinde hier in Düsseldorf«, stellte Ari nüchtern fest.

»Das hatte er schon immer.« Helene zwinkerte mit einem Auge.

Gott, wie hatte er ihre Art vermisst. Und erst das Essen! »Was soll ich sagen, bin halt beliebter als die NSDAP.«

»Und was hast du nun vor?«, wollte Ari wissen.

»Ich werde mit Kampa reden und nach Waldniel fahren. Irgendetwas sagt mir, dass ich die Antworten dort in der Heil- und Pflegeanstalt finden werde.«

»Dafür benötigst du ein Auto, Unterkunft und Ausrüstung.« Wie immer dachte Helene mehrere Schritte voraus. Kein Wunder, dass der Tresor im ersten Stock prall gefüllt war.

»Ich glaube, mein neuer, bester Freund wird mir zur Seite stehen. Noch in dieser Nacht werde ich ihm einen Besuch abstatten und herausfinden, wie mächtig er wirklich ist. Morgen fahre ich los.«

Helene lehnte sich zurück und sah aus dem Fenster. Wolf kannte diesen nachdenklichen Gesichtsausdruck nur allzu gut. Sie war nicht mehr hier, sondern in ihrer eigenen Welt, in der sie die Entscheidungen sorgsam abwägte und schließlich so lange die Gedanken hin und her schob, bis eine Waagschale nach unten kippte. »Gut – und wir werden dich begleiten.«

»Auf keinen Fall.«

»Natürlich werden wir das«, stellte sie energisch fest. »Klara und ich sind hier nicht mehr sicher. Ein weiterer Besuch der Polizei, SS oder Gestapo wird nicht so glimpflich ablaufen. Ari kann die Kneipe weiterführen, sodass niemand Verdacht schöpft. Den Mädchen werde ich heute Nacht Bescheid geben, dass wir für ein paar Tage schließen.« Sie sah ihn abfällig an, wie ein Lehrer seinen Schüler, der eine leichte Aufgabe nicht verstand. »Glaub mir, Wolf. Wir sind an jedem Ort besser geschützt als hier. Außerdem habe ich dort einen sehr alten Kunden, der mir noch einen Gefallen schuldet. In seinem Wirtshaus wird er sicherlich ein Zimmer für uns frei haben. Umso weniger du diesem Kampa verrätst, desto besser.«

Ihr endgültiger Ton ließ keinen Widerspruch zu. Intelligente Frauen waren der Teufel! Was sich dieses Weibsbild einmal in den Kopf gesetzt hatte, war nahezu unumstößlich. Nun galt es sie zu überzeugen – oder einzuschüchtern.

Wolfs Faust donnerte auf den Tisch. »Ihr werdet nicht mitkommen!«

Klara zuckte zusammen, während Helene unbeeindruckt ihren Wein trank.

»Um ganz ehrlich zu sein, halte ich es für besser, wenn Wolf alleine fährt«, pflichtete ihm Ari nach einer Weile bei. »Wir sind ihm keine große Hilfe und es würde nur weitere Aufmerksamkeit erregen, wenn das Haus geschlossen bliebe und alle Vöglein ausgeflogen wären.«

Helene hob die Arme und kapitulierte. »Wie ihr meint.«

»Ich werde für euren Schutz sorgen«, sagte Wolf versöhnlich mit fester Stimme.

Für einen Moment herrschte Stille am Tisch, bis Klara aufsah und sich räusperte. »Wieso sagst du nicht einfach Herrn Dr. Kampa, wo er suchen soll? Dann hättest du mit all dem nichts mehr zu tun.«

Wolf stopfte sich eine große Kartoffel in den Mund und antwortete kauend. »Das ist nicht so einfach. Du hast ihn nicht gesehen. Wenn ich ihm diese Informationen weiterleite, bin ich nicht mehr wichtig für ihn. Sollten sie ins Leere laufen, wird er mich dafür verantwortlich machen.« Er lehnte sich zu Klara. Der Duft ihrer Haut ließ seinen Geist schwirren. »Du kannst dir vorstellen, was er dann mit mir machen wird. Nein, ich muss ihm seine Charlotte auf einem Silbertablett präsentieren. Außerdem stehe ich jetzt noch unter seinem Schutz – glaube ich zumindest. Diese Sache muss ich allein regeln und hoffen, dass sich der gute Herr SS-Obersturmführer erkenntlich zeigt.«

Wolf schob eine weitere Kartoffel hinterher und spülte sie mit Altbier herunter. So lächerlich es auch war, Kampa und er waren aufeinander angewiesen. Doch um diesen Fall zu lösen, brauchte er mehr Informationen.

»Hast du noch ein paar Klamotten von mir?«

Helene nickte. »Ich habe sie nicht weggeschmissen, falls du das meinst. Ich werde dir einen Koffer mit dem Nötigsten packen.«

Auf diese Frau war Verlass. Wolf wischte sich mit dem Hemdärmel den Mund ab und erhob sich. »Morgen wird ein harter Tag. Wenn alles klappt, fahre ich in den Abendstunden los. Schlaft euch in Ruhe aus und wartet nicht auf mich, ich habe einen Termin bei meinem Arzt.«

*

Die medizinischen Anstalten lagen beinahe im Dunkel, als Wolf die schmucklosen Gebäude tief in der Nacht erreichte. Die Tabletten schienen ihre volle Wirkung zu entfalten. Er verspürte weder Müdigkeit noch Schmerz und ein wohliges Gefühl durchfloss ihn, als er sich beim Pförtner ordnungsgemäß anmeldete und nach Dr. Kampa erkundigte. Nach einem kurzen Telefonat durfte er passieren. Das Büro des Offiziers lag in der obersten Etage der medizinischen Akademie. Wolf hatte Schwierigkeiten, die Treppe hinaufzusteigen. Auch wenn sein Geist auf Hochtouren lief, wollte der Körper das Tempo einfach nicht mitmachen. Die Monate in Aschendorfermoor hatten doch mehr Spuren an seinem Leib hinterlassen, als er zugeben wollte. Im psychiatrischen Trakt angekommen, stemmte er erst einmal die Hände in die Hüften und atmete durch. Viel los war nicht mehr zu dieser Zeit. Ein Schrei hallte durch die leeren Gänge wider, die Lampen warfen gedämpftes Licht in den Raum. Ein Glühkörper begann sogar gespenstisch zu flackern wie in einem dieser Gruselfilme.

»Großartig«, raunte Wolf und sah sich im Trakt um.

Keine Schwester, kein Arzt und selbstverständlich auch kein Schild, auf dem groß und breit der Weg zum Leiter der Abteilung aufgemalt war. Langsam schritt Wolf den Gang entlang. Einige Türen waren angelehnt, rasselnde Atemgeräusche drangen aus den Zimmern. Auf der rechten Seite konnte er sogar Sicherheitstüren ausmachen. Wolf fuhr sich mit der Zunge über die trockenen Lippen. Er würde den ganzen Trakt wecken, wenn er nach Kampa rief. Plötzlich stand ihm der Schweiß auf der Stirn, Wolf konnte allerdings keinen direkten Grund dafür ausmachen. Ohne mit der Wimper zu zucken, war er aus den Schützengräben dem Feind entgegen gespurtet, hatte unzählige Handgemenge überlebt, nur um hier die Hosen voll zu haben.

»Reiß dich zusammen, du Lamm«, flüsterte er und brachte die ersten Schritte zur nächstgelegenen Tür hinter sich. Auch hier war das Blatt nur angelehnt. Mit zwei Fingern stupste Wolf die Tür auf. Der Mond warf ein weißes Licht auf die vier Betten im Raum. Drei von ihnen waren belegt. Nur eines war leer, die Decke jedoch zerwühlt.

Wovor hatte er eigentlich solche Angst? Hier lagen Kinder, keine zwölf Jahre alt. Der typische Gestank von Krankenhäusern verbreitete sich in seinem Kopf und nahm von ihm Besitz. Immer wenn er die von Desinfektionsmitteln geschwängerte Luft einatmete, fühlte er sich in die Zeit der Lazarette zurückversetzt. Wolf wurde schwindelig. Er musste sich am leeren Bett abstützen. Eins der Kinder drehte sich im Schlaf, die anderen atmeten ruhig weiter. Wolf hielt die Luft an. Das Laken war noch warm, es konnte nur Minuten her sein, dass hier jemand gelegen hatte. Aus einem Impuls heraus nahm Wolf die Krankenakte an sich.

»Micha Remmel«, las er laut vor und drehte die Akte zum Fenster, um weitere Details erkennen zu können.

Die medizinischen Fachausdrücke sagten ihm nichts und die meisten Schriftbilder waren zu klein, um entziffert werden zu können, jedoch traten drei Buchstaben am oberen Rand der Krankenakte hervor. Wolf musste das Klemmbrett nah vor seine Augen halten.

»AvU.«

»Das bedeutet Schlimmes.«

Verdammt, wer war das? Diese Stimme aus der Dunkelheit ließ Wolf zusammenschrecken, die Akte fiel zu Boden. Wolf zog seine Walther und hielt den Lauf in die Finsternis. War er jetzt von allen guten Geistern verlassen? Wie sehr er sich auch bemühte, im Halbdunkeln konnte er den Sprecher der Worte nicht ausmachen. Noch immer schliefen die drei Kinder tief und fest.

»Wer spricht da?«

Keine Antwort. Wolfs Blut rauschte wie ein sengender Fluss Lava durch seine Adern. Er spähte ins Dunkel des Raumes, versuchte einen Körper auszumachen; doch da war nichts. Rein gar nichts. War er jetzt vollends verrückt geworden?

Seine Stimme zitterte. »Teufel noch eins – wer war das?«

Endlich erkannte er aus dem Augenwinkel eine kümmerliche Gestalt. Das Kind hatte sich im Schrank versteckt und öffnete langsam die Tür. Sofort zeigte der Lauf seiner Waffe in die Richtung, doch als das Kind ins Mondlicht trat, entglitt Wolf ein tiefer Seufzer.

»Leo!«

Pure Angst durchzog seinen Körper. Für einen Moment meinte er, einen Geist gesehen zu haben.

»Mein Name ist nicht Leo.« Der Junge war so klein und dürr, dass er durch einen Postschlitz gepasst hätte.

»Gott, hast du mich erschreckt!«, stöhnte Wolf und ließ die Pistole in den Hosengurt gleiten.

»Sie mich auch«, antwortete der Junge und kam noch näher heran. Sein schmaler Körper wurde lediglich von einem Patientenleibchen gewärmt. Auf den ersten Blick sah es so aus, als wäre sein Kopf zu groß für den kleinen Körper. Die dichten, braunen Haare wiegten sich mit jeder zittrigen Bewegung.

»Du bist Micha, richtig?«

Der Junge nickte.

»Ich bin Wolf.« Er streckte seine Pranke aus. Zögerlich nahm der Junge sie an. Seine Hand umfasste gerade einmal zwei von Wolfs Finger. Der Kleine brauchte mal ein ordentliches Butterbrot. »Haben dir deine Eltern nicht beigebracht, dass du keine Erwachsene erschrecken sollst?«

Diesmal schüttelte er mit dem Kopf. »Wie auch immer. Ab ins Bett mit dir. Du holst dir auf dem kalten Boden noch den Tod.«

Der Junge zögerte einen Moment, nickte und ging schließlich doch ins Bett, ließ sich sogar von Wolf zudecken.

»Na, der Schnellste bist du ja nicht gerade.«

Der Junge sah ihn mit großen Augen an, als erwarte er irgendetwas. Wolf beschlich das Gefühl, seine Worte würden etwas später im Kopf des Kleinen ankommen. So etwas hatte er schon einmal erlebt, damals im Krieg. Ein junger Meldereiter, gut aussehend, blendend gebaut, die Mädchen lagen ihm zu Füßen, doch bei einer Granate ging sein Pferd durch, er stürzte, knallte mit dem Kopf auf einen Stein und dachte von nun an ein wenig langsamer als alle anderen.

Jetzt endlich zuckte der Junge mit den Schultern. Wolf richtete die Decke und kniete sich zu ihm herab.

»Kannst du mir sagen, wo Doktor Kampa ist?«

Der kleine Micha zog den Arm aus der Decke und deutete auf einen imaginären Punkt den Gang entlang. Gut so, jetzt hatte Wolf zumindest ein Ziel. Sein Blick wechselte von einem Bett zum nächsten. Bei dem Gepolter hätten die drei Jungs schon längst gerade im Bett stehen müssen.

»Was ist mit deinen Freunden? Die schlafen aber fest.«

Micha schüttelte den Kopf und lehnte sich nach vorn, damit er in Wolfs Ohr flüstern konnte. Seine Stimme war so leise, als vertraue er ihm ein ganz wichtiges Geheimnis an.

»Die schlafen immer so, weil die ihre Medizin nehmen.«

»Und du schläfst nicht?«

Micha warf seinen Kopf so schnell hin und her, dass die braunen Haare Wolfs Wange streiften. »Das gibt nur böse Träume von grauen Wagen und bösen Männern mit kalten Fingern. Ich tu nur so, als würde ich die Pillen schlucken und spuck sie dann wieder aus.«

»Kluger Junge.« Wolf ächzte, während er sich aufrichtete. »Du sagtest, dass es etwas Schlimmes bedeutete. Diese drei Buchstaben.«

Eifrig nickte der Junge, verbarg sein Gesicht halb unter der Bettdecke. »Die werden abgeholt.«

»Abgeholt?« Wolf beugte sich herab. »Was meinst du damit?«

»Meistens kommen sie abends … die grauen Busse mit dem Adler. Ich habe sie gesehen, aus dem Fenster. Dann wird man abgeholt und kommt nie wieder.« Plötzlich weiteten sich die Augen des Jungen, im nächsten Moment fielen die Lider zu und er legte seinen Kopf zur Seite.

Was war denn jetzt los? Ein Anfall?

Wolf berührte ihn vorsichtig an der Schulter. »Micha?«

»Der arme Tropf schläft tief und fest, geben Sie sich keine Mühe.«

Erneut fuhr Wolf herum. Die Stimme des Mannes war ihm wohlbekannt. Das Licht des Flurs warf einen langen, dunklen Schatten in das Zimmer. Einige Sekunden verharrte Kampa dort und knipste schließlich das Licht an.

»Wir haben die Medikation extra erhöht, damit die Jungen durchschlafen können.« Kampa trat ein, stellte sich neben Wolf und blickte herab auf den Kleinen. »Woher wissen Sie den Namen des Kindes?«

Nur schwerlich konnte Wolf den Blick von Michas Gesicht nehmen. Im Licht sah der Junge noch zerbrechlicher aus. Egal, wie langsam er war, er spielte ein perfektes Spiel. Niemand hätte sagen können, ob er gerade tatsächlich schlief oder wach war.

»Kluger Junge«, wiederholte Wolf flüsternd.

»Wie meinen?«

»Nichts.« Wolf hob die Akte vom Boden auf. »Ich habe es auf dem Klemmbrett gelesen. Dachte, ich hätte Geräusche gehörte, aber da habe ich mich wohl vertan.«

»Das auf jeden Fall.« Kampa ging zu den anderen Betten, nahm alle Klemmbretter an sich und las gedankenverloren. »Die Dosis reicht aus, damit sie bis zum Morgen schlafen. Arme Geschöpfe sind das. Einige haben starke Idiotie, viele angeborenen Schwachsinn. Sie werden es schwer haben im Reich.«

Wolf folgte Kampa, lugte ihm über die Schulter. In jeder Akte war das ins Auge fallende Kürzel vermerkt. Wenn der kleine Micha recht behalten sollte, hieß das für alle vier nichts Gutes.

»Was bedeutet *AvU*?«

»Arbeitsverwendungsunfähig«, murmelte Kampa ganz in die Akten vertieft. »Von diesen Kindern ist keinerlei Arbeitseinsatzfähigkeit zu erwarten, sie werden dauerhaft in Heilungs- und Pflegeanstalten untergebracht sein. Gerade deshalb müssen diese Geschöpfe von uns geschützt werden.«

Wolf grübelte. Dass von den Kindern keine Arbeit zu erwarten war, war nicht sein Eindruck. Natürlich, der kleine Micha würde nie Propagandaminister werden, aber für ein gutes Leben als Milchbauer oder an einer Maschine bei Thyssen sollte es schon reichen. In seinem Leben hatte er schon betrunkene Maschinisten kennengelernt, die er als weitaus langsamer einschätzte.

»Haben die Kinder keine Eltern?«

»Natürlich haben sie das«, antwortete Kampa. »Was meinen Sie denn, wer die Kleinen bei uns abgab? Alles abgesegnet durch das KWI.«

Wolf lehnte sich an das Bett von Micha. Beeindruckend, wie dieser so ruhig schlafen konnte. Er selbst hätte sich schon mehrmals in die Hose gepinkelt vor Angst. Außerdem wäre er bei Kampas Abkürzungen und Begrifflichkeiten schon lange aus der Haut gefahren.

»Ach kommen Sie, ich bin kein Arzt, sondern nur ein einfacher Oberwachtmeister. Was bedeutete KWI?«

Kampa klemmte die Akten wieder an die Betten und nickte peinlich berührt. »Verzeihen Sie, ich wollte Sie nicht bloßstellen. Ich meine damit das Kaiser-Wilhelm-Institut für Anthropologie, menschliche Erblehre und Eugenik. Zuständig für Erbbiologie und Rassenhygiene. In ihrer Zeitschrift ›Der Erbarzt‹ von 1935 legte Otmer Freiherr von Verschuer fest, dass der Führer die Erkenntnisse der Erbbiologie zu einem bedeutenden Prinzip der Staatsführung gemacht hat.«

»Und das bedeutet?«, wollte Wolf mit genervtem Unterton wissen.

»Nichts anderes, als dass besondere Menschen besonderer Maßnahmen bedürfen.« Kampa fuhr sich nachdenklich über den Schmiss an seiner Wange. »Sehen Sie, das Blut des Menschen hat einen gewissen Reinheitsgrad. Durch Erbkrankheiten wie Schwachsinn oder Idiotie wird dieser Grad geschmälert. Die Aufgabe der Ärzte des Reichs muss es sein, den Reinheitsgrad so hoch wie möglich zu halten.«

»Also dass Menschen mit dieser Krankheit keine Kinder mit Gesunden bekommen sollten?«

»Am besten mit niemandem. Deshalb das Sterilisationsgesetz«, warf Kampa ein. »Sehen Sie, Wolf, ich bin kein Freund von Fremdbestimmung. Aber manche Sachen muss der Staat einfach regeln, um die Sicherheit seiner Bürger zu gewährleisten. Nur so kann der kleine Micha hier ein Leben in Würde verbringen.«

Wolf sah in das Gesicht des Kleinen, tippte mit den

Fingern gegen das eiserne Bettgestell. Würde sah für ihn entschieden anders aus. »Durch Ihre Fürsorge?«

»Selbstverständlich.« Kampa räusperte sich, ließ die Hände in seinen Arztkittel gleiten. »Aber ein Gespräch über Ethik ist nicht der Grund, warum Sie hier sind, oder?«

»Nein. Ich habe eine Spur, die unter Umständen zu Ihrer Verlobten führen könnte. Dafür benötige ich ein Automobil, Verpflegung und Schutz.«

Die Worte schienen in seinem Gegenüber tatsächlich etwas auszulösen. Kampa lehnte sich an ein Bettgestell. »Charlie«, hauchte er tonlos. »Fangen wir mit Letzterem an – was meinen Sie mit Schutz?«

»Es gab in letzter Zeit ein paar unliebsame Gäste an der Bandelstraße. Ich möchte, dass Sie sich darum kümmern.«

Kampa nickte. »Wenn Sie mir meine Charlie zurückholen, lasse ich die ganze Straße zum Sperrgebiet erklären, in das niemals wieder ein Polizist seinen Fuß setzen darf. Was noch?«

»Es ist nur eine Spur, trotzdem will ich es versuchen. Ich werde für einige Tage weg sein. Zwei ihrer Männer wären nicht schlecht.«

»Stehen morgen Abend vor der Tür ›Zum Doppelten‹. Wohin geht es?«

Wolf überlegte einen Moment. Er hatte mit dem Gedanken gespielt, Kampa einzuweihen und seine Kontakte zu nutzen, damit ihm in der Heilanstalt alle Türen offen stehen würden. Doch was wäre, wenn er sich auf dem Holzweg befand? Wie würde der Offizier reagieren? Er entschloss sich, Kampa erst Ergebnisse zu präsentieren, wenn er sicher war. »Möchten Sie das wirklich wissen?«

Kampa schüttelte mit dem Kopf. »Nein, ich vertraue Ihnen.« Er schlug die Arme vor dem Gesicht zusammen, rieb sich die Augen und plötzlich wirkte er nicht mehr wie der abgeklärte SS-Offizier, sondern wie ein treusorgender Ehemann. Wolf konnte nur erahnen, wie sehr ihm die Sache zusetzte. Das musste der Grund sein, warum er sich hier in die Arbeit stürzte, anstatt daheim im eigenen Bett zu liegen. Wolf kam näher, legte die Hand auf Kampas Schulter.

»Ich werde alles tun, um sie zu finden. Das verspreche ich Ihnen. Sie haben mich dort aus dem Mist geholt und dafür bin ich sehr dankbar. Nur … Sie sollten wissen, dass so eine Geschichte unschön enden kann. Auch wenn es schwer fällt.« Fast hatte Wolf das Gefühl, dass ihm Tränen in die Augen stiegen.

Kampa atmete tief durch. »Danke für Ihre Ehrlichkeit. Ich bin mir der Tatsache wohl bewusst, dass Charlie auch tot sein könnte. Selbstverständlich bin ich auf das Schlimmste vorbereitet, hoffe aber das Beste und werde keine Ruhe geben, ehe ich Gewissheit besitze.« Mit diesen Worten erhob sich der Offizier und gab Wolf die Hand. »Versuchen Sie alles Menschenmögliche, ich bitte Sie inständig.«

Wolf drückte fest die Hand des Mannes. »Ich werde alles versuchen, was in meiner Macht steht.«

Wortlos nickte Kampa und ging zur Tür. Wolf wollte ihm folgen, blieb dann aber an Michas Bett und legte seine Hand auf den Kopf des Jungen. »Schlaf gut.«

War das ein Lächeln? Wolf ließ sich nichts anmerken, als er zur Tür ging und das Licht löschte. Keine bösen Träume heute Nacht, kleiner Micha.

KAPITEL 10

- WUNDERVOLLE FEHLER -

Es war nicht mehr lange bis zum Sonnenaufgang, als Wolf die Kneipe erreichte. Er hatte mit Kampa noch einige unwichtige Details besprochen, bis dieser sich entschuldigte, da er noch Termine hatte.

Wolf schüttelte den Kopf, ging hinter die Theke und zapfte sich ein Altbier. Termine – mitten in der Nacht. Ärzte waren merkwürdige Menschen.

Wolf saß bis in die frühen Morgenstunden an der lackierten Holzplatte, trank sein Bier, rauchte Zigaretten und lauschte in die nächtliche Stille, in der das ganze Haus lag. Irgendwo da oben schliefen Helene, Klara und Ari. Es tat gut, sie in Sicherheit zu wissen. Nur durch sein Unvermögen waren sie einer Gefahr ausgesetzt, die nur schwerlich zu kontrollieren war. Die Welt hatte sich verändert. So langsam hegte er eine Abscheu gegen diese Euphorie. Wolf fragte sich, wo die von Hitler und Goebbels erschaffene Jubelorgien hinführen würden. Zumindest hatte er in Dr. Kampa einen Verbündeten gefunden, mit dem es einfacher war, die vor ihm liegenden Aufgaben zu bestehen.

Als es an der Tür knackte, meinte Wolf sich verhört zu haben. Erst beim zweiten Hinsehen, erkannte er eine Silhouette vor der Glastür, ein Schlüssel wurde gedrehte.

Hatte Helene etwa einen Liebhaber, von dem er nichts wusste?

Zu seinem Erstaunen war es nicht seine ehemalige Geliebte, sondern Klara, die behutsam und katzengleich durch die Tür glitt und sie vorsichtig hinter sich schloss. Diesmal war Wolf derjenige, der im Dunkeln saß.

»Netten Abend gehabt?«

Klara zuckte zusammen, musste sich die Hand vor die Lippen halten, um den Schrei zu unterdrücken. »Wolf, Sie … du hast mich erschreckt.«

Er schmunzelte in sich hinein. »Verzeih mir, das war nicht meine Absicht.« Er zog lang am Glimmstängel und blies den Rauch an die Decke. »Ziemlich gefährlich für so ein junges Ding, nachts über die Straßen zu laufen.«

Von einer auf die andere Sekunde verfiel sie in ihre scheue Art, die jedem Mann den Kopf verdrehen konnte. Was war sie nur für ein Engel.

Klara strich die Haare hinter die Ohren und setzte sich auf einen Hocker. »Du musst dir keine Sorgen machen. Ich war nicht allein.«

Selbstverständlich nicht. Es wäre töricht auch nur daran zu denken, dass so eine Frau keinen Mann hatte. »Ein ganz spezieller Mann?«

»Nein … also ja. Nicht wirklich«, stammelte sie mit einem verträumten Lächeln auf den Lippen. »Er ist wirklich nur ein guter Freund, der mir hilft.«

»Natürlich.« Wolf hoffte, dass sie klug genug war, den Unterschied zu erkennen. Er drückte die Zigarette in dem übervollen Aschenbecher aus und erhob sich. »Kleines, es geht mich eigentlich nichts an, doch ich will nur, dass du vorsichtig bist. Männer machen selten etwas ohne Grund. Glaub mir, ich bin das beste Beispiel. Jede nette Geste musst du am Ende dreifach zurückzahlen, wenn du nicht aufpasst. Denk zumindest daran, wenn du dich das nächste Mal mit deinem *Freund* triffst.«

Sie sah ihm so fest in die Augen, dass er zum ersten Mal das Gefühl hatte, dass hier nicht ein Mädchen, sondern eine junge Frau vor ihm saß. »Ich werde daran denken. Vielen Dank.«

Anscheinend war seine kleine Predigt zum Sonntag bei ihr angekommen. Mit den Fingerknöcheln klopfte Wolf auf die Tischplatte und verabschiedete sich. Als er oben im Bad das Licht anknipste, konnte er nicht anders als breit zu lächeln.

Rasierzeug, Seife, ein Handtuch, alles lag schon für ihn bereit. Helene hatte tatsächlich an ihn gedacht. Vielleicht wollte sie einfach nicht, dass er stank wie ein Schwein, wenn er auf Reisen ging. Wolf wusch sich ausgiebig und gönnte sich eine akkurate Rasur, bevor er den Weg in den zweiten Stock antrat. Auch hier zeugte ein Koffer von Helenes weitsichtigen Überlegungen. Verwunderlich, dass sie seine alten Anzüge aufbewahrt hatte. Zumindest würde er morgen nicht wie in Lump herumlaufen.

Er war wie in der Nacht zuvor fast überrascht darüber, wie weich das Bett war. Kein Vergleich zu den mehr steinernen als hölzernen Platten im Lager. Die bleierne Müdigkeit erfasste ihn schon nach wenigen Herzschlägen. Die Tabletten von Dr. Kampa leisteten hervorragende Ergebnisse. Nur jetzt, wenn die Ruhe ihn erfasste und er eigentlich schlafen wollte, pochte sein Herz immer noch so schnell, als würde er einer Verfolgungsjagd beiwohnen.

Ruhig, Wolf, du musst dich erst wieder daran gewöhnen, nicht mit Schlägen geweckt zu werden.

Mehrmals sah er sich um. Einfallende Sonnenstrahlen ließen den Staub in seinem Zimmer tanzen. Das Licht glitt über seine Bettdecke, das Fenster stand offen und ein kühler Hauch ließ die Haare auf seiner Brust wehen. Draußen begann die Geschäftigkeit des Tages. Bäcker öffneten ihre Geschäfte, Straßenbahnen fuhren und Kinder machten sich auf den Weg zur Penne. Er hatte nie ein Teil davon sein wollen. Einer von den Menschen, welche fleißig wie die Bienchen tagein, tagaus ihrem Werk nachgingen, nur um am Ende festzustellen, dass die nächste Woche, der nächste Monat, das nächste Jahr genauso beginnen und enden würde. Um alles in der Welt wollte er diese schwermütigen Gedanken von sich abschütteln wie eine lästige Fliege. Doch genau wie ein Insekt immer wieder zurückkommt, wenn man es fortwischt, fanden die Überlegungen den Weg zurück in seinen Geist. Immerwährende und rastlose Grübelei erfasste ihn. Dieses Pervitin besaß also auch eine unangenehme Seite. Wolf schloss das Fenster, zog die Vorhänge zu. Vielleicht war Ruhe und guter Schlaf das Medikament, was er gerade am dringendsten benötigte.

Das vorsichtige Klopfen an der Tür beendete die Raserei in seinem Schädel.

»Ja, bitte«, sagte er, ohne nach der Pistole unter dem Kopfkissen zu greifen.

Mit einem Lächeln steckte Klara ihr hübsches Gesicht durch die Tür. »Bist du noch wach?«

»Ja, ich kann nicht schlafen. Zu viele Gedanken schwirren mir im Kopf herum. Was kann ich für dich tun?«

Als das Mädchen eintrat, verschlang es Wolf fast den Atem. Die langen kastanienbraunen Haare lagen auf einem Hemdchen, was gerade über ihre Taille ging. Die Haut ihrer langen Beine glänzte im orangenen Licht der Sonne. Durch die Vorhänge fiel nur ein kleiner Strahl in den Raum. Und natürlich stand Klara genau im gleißenden Licht. Herr im Himmel, so musste Aphrodite ausgesehen haben. Ein verführerischer, blutjunger Engel, dessen Ausschnitt zu weit offen war. Auf diese Weise würde er seinen Puls nie in ruhigere Bahnen lenken können.

Klara kam näher, setzte sich auf die Bettkante. »Ich habe mich nie richtig bedankt für die Sache im Gefängnis. Wenn du nicht gekommen wärst«, ihre Stimme stockte, sie hielt sich die Hände vor das Dekolleté, »dann wüsste ich nicht, was mit uns geschehen wäre.«

Allein ihr Anblick ließ den Platz in seiner Unterhose gefährlich eng werden. Wolf musste sich räuspern. »Mach dir darüber keine Sorgen. Wenn ich eins gelernt habe in all den Jahren, dann, dass die Vergangenheit vor allem eins ist – vorbei! Du bist nicht mehr im Gefängnis, sondern hast ein schönes, warmes Bett, wohin du dich verkriechen kannst. Alles andere ist unwichtig. Versuch, etwas Schlaf zu finden.«

Klara legte ihre Finger auf seinen Arm und beugte sich nach vorn. »Genau darum geht es. Ich habe Angst alleine einzuschlafen und bekomme die Gedanken nicht aus dem Kopf.«

Damit war sie nicht allein an diesem Morgen. Wolf musste sich zwingen, den Blick auf ihre Augen zu richten. »Ich glaube nicht, dass ich das richtige Kuscheltier bin.«

Klara kroch zu ihm ins Bett, zog die Decke über ihren Körper und schmiegte sich an ihn. »Nur für ein paar Minuten.«

Wolf wollte noch etwas entgegnen. Das hier war falsch, verdammt falsch sogar, und er kannte sich gut genug, um zu wissen, dass er nicht ewig so liegen können würde, ohne dass schmutzige Gedanken seinen Verstand fluteten.

»Vielleicht solltest du dich einfach zu Helene legen. Ich bin mir sicher, dass auch sie nicht einschlafen kann.«

Blödsinn – Helene schlief wie ein Stein. Das komplette Garderegiment könnte neben ihrem Bett vorbeiziehen und sie würde es nicht einmal merken.

»Mir gefällt es hier besser«, wisperte Klara. »Wenn ich an den Mann denke, der grob zu mir war, oder die Polizisten. Ich glaube, dass nur du mich beschützen kannst.« Ihre schmalen Finger streichelten über seine Brustwarzen und die Narben. »Außerdem habe ich Angst, wenn du heute Abend gehst. Wer soll sich dann um uns kümmern?«

Jede Berührung glich einem Stromschlag. Ihre Haare kitzelten seine Wange. Sie dufteten nach einem Hauch von Jasmin.

»Für euren Schutz ist gesorgt«, war das Einzige, was er noch sagen konnte, als sie den Druck ihrer Hände spielerisch erhöhte.

»Wird es gefährlich?«

Wolf fiel das Denken schwer. Was sollte er diesem armen Mädchen sagen? Dass er vielleicht sterben könnte? Dass solche Ermittlungen immer Gefahren mit sich brachten? Er entschied sich für eine schützende Halbwahrheit.

»Nicht wirklich, ich muss nur ein paar Ärzte befragen, schaue mich eine Nacht in dem Komplex um und schon bin ich wieder hier.«

Klara stützte sich auf ihren Ellenbogen. Ihre Lippen berührten dabei seinen Hals, ihre Hand glitt noch ein Stück tiefer.

»Ein paar Ärzte? Fährst du in ein Hospital?«

»Zur Provinzial Heil- und Pflegeanstalt in Waldniel. Vielleicht finde ich Hinweise auf Charlottes Verbleib. Sie wurde angeblich dort gesichtet.«

Klara drückte ihm einen Kuss auf die Wange.

»Sei bitte vorsichtig.«

Achtsam legte Wolf seine Hand auf ihre Schulter, begann sie langsam zu streicheln. »Das werde ich, versprochen.«

Klara drückte ihren erhitzten Körper noch mehr an ihn. Wolf schluckte trocken. Seine ehemalige Geliebte Helene schlief nur wenige Meter unter ihnen. Er sollte klüger sein, das Mädchen einfach in ihr eigenes Bett bringen. Es war die Hölle und der Himmel zugleich, als ihre Finger weiter nach unten wanderten und seinen Bauch streichelten.

Klara sah ihn an, nur noch wenige Zentimeter trennten ihre Lippen. »Das ist meine Art, Danke schön zu sagen.«

Wolf konnte nicht mehr widerstehen. Ihre Stimme, die gehauchten Worte, ihre warme Haut und die duftenden Haare brachten ihn um den Verstand. Zärtlich streichelte sie mit den Lippen die seinen, ließ ihre Hand im selben Moment in seine Hose gleiten. Ihre Zunge durchbrach seine Lippen, als sie zum ersten Mal ihre Hand um seinen Penis legte. Leichte Bewegungen ließen Wolfs Blut rauschen. Ihre Fingerspitzen streichelten seine Eichel.

Wolf schloss die Augen. »Das ist ein Fehler«, flüsterte er, der Tatsache bewusst, dass dies lediglich ein halbherziger Versuch war, das Unvermeidliche noch abzuwenden.

Klara erhöhte den Druck auf seine intimsten Stellen. »Manche Fehler sind es wert, begangen zu werden.«

Wie recht sie hatte. Niemand wusste es besser als er. Und doch war die kleine Stimme in seinem Kopf noch nicht versiegt. Sie schrie ihn an, diesem Wahnsinn Einhalt zu gebieten, es nicht zu tun, sich einfach zur Seite zu drehen und das Mädchen in sein Zimmer zu schicken.

Verdammt, wie lange hatte er keinen weiblichen Körper mehr berührt? Wenn sie der Teufel war, so würde er ihr ohne nachzufragen seine Seele anbieten, nur um einen weiteren ihrer brennenden Küsse zu erhaschen.

Als könnte sie seine Gedanken lesen, drückte Klara sich auf ihn, zog sich das Hemdchen über den Kopf und schenkte ihm einen weiteren tiefen Kuss. Als sie mit ihrer Scham geschickt über seinen Schritt rieb und die Sonne sich über ihren Busen legte, spülte der Anblick den letzten Rest seiner Bedenken fort. Wolf fasste ihren Rücken und zog sie näher zu sich heran. Mit der Zunge umspielte er ihre aufgerichteten Brustwarzen. Getrieben von Lust und Gier drückte auch er sein Becken durch. Ein Stöhnen entfuhr ihrer Kehle, während sie sich um seinen Hals warf. Schmerz und Pein der letzten Monate waren nicht mehr existent, pure Ekstase ergriff von ihm Besitz. Klara fasste seine Wangen mit beiden Händen und bevor ihre Lippen ihn weiter streichelten, hatte Wolf das Gefühl, als könne allein ihr Blick in seine Seele schauen.

Wenn Schönheit und Verführung ein Kind zeugen würden, hätte es ihren Namen. Lasziv und doch scheu nahm sie von ihm Abstand und zog ihm seine Unterhose aus. Eine Weile nahm sie Wolfs Männlichkeit einfach nur in die Hand und spielte mit dem Druck, den ihre Hand aufbaute. Er ließ sie gewähren. Er hatte bereits viele schlechte Dirnen gehabt, ein paar gute und wenige großartige. Klara gehörte keiner von ihnen an.

Ihre langen Haare bedeckten ihren Busen, während sie immer noch mit seinem Penis spielte. Sie erhöhte den Druck auf seine Eichel, fuhr mit den Fingerspitzen über die empfindliche Haut und reizte die Partien bis aufs Äußerste. Es hätte eine Unendlichkeit dauern können und wäre trotzdem viel zu kurz. Als sie sich auf ihn setzte, war seine Männlichkeit so beansprucht, dass bei jeder Berührung seine Muskeln zuckten. Langsam ließ sie Wolf in sich eindringen. Dabei drückte sie ihren Busen in sein Gesicht. Wolf liebkoste die harten Knospen, wusste nicht mehr, was er nun küssen sollte. Ihr Stöhnen wurde lauter. Immer tiefer glitt er in sie, bis der Druck kaum mehr auszuhalten war. Wolfs Welt begann zu wanken, als sie ihre Schenkel zusammenpresste und das Becken in rhythmischen Bewegungen zu kreisen begann. Er hielt es nicht mehr aus, ignorierte die Schmerzen und drückte seinen Rücken durch.

»Sch, nicht bewegen«, hauchte Klara in sein Ohr.

Sofort ergab er sich ihren Worten. Seine Fingerspitzen wanderten über ihre makellose Haut, er küsste ihren Hals und überließ ihr dieses bittersüße Spiel. Mehrmals wollte er kommen, doch Klara schien ihn lesen zu können wie ein Buch. Immer wenn er kurz davor war, stoppten ihre Bewegungen. Sie ließ seinen Penis herausgleiten, fasste ihn nur an seiner Eichel und wartete, bis Wolf sich wieder beruhigt hatte. Er hatte aufgehört zu zählen, wie oft er diese wundervolle Tortur über sich ergehen lassen musste. Ihr vom Schweiß glänzender Körper presste sich glühend an seinen. Unter dieser Folter spürte Wolf die Lust mit jeder Sekunde wachsen, bis er es nicht mehr aushielt. Sein Leib war ein einziger Feuerball. Ihm war schwindelig, das Blut rauschte, doch sie machte einfach weiter. Unfähig sich zu wehren, presste sie sich gegen sein Becken. Er konnte nicht mehr sagen, wie oft Klara ihn kommen ließ, zu sehr hatte diese perfekte Verführerin ihn herabzogen in einen Strudel aus Lust und Begierde. Irgendwann spürte er nur noch seine zuckenden Muskeln und wie ihre Zunge in einer finalen Verführung die seine umspielte. Mit den Küssen erstickte sie jeden Laut, bis sie schwer atmend auf seiner Brust lag und die Anstrengung ihn tief in die Traumwelt gleiten ließ.

*

Wolf erwachte, als die Sonne ihre letzten Bahnen zog. Sofort schlug er die Augen auf. Das Licht des Tages war noch nicht erloschen und schon war er bereit, die Monster und Dämonen auf den Straßen zu jagen. Manchmal braucht es einen Wolf, um ein Rudel Hunde zu stellen. Zumindest war es früher so gewesen, als er eine Marke gehabt hatte und das Gesindel in die Tonne werfen konnte.

Wolf streckte alle viere von sich. Mist!

Da war er wieder, dieser Schmerz. Stundenlang war es, als wären die Wunden betäubt gewesen, nur war es allerdings wesentlich schlimmer. Noch im Bett kramte er aus der Innentasche seines Jacketts die runde Packung mit den Pervitintabletten hervor und schluckte eine davon trocken herunter. Im nächsten Moment drangen Geräusche an sein Ohr. Helene!

Ihre Schritte hätte er noch in hundert Jahren erkannt. Als die Erinnerung langsam wieder an die Oberfläche seines Geistes kroch, fuhr ihm der Schreck in die Glieder. Unbeholfen drehte er sich zum Fenster. Klara war nicht mehr da. Sie musste schon im Laufe des Tages den Weg in ihr eigenes Zimmer gesucht haben.

Wolf ließ sich in das Bett zurückfallen und stöhnte erleichtert auf, als Helene die Tür öffnete.

»Guten Abend, bist du wach?« Helene trat ein und lächelte. Dabei trug sie Verbandszeug, eine Schere und eine Schüssel mit Wasser.

»Natürlich.«

»Hast du denn auch brav von mir geträumt?«

Er wurde aus Frauen einfach nicht schlau. Eben noch

wünschten sie seine Abwesenheit, dann wollten sie seine Nähe. »Ich dachte, ich sollte nicht mehr von dir träumen.«

Helene setzte sich an seine Bettkante. Plötzlich wurde ihre Miene ernst. Energisch nahm sie seine Hand. »Was ich in dem Brief geschrieben habe, ist die Wahrheit. Wolf, wir sind nicht gut füreinander. Du weißt es und ich weiß es auch. Aber ich werde dir nie vergessen, was du für uns getan hast.« Sie drückte ihm einen Kuss auf die Wange.

Ihm war bewusst, dass dies ein Abschied auf Raten bedeutete. Helenes Meinung stand fest. Sobald sich die Situation beruhigt haben würde, würden sie separate Wege gehen. Es war nicht das erste Mal, dass sie sich getrennt hatten, und doch beschlich ihn das Gefühl, dass dieser Abschied der letzte sein würde.

Wolf streichelte ihre Finger. Wo Worte versagten, mussten Gesten herhalten. Schuld plagte sein Gewissen, als er die Hand der Frau hielt, bei deren Anblick er nicht nur Lust, sondern auch etwas anderes empfand, was er sich nicht erklären konnte. Für diese Art von Gespräch war er einfach nicht geboren worden. »Es tut mir leid«, sagte er leise.

Helene erhob sich und zog die Bettdecke herab.

»Seit wann schläfst du denn nackt?« Sie klatschte amüsiert in die Hände. »Wie auch immer – nimm ein Bad, dann versorge ich deine Wunden. Unten hat Ari ein Frühstück für uns zubereitet, die Mädchen sind alle informiert, heute haben wir den Laden für uns. War das Gespräch mit Kampa fruchtbar?«

»Ja, kein Polizist wird dich, die Mädchen oder Ari belästigen, während ich weg bin. Außerdem schickt er zwei seiner Leute und einen Wagen. Ich kann gleich wie geplant aufbrechen.«

»Großartig. Es kann nicht schade, wenn du die Staatsmacht ausnahmsweise mal auf deiner Seite weißt und ein paar Soldaten der Schutz-Staffel auf dich aufpassen.«

»Und auf euch.«

Helene nickte aufmerksam, legte einen Anzug für ihn heraus, dazu das passende Hemd und eine blaue Krawatte. »Danke.«

»Ich will nichts anderes, als euch in Sicherheit wissen.«

Ein kaum merkliches Lächeln war auf ihren Lippen zu lesen. »Dann sollten wir keine Zeit verlieren. Umso eher diese unsägliche Geschichte abgeschlossen ist, desto besser. Spute dich, Wolf.«

Wolf hob den rechten Arm. »Jawohl, meine Führerin!«

KAPITEL 11

- STEINE IM BAUCH -

Es reichte gerade noch für eine Zigarette nach dem Frühstück, bis es an der Tür klopfte. Ari hatte den beiden Soldaten geöffnet und ihnen sogar angeboten mitzuessen. Der Scharführer und der SS-Sturmmann lehnten dankend ab. Kampa hatte keine Grünschnäbel geschickt: Scharführer Schmadtke hatte eine Glatze und wirkte freundlich. Schon nach wenigen Momenten war klar, dass er nicht lange nur eine einzelne Rune auf dem schwarzen Kragenspiegel tragen würde. Der Jüngere von beiden, Sturmmann Biesinger, war groß gewachsen, sagte kein Wort und blickte wachsam in die Runde. Seine Pupillen rasten von der einen Seite des Raums zur anderen, schienen jedes Detail in sich aufzusaugen. Beide waren gut ausgerüstet und trugen Erma EMP Maschinenpistolen mit Ersatzmagazinen an den Uniformen.

Hoffentlich würden sie sich zurückhalten können, dachte Wolf, beendete seine Zigarette und setzte sich auf den Rücksitz des Adlers Trumpfs. Klara hatte er den Tag über noch nicht gesehen. Eigentlich war er deshalb froh. Es gab für ihn nichts Schlimmeres als den Morgen danach – besonders, wenn ihm vor Scham und Reue ganz schlecht war. So blieben nur Helene und Ari, welche zum Abschied die Hand hoben.

»Herr Oberwachtmeister, sehen Sie die zwei Männer dort?«, wollte Scharführer Schmadtke wissen und deutete mit einem der behandschuhten Finger in Richtung der Straßenecke.

Als der Wagen anfuhr, drehte Wolf seinen Kopf. Zwei Kerle in zivil unterhielten sich angeregt. Als er seinen Blick schärfte, erkannte er zumindest ein Gesicht wieder. Es war der Soldat vom Friedhof, der ihnen den Kaffee gereicht hatte.

»Ich nehme an, dass die Herren auf Weisung von Obersturmführer Dr. Kampa hier sind?«

»Natürlich«, entgegnete Schmadtke. »Zwei weitere Soldaten sind etwas weiter hinten postiert. Im Laufe der Nacht werden sie mehrmals die Positionen wechseln, sodass Sie sicher sein können, dass dieses Objekt vollumfänglich beschützt ist.«

Stolz lag in seiner Stimme, zusätzlich die geschwollene Ausdrucksweise – Wolf hatte keinen Zweifel, dass es dieser Mann in der SS sehr weit bringen würde.

»Wohin soll es gehen, Herr Oberwachtmeister?«

Zum ersten Mal hörte Wolf die Stimme des Sturmmanns Biesinger. Konzentriert saß dieser am Steuer, kerzengerade sein Rücken, die Hände fest am Lenkrad. Kaum auszudenken, was passieren würde, sollte er versagen. Kein schöner Gedanke.

»Nach Waldniel«, knurrte Wolf. »Rotkäppchen jagen.«

Scharführer Schmadtke drehte sich. »Wie bitte?«

»Nichts weiter. Fahren Sie einfach zur dortigen Pflegeanstalt.«

*

Wolf war froh, als sie endlich den ländlich gelegenen Stadtteil Hostert erreichten. Scharführer Schmadtke war nicht nur ein Quell der guten Laune, er schien auch ein Lexikon gegessen zu haben.

»Wussten Sie, dass Franziskanerbrüder im Jahr des Herrn 1909 ihre Arbeit im St. Josefsheim begannen?«

Wolf wollte etwas entgegnen, dem Unteroffizier am liebsten den Hals umdrehen, damit er endlich Ruhe gab, doch die Worte sprudelten nur so aus ihm heraus.

»Schon damals wurden eine Kirche, der kleine Verwaltungstrakt, eine Schule sowie mehrere Blöcke für die geistig Schwachen aus der gesamten Region erbaut. Sie müssen wissen, Herr Oberwachtmeister, dass die Mönche sich selbst versorgten und der strikten Auffassung waren, dass Gott ihnen alles, was sie benötigten, schenken würde.« Er drehte sich mit funkelnden Augen zu Wolf um. »Die Franziskaner kümmerten sich um 600 Hilfsbedürftige. Viele davon konnten selbstverständlich noch auf dem Hof oder in Werkstätten arbeiten, trotzdem kommt man nicht umhin, den frommen Männern einen gewissen Respekt für ihre Arbeit zu zollen.«

Ohne ihm wirklich zuzuhören, brummte Wolf zustimmend und ließ den immer dichter werdenden Wald an sich vorbeigleiten. Die Klinik war idyllisch gelegen, schmiegte sich an den Rand eines dichten Mischwalds.

Ein kleiner Bach schlängelte sich zwischen den Feldern und bewässerte sie natürlich.

Erneut sah Scharführer Schmadtke nach hinten. »Leider war der Konvent nicht ganz so klerikal wie es nach außen den Anschein machte. Unser großartiger Führer durchschaute dieses Spiel schließlich. Von den Koblenzer Prozessen haben Sie sicherlich gehört?«

»Nicht wirklich, ich war …«

»Eine ganz interessante Wendung nahm dieser Fall vor gerade einmal zwei Jahren.« Schmadtke ließ sich nicht beirren, fuchtelte mit den Armen und redete einfach weiter. »Wegen unzähliger Sittlichkeitsdelikte wurden etliche dieser heiligen Brüder schließlich rechtmäßig verurteilt. Sie können es sich sicher denken, Herr Oberwachtmeister, aber natürlich führte das zum Konkurs des Konvents. Eine schöne Sauerei, wenn Sie mich fragen. Wasser predigen, Wein saufen.«

Sturmmann Biesinger lenkte den Wagen auf das Areal. Für eine Sekunde war Ruhe, dann setzte Schmadtke zum finalen Epilog an. »Die Rheinprovinz konnte das Gebäude schließlich erwerben und setzt die Tradition der Pflege von Schwachsinnigen, Idioten und Versehrten fort. Natürlich alles unter der strengen Aufsicht der Partei, damit so ein Schindluder nicht noch einmal passiert. Sie sehen also, niemand kann uns vorwerfen, dass wir unsere Pflicht selbst gegenüber den wertlosesten Geschöpfen in der Gesellschaft nicht erfüllen.«

Wolf brummte erneut als Antwort. Der Komplex wurde von künstlichem Licht angestrahlt. Mehrgeschossig war es wuchtig an den Rand des Waldes gebaut worden, als würde es diesen abgrenzen und in die Schranken weisen. Ihr Fahrer lenkte den Wagen direkt vor das Haupttor, grüßte den Pförtner und erklärte ihr Anliegen. Ein gusseisernes Tor mit verzierten Spitzen sorgte dafür, dass niemand unbefugt eindrang. Oder herauskam.

Der Pförtner sah sich die Ausweise der Männer an, nickte kurz, öffnete das Tor und verabschiedete sie mit dem Hitlergruß. Wenige Minuten später parkte Biesinger den Wagen vor dem größten Gebäude des Areals. *Kinderfachabteilung* stand in geschwungenen Lettern auf einem Schild, dazu mehrere Wegweiser in Richtung der anderen Gebäude. Selbst die Kirche, von der Schmadtke geredet hatte, war in Sichtweite. Wolf stieg aus und sah sich um. Die Anlage war gut gepflegt. Selbst durch die karge, orange Beleuchtung konnte er erkennen, dass der Rasen der Heilanstalt in einem außerordentlich guten Zustand war. Keine Äste lagen auf dem Kiesweg, die Automobile der Ärzte waren blitzsauber geputzt. Wie damals schienen die Patienten der Anstalt sehr gute Arbeit zu leisten, wenn es um die Pflege der umstehenden Gebäude und Gärten ging. Er wollte sich gar nicht ausmalen, wie es hier im Sommer aussah, wenn die Bäume stolz ihre Krone trugen und die Blumen in voller Blüte standen.

Wolf beschlich ein ungutes Gefühl, als der aufkommende Wind mit seinem Mantel spielte und daran zerrte, als wollte er ihn vor dem Kommenden warnen. Hinter ihm befand sich der dichte Wald, in den nur ein verschlungener Pfad führte. Düster und gespenstisch lag er vor ihm. Etwas Unheiliges ging von diesem Ort aus. Eine Aura des Bösen, wo Leid und Schmerz jegliche Freude zu sich in die Schatten zogen. Und das, obwohl die geweihte Erde der Kirche und des Friedhofs nur einen Steinwurf entfernt waren. Wolf spürte es, als seien Angst und Furcht die ständigen, stummen Begleiter der Gemäuer. Wenn Räume reden könnten, welche Geschichten hätten sie wohl zu erzählen? Ein Schauer fuhr über Wolfs Rücken, unwillkürlich musste er ihn abschütteln.

Schmadtkes Schritte knirschten unter dem Kies. »Ich hoffe, dass Sie die Informationen ein wenig über den langen Fahrweg hinweggetröstet haben.«

Beinahe wäre Wolf ein kehliges Lachen über die Lippen gerutscht, als der Unteroffizier sich neben ihn stellte und ihn dümmlich angrinste. Doch zum Lachen war ihm nicht zumute. Nicht hier, nicht an diesem Ort, der jede Gefühlsregung aufzusaugen und in ein dunkles Loch zu treiben schien.

Wolf klopfte dem Mann auf die Schulter. »Ich habe mich köstlich unterhalten gefühlt.«

»Das freut mich sehr«, entgegnete Schmadtke stolz. »Also, wohin dürfen wir Sie als Nächstes begleiten?«

Eine gute Frage. Als Anhaltspunkt besaß er nur diesen riesigen Ort. Wo um alles in der Welt sollte er mit seiner Suche beginnen? Er konnte ja schlecht durch die Eingangspforte spazieren und den erstbesten Arzt um einen Rundgang bitten. Andererseits …

»Schmadtke, was hat Ihnen Kampa gesagt, wie Ihr heutiger Auftrag lautet?«

»Nun, der Herr Obersturmführer war sehr genau, was seine Anweisungen angeht. Wir sollten Sie in jeglicher Hinsicht unterstützen und für Ihre Sicherheit sorgen.«

»Also unterstehen Sie mir und meinen Befehlen?«, vergewisserte sich Wolf.

Die beiden Männer wechselten einen kurzen Blick. »Wenn Sie es so ausdrücken möchten.«

Wolf kam nicht umhin, den missbilligenden Ton in Schmadtkes Stimme zu vernehmen. Sei es drum, nichts liebte die SS mehr als ihre Befehlskette und ihre Hierarchien. Eine Eigenart, die alle Behörden auf eine beinahe sakrale Weise teilten. Es war an der Zeit, genau das auszunutzen.

»Hervorragend«, resümierte Wolf, richtete den Anzug und zurrte seine Krawatte zurecht. »Sie spielen einfach mit, ansonsten will ich keinen Mucks von Ihnen hören. Verstanden?«

Scharführer Schmadtke überlegte kurz, aber nickte schließlich. Der arme Kerl hatte sich den Ausflug bestimmt anders vorgestellt, dachte Wolf und trat durch das Haupttor.

Die Schritte hallten in den langen Gängen wider. Der hohe Raum ließ den Flur noch größer wirken, während Wandbilder und verzierte Decken von der Arbeit kündeten, welche die Mönche einmal in das Gebäude gesteckt haben mussten.

»Heil Hitler!«

Wolf schlug die Hacken zusammen, hob den rechten Arm und brüllte so laut, dass der Pfleger hinter seinem Tisch zusammenschreckte. Selbst Biesinger und Schmadtke waren von der Wucht seines Ausrufs überrascht, weshalb ihr Gruß leicht verzögert erfolgte. Einige Ärzte und Pfleger streckten verstört ihre Köpfe aus den

Zimmern, zwei Schwestern wären beinahe die Zigaretten aus dem Mund gefallen.

Gut, er hatte die Aufmerksamkeit des gesamten Flügels. »Wolf meine Name, ich muss augenblicklich den leitenden Arzt dieser Abteilung sprechen.«

Sichtlich eingeschüchtert griff der Pfleger zum Fernsprecher. »Sicherlich, in welcher Sache möchten Sie ...«

»Das geht Sie einen feuchten Kehricht an!«, donnerte Wolf und lehnte sich drohend auf den Tisch. »Geheime Reichssache, Hauptamt V, wenn Sie verstehen, was ich meine.«

Das Gesicht des Pflegers war kreidebleich. Er murmelte etwas, ließ seine zittrigen Finger über die Wahlscheibe sausen und stammelte zusammenhangloses Zeug, als er jemanden am anderen Ende der Leitung erreichte.

Amüsant zu sehen, wie schnell jemand seine Fassung verlor. Allerdings war sich Wolf sicher, dass die Ärzte dieses Hauses nicht durch einen bösen Blick, eine drohende Stimme oder ein paar SS-Soldaten mit Maschinengewehren zu beeindrucken waren.

»Herr Dr. Töppelmann wird ... wird Sie sofort empfangen«, stammelte der Pfleger.

Eine Minute verging. Die Aufmerksamkeit der umstehenden nahm langsam ab. Die Ärzte widmeten sich wieder ihren Klemmbrettern, Pfleger halfen sabbernden Patienten und selbst die beiden Schwestern setzten ihr Pausengespräch fort. Das alles gefiel Wolf gar nicht. Er drehte sich zum Pfleger. »Ist dieser Töppelmann der Leiter dieser Kinderfachabteilung?«

»Das ist er«, sagte eine ihm unbekannte Stimme.

Als Wolf sich umdrehte, erspähte er einen untersetzten Mann gehobenen Alters, der die letzten Stufen der Treppe schnaufend herabeilte. Ein weißer Kranz aus Haaren zierte den Kopf des Arztes und eine Nickelbrille hüpfte bedrohlich auf seiner Nase, als könnte sie im nächsten Moment zu Boden fallen. Er hielt mehrere Akten in seinen Händen, dazu eine rauchende Pfeife. Er wirkte nicht wie der Chefarzt einer straff geführten medizinischen Abteilung, eher wie ein kauziger Professor, der zu lange an seinem Lehrstuhl klebte. Ein weißer Oberlippenbart und der etwas zu lang geratene Arztkittel rundeten das Bild ab.

Hier brauchte es eine andere Strategie. Wolf bückte sich, verbeugte sich beinahe vor dem Mann und reichte ihm die Hand.

»Es freut mich sehr, Ihre Bekanntschaft zu machen, Herr Doktor.«

»Danke, ja. Ebenfalls.« Da er die Akten kaum halten konnte, streckte er lediglich zwei Finger aus, die Wolf freudig lächelnd ergriff.

»Was kann ich für Sie tun, meine Herren? Wir bekommen hier nicht oft Besuch von der Schutz-Staffel oder anderen Behörden.«

»Das kann ich absolut verstehen, Herr Doktor, und ich muss mich entschuldigen, dass unser Eindringen so unangemeldet ist. Gerade, weil uns nichts ferner liegt, als Ihre wichtige Arbeit zu stören.« Nur zu gut, dass ihm wohlbekannt war, wie man sich bei Vorgesetzten einschmeichelte. Die Ordnungspolizei war eine feine Schule für derlei Ränkespiele gewesen. »Darf ich Ihnen die Akten abnehmen?«

Hastig nickte der Arzt und drückte Wolf den Stapel in die Hand. »Oh ja, sehr nett von Ihnen.«

»Aber natürlich doch.« Wolf wandte sich an die Soldaten. »Meine Herren, die Ausweise bitte. Es existiert leider eine ... Situation in der Anstalt«, erklärte Wolf, während Dr. Töppelmann die Ausweise überflog, seine Brille abnahm und sie am Kittel reinigte.

»Eine Situation? Darüber wurde ich nicht informiert.«

»Selbstverständlich nicht. Das würde gegen ein geltendes Gesetz verstoßen. Durch den Führererlass von 1936 ist die Schutz-Staffel und der Sicherheitsdienst befugt, in Anlehnung an Protokoll 44a des Reichssicherheitshauptamts, Abteilung V, Kontrollen bestimmter medizinischer Einrichtungen bei dringendem Tatverdacht sofort und ohne Ankündigung auszuführen. Dies ist mit dem Träger der Heil- und Pflegeanstalt, der Provinzial, abgesprochen. Gerade wenn laut Paragraph 17, Abschnitt 3, erster Absatz, eine besondere Reichssache vorliegt, muss nur die Zustimmung des Stabschef der entsprechenden Kommandeure der Ordnungspolizei und ...«

»Ja, ja, schon gut.« Der Arzt genoss einen tiefen Zug aus seiner Pfeife. Der süßliche Duft war wohlriechend und verbreitete sich im gesamten Flur. »Herr ...?«

»Wolf. Wie das Schaf, nur böser.«

Dr. Töppelmann lächelte. Anscheinend gefiel ihm der Vergleich. »Natürlich, Wolf. Wie das Schaf ... sehr treffend. Also, sagen Sie mir einfach, wie ich Ihnen helfen kann. Wir bekommen wöchentlich neue Patienten, wir haben leider sehr viel zu tun.«

»Es sind nur ein paar Fragen, eine Inspektion Ihrer Räumlichkeiten, dann sind wir auch schon wieder in Düsseldorf und können einen positiven Bericht schreiben.«

»Einen Bericht?«, hakte Dr. Töppelmann nach.

»Ja, leider. Nach den traurigen Ereignissen mit den Franziskanermönchen ist den Behörden sehr daran gelegen, dass so etwas nicht noch einmal vorkommt.« Wolf konnte kaum glauben, dass er die unsäglichen Berichte von Schmadtke wirklich gebrauchen konnte. Er atmete genervt auf, als könne er den armen, überforderten Doktor sehr wohl verstehen in seinem Missmut über diese Prüfung. »Sie wissen doch wie es seinerseits hier zuging. Einige Behörden wollen einen Bericht, dass nun alles in richtigen Bahnen verläuft. Wer versteht schon die Bürokraten.«

Der Arzt sah sich um, kratzte seinen Hinterkopf und brummte zustimmend. »Natürlich, selbstverständlich … ein Bericht … nun denn, lassen Sie uns beginnen. Wo wollen Sie anfangen, Herr … Verzeihung, wie war doch gleich der Name?«

»Wolf, Sie erinnern sich.«

»Wie das Schaf, nur böse. Natürlich.«

Der Doktor lächelte erneut und klopfte Wolf auf den Rücken. Obwohl sich dieser anstrengen musste, den kurzen Schmerz zu verbergen, war die Zurückhaltung überwunden.

Die qualmende Pfeife wie einen Dirigentenstab haltend ging Dr. Töppelmann voran. »Auf dieser Station liegen unsere schweren Fälle. Hartnäckiger, angeborener Schwachsinn, der nicht oder nur in den wenigsten Fällen zu kurieren ist.« Er öffnete eine Tür und ließ die Männer eintreten. Acht Betten waren eng beieinander gestellt worden. Alle waren sie von Jungen belegt. »Selbst einige Cardiazolschocks, in Verbindung mit einer Elektrokrampftherapie, brachten nicht das gewünschte Ergebnis.«

Wolf trat näher, sah sich die im Bett liegenden Kinder genau an. Sie alle waren mager, einige starrten mit leerem Blick an die Decke, andere sahen ihn aufmerksam an. Speichelfäden bahnten sich bei denen, die ihre Umwelt kaum mehr wahrnahmen, ihren Weg auf die Kissen. Er packte die Hand eines Jungen. Sein Arm war nicht viel dicker als zwei von Wolfs Fingern. Behutsam strich er über die Haut. Keine Reaktion.

»Was bedeutet angeborener Schwachsinn?«, wollte Wolf wissen. »Dass alle Kinder, die ein wenig langsamer sind, von den Eltern in eine Klinik abgeschoben werden?«

»Müssen, Herr Wolf – sie müssen!« Dr. Töppelmann kam näher und zog mehrmals an seiner Pfeife. »Durch das Gesetz zur Verhütung von erbkrankem Nachwuchs vom 1. Januar 1934 haben Ärzte, Hebammen und Eltern die Pflicht, ein Kind mit auffälligem Verhalten zu melden. Aber ganz so einfach ist es natürlich nicht. Sobald bei einem Kind die abgestufte Intelligenzminderung, Debilität oder Imbezillität festgestellt wurde, kann man davon ausgehen, dass der Intelligenzquotient bei unter 70 Punkten liegt. Des Weiteren muss ihre spätere, produktive Nützlichkeit in der Gesellschaft bewertet werden.«

Wolf ließ die Hand des Jungen los, dessen hellblauen Augen tränten. Innerlich kochte Wolf vor Wut, hielt sich aber an, den ruhigen und sachlichen Tonfall beizubehalten. Obwohl er die einzelnen Fachbegriffe nicht kannte, wusste er ganz genau, was der Doktor damit meinte.

»Mit anderen Worten: Wenn die Kinder keine einfachen Arbeiten ausführen können, werden sie in eine Pflegeanstalt eingeliefert, zwangssterilisiert, damit sie selbst keinen Nachwuchs zeugen können, und mit irgendwelchen Schocks behandelt.«

»Cardiazolschocks«, korrigierte Dr. Töppelmann und studierte das Klemmbrett am Gestell des Krankenbetts. »Der Stoff regt im Gehirn die Atmung und die Herz-Kreislauf-Tätigkeit an. In höheren Dosen löst es befreiende Krämpfe aus. Dies – in Verbindung mit Elektroschocks auf das zentrale Nervensystem der Jungen – kann sie in einigen Fällen von ihrer Pein heilen.«

Die Worte des Mannes ließen Wolf schwitzen. Warum um alles in der Welt war es plötzlich so heiß hier drin? Als hätte der Teufel persönlich seine Pforten geöffnet. Er wurde nervös, fahrig. Wolf nahm den Hut ab und fuhr sich mit dem Ärmel über die Stirn. Unter dem Verband wurde es brütend heiß. Ein leichter Schwindel durchzog seinen Körper, seine Stimme wurde aggressiver. »In wie vielen Fällen?«

Der Doktor war bereits auf dem Weg zur Tür und tief in seine Gedanken versunken. »Wie meinen?«

»Diese Therapie … Wie viele Kinder werden geheilt?«

»Das ist schwer zu sagen. Leider können wir noch nicht auf Langzeitergebnisse zurückgreifen. In Verbindung mit einer strikt geregelten Nahrungsaufnahme … vielleicht zwei von einhundert.«

Der Hass nahm langsam, aber allmählich Besitz von Wolf. Seine Finger legten sich um das eiserne Gestell des Betts und bohrten sich in den Stahl. Wäre er besser in Form gewesen, bei Gott, er hätte die Eisenstange herausgerissen. Was war nur los mit ihm? Von einer auf die andere Sekunde suchten ihn Schweißausbrüche heim. Er konnte sich nicht mehr konzentrieren und spürte diesen Zorn in sich, als hätte sich die Welt gegen ihn verschworen. Das Zimmer schien zu schwanken und die Wände wirkten seltsam beengend. Mit der freien Hand fischte er die Pervitin-Dose aus der Innentasche seines Mantels und schluckte eine Pille. Schwer atmend ging er auf den Flur, die Männer folgten.

»Ich habe genug gesehen. Zeigen Sie mir den nächsten Raum.«

»Sie werden dort nur noch weitere Fälle finden, Herr Wolf. Wäre es sehr unhöflich, wenn ich mich an dieser Stelle empfehlen würde?« Er geleitete die Männer ins andere Zimmer. Auch hier acht Betten, es eröffnete sich dasselbe Bild. »Sie können sich sicher denken, dass noch eine Menge Arbeit auf mich wartet. Falls Sie Fragen haben, wenden Sie sich bitte an unsere stets hilfsbereiten Schwestern.« Dr. Töppelmann deutete mit der Pfeife auf die zwei Damen, die eben noch in der Pause eine Zigarette geraucht hatten. »Wenn Sie weitere Abteilungen unserer Einrichtungen besuchen möchten, lassen Sie mich rufen.«

Der Arzt reichte Wolf die Hand und nahm die Akten

an sich. »Vielen Dank für Ihre Zeit.« Sollte er nur gehen. Das kam Wolf nur gelegen. So konnte er ganz in Ruhe einen Rundgang durch die Anstalt vornehmen. Zumindest wenn alles gut lief und er seine Nerven wieder in den Griff bekam. Schnell war der Doktor verschwunden und er konnte sich im Zimmer umsehen. Von den beiden Schwestern argwöhnisch beobachtet ging er von Bett zu Bett. Er besaß nicht die geringste Ahnung, was die Ärzte den Jungen hier spritzten, jedoch wirkten sie alle seltsam ruhig und abgemagert. Während Biesinger und Schmadtke sich an die Schwestern wandten und ihnen schöne Augen machten, sah Wolf sich die Kinder genauer an. Ihre Atmung war flach, beinahe nicht mehr zu bemerken. Manchmal hustete einer, doch sonst war nichts zu vernehmen. Auch Wolf schien niemand besondere Aufmerksamkeit zu schenken. Niemand bis auf einen kleinen Jungen am Bett bei den Fenstern. Als sei die Angst sein ständiger Begleiter, hatte er sich tief unter der Bettdecke verkrochen. Zumindest eine Reaktion, dachte Wolf und trat näher. Mit schweißnassen Händen zog er die Decke langsam nach unten.

Sein Atem stockte. Hatte er jetzt völlig den Verstand verloren? Aus großen Augen erkannte er sofort das bekannte Gesicht des Jungen. »Micha«, flüsterte er.

Auch der Kleine formte mit den Lippen Wolfs Name. Wie um alles in der Welt war der Kleine hierhin geraten? Es lag doch nur ein Tag zwischen ihrer ersten Begegnung in der Düsseldorfer Klinik und dem jetzigen Moment. Wolf legte den Zeigefinger auf seine Lippen und bedeutete dem Jungen so, kein weiteres

Wort zu sagen. Er blickte über die Schulter. Glücklicherweise waren die Soldaten immer noch dabei, sich über die Maßen für die Schwestern zu interessieren. So blieb Wolf Zeit, die Krankenakte von Micha an sich zu nehmen. Die Abkürzung ›AvU‹ prangerte am oberen rechten Rand. Und noch etwas kam ihm bekannt vor. ›Vorbereitung für Luminal-Schema!‹, war handschriftlich zu lesen, des Weiteren ein dickes, rotes Pluszeichen. Schon wieder Kürzel, die ihm nichts sagten. Nur das Kürzel ›AvU‹ war ihm schon seit Charlottes Versteck ein Begriff, abgesehen von Kampas Erläuterung. Sollte er eine der Schwestern fragen oder vielleicht sogar Dr. Töppelmann, was ein Luminal-Schema war? Eher ungeschickt, dachte Wolf und legte die Akte zurück. Erst jetzt schien sein Gedächtnis richtig arbeiten zu wollen. Er erkannte die drei anderen Kinder aus Düsseldorf wieder. Die Spur befand sich vor ihm, dessen war er sich sicher. Die Sache stank zum Himmel und er war zu dumm, sie zu erkennen.

Wolf beugte sich tief über Micha. »Ich brauche deine Hilfe. Hast du eine junge Frau gesehen? Feuerrote Haare, eine neue Schwester vielleicht?«

Der Junge schien ewig zu überlegen. »Keine neue Schwester«, hauchte er. »Sie gehört nicht zu denen. Sie kommt nachts und gibt uns Essen.«

Wolf meinte sich verhört zu haben. So einen Zufall konnte es nicht geben. Charlotte, dieses Phantom, war tatsächlich hier gewesen.

»Herr Wolf!« Die schneidende Stimme Dr. Töppelmanns ließ nichts Gutes erahnen. Provozierend langsam drehte sich Wolf um und blickte dem Mann fest in die Augen. Aus dem kauzigen Professor war ein wütender Oberlehrer geworden, der es gewohnt war, seine Schüler mit der Rute zu bestrafen. Zwei Pfleger und drei Wachmänner unterstrichen, dass sich der Wind gehörig gedreht hatte. Auch wenn die zwei SS-Soldaten mehr verwirrt als zielstrebig ihre Waffen in Richtung der Gruppe erhoben, wurde Wolf doch bewusst, dass seine Führung ein jähes Ende nehmen würde.

»Was kann ich für Sie tun, Herr Doktor?«

»Ihr plötzlicher Besuch hat mich doch ein wenig stutzig gemacht. Nach Anrufen bei unserem Träger der Anstalt, der Provinzial, stellte sich heraus, dass keine Prüfung angeordnet wurde. Sie verstehen sicherlich, dass ich diesen Vorgang melden werde und Sie sofort des Geländes verweisen muss.«

In seiner Stimme lag eine Endgültigkeit, der man nicht widersprechen konnte. Außerdem wäre Gewalt die schlechteste Option in diesem Fall. Wenn Wolf hier einigermaßen unbeschadet rauskommen wollte, musste er anders vorgehen. Er nickte und hob die Arme, als könnte er kein Wässerchen trüben.

»Da muss es wohl ein Missverständnis gegeben haben. Ich bin mir sicher, dass ein Schriftstück verloren gegangen ist. Allerdings werde ich sofort mit der Provinzial Kontakt aufnehmen, um den Vorfall zu klären.«

»Das würde ich Ihnen auch raten«, zischte der Doktor und streckte die Hand in Richtung des Ausgangs. »Meine Herren, darf ich Sie bitten!«

Wolfs Stimme war, als hätte er Kreide gegessen.

»Selbstverständlich, Herr Doktor. Sie werden sehen, es wird sich alles aufklären.«

»Das hoffe ich für Sie, Herr Wolf. Die Konsequenzen muss ich Ihnen wohl nicht skizzieren.«

Die Waffen noch immer im Anschlag, folgten die beiden SS-Soldaten Wolf. Die Schritte der Gruppe wurden weit auf den Gang hinausgetragen. Einige Schwestern wichen erschrocken zur Seite, die Ärzte blickten interessiert hinterher. Als sie am Tisch des Haupteingangs vorbeigeführt wurden, grinste der junge Pfleger vor Genugtuung. Bis zum Auto begleitete sie der Arzt, dann ließ er die drei mit ihren Aufpassern allein.

»Wollen Sie nach Düsseldorf zurückkehren?«, wollte Scharführer Schmadtke wissen, schulterte die automatische Waffe und stieg ein.

»Nein, bringen Sie mich erst mal raus aus der Anstalt«, antwortete Wolf und setzte sich auf die Rücksitze.

Sturmmann Biesingers Antwort war kurz und präzise: »Jawohl.«

Mit schlafwandlerischer Sicherheit lenkte er den Wagen vom Kiesweg zum Pförtnerhäuschen. Der Schlagbaum wurde geöffnet und bald schon fanden sie sich auf der verschlungenen Straße wieder.

»Nehmen Sie den Pfad zu Ihrer rechten«, wies Wolf seinen Fahrer an. »Und jetzt noch etwas weiter in den Wald.«

Ihm behagte es gar nicht, dass sie immer weiter in das Dickicht fuhren, das ihm vor einer Stunde noch einen Schauer über den Rücken gejagt hatte. Dieser Wald hatte etwas Unheimliches. Die Kronen der Bäume verschluckten die letzten Strahlen des Abendlichts.

Schmadtke nahm den Hut ab, fuhr sich über seine Glatze. »Und was sollen wir jetzt tun?«

Wolf sah nach draußen und öffnete das Fenster. Die Sonne ging langsam unter und machte der Finsternis Platz. Tannennadeln rauschten in der leichten Brise der Dämmerung, Äste knackten zur Begrüßung der Nacht. Sein Magen krampfte. Er hatte das Gefühl, als hätte er Steine im Bauch. »Wir warten.«

»Worauf?«

»Auf den Schutz der Dunkelheit.«

KAPITEL 12

- SÜSSE TRÄUME -

»Mich beschleicht der ungute Verdacht, dass wir gerade gegen so ziemlich jede Verordnung verstoßen, die das Gesetzbuch hergibt.«

Wolf warf Schmadtke einen finsteren Blick zu. »Natürlich tun wir das. Und jetzt leuchten Sie nach oben, wir müssen irgendwie über diesen verdammten Zaun kommen.«

Der Wind hatte noch einmal zugenommen, während sie durch den Wald geschlichen waren. Regen übertönte alle Nebengeräusche. Wolfs Augen tasteten die Bewegungen um ihn herum ab. Es schienen Hunderte gleichzeitig zu sein. Schwingende Äste, rauschende Nadeln. Der ganze Wald bewegte sich und machte unmissverständlich klar, dass sie hier nicht willkommen waren.

Er hatte fest damit gerechnet, dass sie durch das Nebentor auf das Gelände gelangen würden. Leider waren die Zacken noch schärfer und die Striemen höher gebaut als auf den umliegenden Zäunen. Wolf sah sich um. Es dauerte eine Weile, bis er eine Möglichkeit fand, die Gebäude zu erreichen. Wenn ihm diese auch alles andere als behagte. Die frisch verheilte Haut seines Rückens spannte, während er einen Baum hinaufkletterte.

»Was haben Sie vor?«, zischte Schmadtke halblaut.

Mit sichtlicher Mühe kletterte Wolf herauf, bis er auf Höhe des Zauns war. Ein Ast ragte über den Zaun in das Areal. Noch einmal atmete er durch, dann kletterte er weiter und ließ sich fallen. Der Aufprall erschütterte seinen ganzen Körper. Von Regen aufgeweichter Boden drückte sich feucht gegen seine Knie, sein Arm schmerzte. Glücklicherweise funktionierte die Diamon Taschenlampe noch. Wenn sie von Wehrmacht, Polizei und Reichsbahn genutzt wurde, musste sie einiges aushalten.

»Habe ich damit Ihre Frage beantwortet?«

»Sie sind verrückt, Wolf!«

Seine Augen rasten, als er das Gelände absuchte. Niemand hatte von ihm Notiz genommen. »Es ist die einzige Möglichkeit. Und da Kampa ausdrücklich befohlen hat, dass Sie mir unterstellt sind, würde ich vorschlagen, dass Sie nun endlich auf diesen Baum heraufklettern und über den Zaun springen.«

Widerwillig nahmen die beiden SS-Soldaten die Hürde. Während Schmadtke wie Wolf im Dreck landete, schaffte es Sturmmann Biesinger sich abzufedern. Fluchend wischten sie sich den Schlamm von der Hose.

»Und jetzt?«, wollte Schmadtke genervt wissen, als er sich die Schirmmütze wieder aufsetzte.

»Sie folgen mir. Ganz einfach.«

»Wir werden das melden müssen.«

Der nasse Boden ließ Wolfs Schritte im Dreck schmatzen. »Melden Sie, was Sie wollen.«

Ihm fehlte die Zeit mit der SS zu diskutieren. Der Regen durchnässte seine Kleidung, während er seinen

Gang beschleunigte. Nach wenigen Minuten war das Haupthaus in Sichtweite. Die Lampen brannten auch in der Nacht. Bestimmt war die Pforte noch besetzt, zusätzlich zu ein oder zwei Pflegern, welche die Nachtwache übernommen hatten. Das Überraschungsmoment lag auf seiner Seite, zusätzlich flankierten ihn zwei Soldaten mit Maschinengewehren. Ein nicht zu unterschätzender Vorteil, wenn es hart auf hart kommen würde. Obwohl Schmadtke überaus eloquent war, wollte er ihn nicht an seiner Seite wissen, wenn er in die Kinderabteilung einbrach. Außerdem hatte er sowieso nur ein Ziel.

»Bleiben Sie hier«, befahl Wolf, als sie das Gebäude erreichten. »Dort drüben im Vorbau können Sie sich unterstellen. Niemand dürfte Sie dort bemerken. Wenn jemand die Abteilung betritt, werfen Sie einen Stein gegen das Fenster.«

Beinahe schon dankbar trollten sich Schmadtke und Biesinger unter das Dach. »Und wie kommen wir hier wieder heraus?«

Wolf zog den Hut tief ins Gesicht. »Das werden wir dann sehen.«

Noch vor einer Stunde hätte er sich einfach nach Hause fahren lassen können. Wolf hätte Kampa informiert, er wäre mit einem Dutzend seiner SS-Soldaten in die Pflegeanstalt eingedrungen und hätte jeden Stein umgedreht. Es wäre so leicht gewesen. Die Aussage eines kleinen Jungen reichte nicht aus. Er musste sie sehen – diese Charlotte, für die er durch die Hölle und wieder zurück gegangen war. Frontal in das Gebäude einzudringen war keine Option. Sicherlich hätte er den Wachmann bewusstlos schlagen können, allerdings wäre ihm die Aufmerksamkeit am nächsten Morgen gewiss gewesen. Zum Glück spielte ihm das Wetter in die Hände: Wolf ging die Seiten des Gebäudes ab, bis er an einer großen Eiche stand, deren Ast in rhythmischer Gleichmäßigkeit gegen das Fenster schlug.

»Volltreffer«, flüsterte er und spähte in den Raum. Er erkannte ein Untersuchungszimmer, als er mit der Lampe durch das Fenster leuchtete.

Im nächsten Moment zertrümmerte er die Scheibe mit dem Ellenbogen. Helles Klirren gesellte sich zum Wind hinzu. Jetzt musste es schnell gehen. Ächzend erklomm Wolf das Fenster, zog die Schuhe aus und sprang über die Pfütze, die der Regen auf dem Boden gebildet hatte. Die Glieder schmerzten, sein Rücken machte ihm Probleme, trotzdem schaffte er es, keine Spuren zu hinterlassen. Schon kündigte sich das nächste Hindernis an: Auf dem Gang waren Schritte zu vernehmen. Natürlich – nur ein Tauber hätte nicht mitbekommen, was gerade passiert war. Wolfs Augen suchten den Raum ab. Das Einzige, wohinter er sich ansatzweise verstecken konnte, war eine Untersuchungswand. Ohne weiter zu überlegen, zog er seine Waffe und stellte sich hinter den Paravent. Nur Sekunden später wurde die Tür geöffnet. Wolf hielt den Atem an.

»Hier kam es her«, sagte ein Mann und leuchtete mit seiner Taschenlampe auf das Fenster. »Siehst du, ich habe mich nicht verhört.«

Zwei Lichtkegel trafen auf die Pfütze. »Muss wohl der Ast gewesen sein. Wir sollten morgen ein paar Idioten nehmen und den Baum abstützen lassen.«

»Ich kümmere mich drum«, antwortete der erste Mann und knipste seine Taschenlampe aus. »Scheiß Wetter.«

»Da sagst du was.« Endlich gingen die beiden zur Tür. »Hast du noch einen Cognac?«

»Klar, sonst schmeckt der Tee doch nicht.«

Mit diesen Worten wurde die Tür geschlossen. Wolf rieb seine Schuhe mit Verbandsstoff trocken und zog sie wieder an. Kaum auszudenken, was passierte wäre, wenn sie den Raum genauer durchsucht hätten. Ein Scharmützel in einem Raum, der so groß war wie dieser hier, hatte ihm gerade noch gefehlt. Wolf ließ drei weitere Minuten verstreichen, bis er mit gezogener Waffe die Tür öffnete. Der Gang war leer. Lediglich die Stimmen der Pfleger waren leise vom Haupteingang zu vernehmen. Durch die große Seitenfront drang nur wenig Mondlicht in das Gebäude, und wenn, dann warfen die Äste tanzende Schatten auf die Kacheln am Boden. Manchmal vernahmen seine Ohren ein Wimmern, oftmals hustete jemand. Selbst durch die geschlossenen Türen konnte Wolf den schlechten Gesundheitszustand der Kinder erahnen.

Obwohl er sich sicher war, im richtigen Flur zu sein, sah bei Nacht alles anders aus. Sein Herz schlug ihm bis zum Hals, als ein dröhnendes Lachen vom Haupteingang bis zu ihm hallte. Der Cognac schien den beiden zu Kopf gestiegen zu sein. Gut für ihn. Er griff eine Türklinke und drückte sie nach unten.

»Micha?« Vorsichtig knipste er die Taschenlampe an. Der weiße Lichtkegel ließ die Gesichter der Jungen noch fahler aussehen als am Tage. Ihr Antlitz wirkte wie eine Maske aus einem Albtraum. Die Augen waren blutunterlaufen, Speichelfäden liefen auf die Kissen. Einige waren gefesselt, andere starrten ihn aus dunklen Pupillen an. Ohne Frage hatte er den Jungen einen gehörigen Schrecken eingejagt. Die Geräusche im Zimmer nahmen zu. Zwei Kinder brummten grotesk vor sich hin, ein anderer gluckerte, als hätte er sich verschluckt. Wolf hatte keine Ahnung, welche Medikamente die armen Geschöpfe bekamen. Es war jedoch unbestritten, dass es nicht gut für sie war. Nur schwerlich konnte er seine Augen von den abgemagerten Körpern nehmen. Und doch … Micha war nicht hier. Wieso um alles in der Welt sah jedes Zimmer gleich aus? Und warum hatte er sich die Raumnummer nicht gemerkt? Er schloss die Tür und schaltete die Lampe aus. Wieder hielt er den Atem an und lauschte in die Nacht. Durch ein Lachen der Pfleger erkannte er, dass sein Fehler ohne Folgen blieb. Noch.

Du wirst alt, Wolf. Sehr alt.

Beim nächsten Raum hoffte er, dass ihm die Erinnerungen keinen Streich spielten. Wolf öffnete die Tür einen Spalt. Ein Blitz zuckte in der Nacht. Sofort erkannte er das leere Bett von Micha. Alle anderen Jungen schliefen. Sollte er heute mehr Glück haben, als er eigentlich verdiente?

Diesmal ließ er die Taschenlampe aus und trat ein. Wolf blieb stehen, wartete, bis sich seine Augen an die Lichtverhältnisse gewöhnt hatten, und bewegte sich so leise wie möglich. Dann brach der Donner ohrenbetäubend über sie hinein und die Kinder im Nachbarzimmer begannen zu schreien. Noch bevor er zu einer weiteren Handlung imstande war, erkannte Wolf, wie die Pfleger brüllend ins Nachbarzimmer stürmten. Auch wenn er nicht verstand, was die beiden Kerle den Jungen befahlen, so konnte er doch die typischen Geräusche von Schlägen und Zurechtweisungen vernehmen. Die Männer gingen grob vor. Zwischen weinenden Kindern und dem Donner konnte er immer wieder einen Schrei hören. Wolf fasste den Griff seiner Walther fester.

Zu gerne hätte er den beiden eine Lektion erteilt. Er hatte kein Problem damit, wenn sich zwei Kerle betrunken die Köpfe einschlugen, aber wehrlose Kinder – das war eine andere Sache. Eine ganz andere.

Diese Pflegeanstalt war nichts anderes als ein Folterlager. Vor Wut mahlten seine Zähne aufeinander. Händeringend versuchte er den Zorn zu bekämpfen. Erneut ein Schlag, wieder ein Schrei. Genau wie damals, als sein Vater den Gürtel auf seinen Leib niedersausen hatte lassen. Immer und immer wieder hörte er die Schläge, bis aus dem Schreien ein kaum mehr vernehmbares Wimmern geworden war. Unbändiger Hass auf die Brut in Weiß, welche unter dem Deckmantel der Medizin und Erziehung die Hand gegen wehrlose Kinder erhob, ließ das Blut in seinen Adern kochen. Minutenlang stand er regungslos hinter der geschlossenen Tür und musste mitanhören, wie es wieder ruhig wurde. Regentropfen suchten sich vom Hut einen Weg auf den Boden, er drückte den Griff seiner Waffe immer härter. Nur sein massiger Oberkörper, der sich bei jedem Atemzug wölbte, zeugte davon, dass er nicht zu einer Salzsäule erstarrt war.

Als nach einem unendlich lang anmutenden Martyrium die Tür des Nachbarzimmers ins Schloss fiel, zitterte Wolf vor Hass. Die Kinder hier mussten eine andere Medikation bekommen haben, so ruhig und fest wie sie schliefen. Allerdings waren auch in ihren Gesichtern Narben und Blutergüsse zu erkennen. Erst frisch hinzugekommen, heute Nachmittag hatte er die Verletzungen noch nicht gesehen. Es musste eine Art von Willkommensritual sein, damit die Jungen direkt am ersten Tage wussten, dass sie zu spuren hatten.

In Wolfs Gedanken hämmerte er Dr. Töppelmann ein Klemmbrett so oft gegen den Schädel, bis er nur noch auf Gehirnmasse einschlug. Nichts anderes hatte dieser Quacksalber verdient, wenn er den Jungen hier so etwas antat. Es kostete Wolf größte Mühe die Nerven zu behalten.

»Micha«, flüsterte er und ging zum leeren Bett. Dieses Spiel kannte er bereits. Die Bettdecke war noch warm. Wolf knipste die Taschenlampe an, leuchtete die Schranktüren ab. Ein Augenpaar sah ihn aus einer angelehnten Tür an. Der Junge trat näher, am ganzen Körper zitternd, als er Wolf umarmte.

»Du hast die Pillen nicht geschluckt, oder?«

Micha schüttelte den Kopf.

»Guter Junge«, entgegnete Wolf und strich dem Jungen über die braunen Haare. »Du bist klüger, als die meisten denken.« Er hievte den Jungen hoch und setzte ihn auf das Bett. »Erzähl mir, was passiert ist?«

»Die grauen Busse kamen noch in derselben Nacht«, flüsterte der Kleine leise und mit brüchiger Stimme, dass Wolf sich anstrengen musste, die Worte zu verstehen.

»Den anderen wurden Medizin gegeben. Sie haben nicht verstanden, was mit ihnen passiert.«

Er konnte sich nur allzu gut vorstellen, dass Dr. Töppelmann und seine Belegschaft lieber mit ruhiggestellten Kindern reisten. »Diese Frau mit den roten Haaren, weißt du, wo sie ist?«

Der Junge sah ängstlich zur Tür, dann Wolf in die Augen. »Sie besuchte uns noch in der Nacht. Bei ihr war ein Mann, sie unterhielten sich.«

»Worüber haben sie geredet, Micha?«

Der Junge sah zur Seite, als ob es ihm peinlich war, dass er die beiden belauscht hatte. »Sie sagten, dass sie vorsichtig sein müssten und in der Kirche noch mehr Essen liegen würde. Bald schon würden die meisten Kinder von den grauen Bussen geholt werden.«

Die Kirche! Charlotte musste dort ihr Versteck aufgeschlagen haben. Zumindest gestern Nacht noch. »Weißt du, wohin die Kinder transportiert werden?«

Micha legte sich ins Bett, eine Träne lief seine Wangen herab. »Alle, die AvU sind, werden abgeholt.« Er wischte sich über die Augen. »Wie ich.« Wolf konnte ihn nur zu gut verstehen. Der Junge wurde von einem Staat interniert und abgeschoben. Welche Ohnmacht musste den kleinen Leib erfasst haben, in der Erkenntnis, nichts dagegen tun zu können? Irgendwas stank hier gewaltig. Wolf wurde das Gefühl nicht los, dass Kampa, Jaensch und diese Charlotte eine große Rolle dabei spielten. Nur er, der dumme Bulle, den man aus dem Lager geholt hatte, war ein Bauer, den man einfach opfern konnte.

Wolf zog die Decke über den Körper des Kleinen.

»Versuch ein wenig Schlaf zu finden, Micha. Ich werde zurückkommen und dich holen.«

Der Kleine legte seine Finger auf Wolfs Hand. »Versprochen?«

Wolf wusste genau, wie der Kleine sich fühlte. Vor etlichen Jahren war er in einer ähnlichen Lage gewesen. Hilflos den Launen des Vaters ausgeliefert, sich wieder und wieder nur eine Frage stellend: *Warum?*

Er musste nicht eine Sekunde überlegen. »Versprochen!«

Der Anflug eines traurigen Lächelns war auf den Lippen des Jungens zu sehen. Das musste als Besiegelung des Pakts reichen. Wolf hatte Mühe, sein Inneres im Zaum zu halten, als er an der Tür lauschte. Er benötigte einen kühlen Kopf, um seinen Schwur nicht zu brechen und obendrein noch Charlotte zu finden. Die Einzige, die vielleicht etwas Licht in die dunkle Gruft aus Verrat und Folter bringen konnte.

Vorsichtig schlich er auf den Gang. Noch immer scherzten die beiden Wachleute, augenscheinlich beseelt und glücklich von zu viel Cognac. Wolf machte sich nicht einmal die Mühe leise zu sein, während er die Tür zum Untersuchungszimmer öffnete und aus dem Fenster stieg. Die beiden waren voll wie Haubitzen und würden nicht noch einmal Phantome jagen. Auch seine Bewacher oder Beschützer, abhängig aus welcher Perspektive man es betrachtete, ließ er links liegen. Die Nacht war kurz und Wolf hatte noch einiges zu tun. Für weitreichende Erklärungen blieb nun keine Zeit.

Der Regen hatte nachgelassen, als er seinen schmerzenden Rücken an die Fassade der Kinderabteilung presste und zur Kirche lugte. Entweder war es Angst oder Aufregung, die seine Hände erzittern ließ. Um Himmels willen, was war nur los mit ihm? Diese Tabletten ließen ihn schneller denken, wacher werden, den Schmerz verdrängen und trotzdem zitterte sein Körper, als hätte er drei Tage durchgesoffen und säße nun auf dem Trockenen.

Gleichgültig, es half nichts. Er durfte nicht scheitern und brauchte ein funktionierendes Nervenkostüm. Wolf nahm eine der Pervitintabletten in die Hand und schluckte sie hinunter. Als würde ein Stein seine Kehle herabgleiten, dachte er, und ließ die Packung in seiner Innentasche verschwinden.

In geduckter Haltung und mit gezogener Waffe näherte er sich der Kirche. Sie war nicht groß, mehr eine Kapelle mit einer breiten Basilika. Und doch ideal, um eine junge Frau ein paar Tage zu verstecken. Außer Atem an seinem Ziel angekommen, lehnte sich Wolf gegen die verzierte Doppeltür. Zu seiner Überraschung gab diese nach, als er sich auf die Klinke lehnte.

»Was zum …«

Wolf biss sich auf die Lippen. Er war nie gläubig gewesen, aber in einer Kirche zu fluchen konnte selbst für ihn nicht gerade förderlich sein. Wenn es jemanden da oben gab, der eine Liste über die Missetaten führte, würde seine Anhörung beim Jüngsten Gericht sehr lang werden … und das Urteil sehr kurz. Seine Strafe konnte nur ewige Höllenqualen bedeuten.

Mit einem lauten Knarren öffnete die Tür. Sie war nicht verschlossen. Die Anstalt war groß, und wenn Charlotte den Insassen wirklich das Essen brachte, gab es eine Menge zu tun. Ganz davon abgesehen, dass ihr bestimmt kein Schlüssel ausgehändigt worden war. Wolf schloss die Tür und sah sich in der Kirche um. Er konnte nichts Außergewöhnliches erkennen: Bänke, ein paar Bilder, ein kleiner Altar und gut ein Dutzend brennender Kerzen. Eine Treppe führte zum Glockenturm, aber ob tatsächlich jemand dort Platz finden würde, wagte er zu bezweifeln. Wolf steckte die Waffe in den Hosenbund. Augenscheinlich war hier niemand zugegen. Die dicken Kerzen konnten auch abends angezündet worden sein. Trotzdem – mit dem aufmerksamen Blick eines Polizisten schritt er die Gänge ab, tastete sich an den Wänden entlang und suchte nach einem Hinweis, der auf Charlottes Anwesenheit hindeuten konnte. Selbst beim zweiten Durchgang konnte er nichts Verdächtiges ausmachen. Hatte sich der kleine Micha geirrt? Ihm war übel mitgespielt worden, vielleicht war der Wunsch mehr Vater seiner Gedanken gewesen als die Realität. Wolf schlug die Hände über dem Kopf zusammen und sah zum großen, hölzernen Kreuz.

»Wenn du mir helfen willst, wäre das jetzt der richtige Zeitpunkt.«

Er wartete, lauschte in die Stille. Natürlich – was hatte er sich auch gedacht. Hier endete die Spur aus Brotkrumen, denen er so beflissen und blind gefolgt war. Es gab keine Hilfe von oben und besonders nicht für ihn. Dann brauchte er auch nicht mehr auf seine Wortwahl zu achten.

»Zum Teufel!« Mit einem festen Tritt gegen den massiven Kerzenspender entlud sich seine Wut. Wolf prallte zurück und hatte Mühe, das Gleichgewicht zu halten. Augenblicklich hielt er inne. Dieser Schrank hätte umkippen müssen. Die Wucht seines Tritts sollte das Ding eigentlich bis ans andere Ende der Kirche katapultiert haben. Doch es stand starr und fest vor ihm, als sei nichts passiert. Wolf kniete sich nieder, strich mit den Fingern über den Boden vor dem Schrank. Kein Dreck, kein Staub. Wenige Meter daneben wiederholte er die Prozedur. Sofort waren seine Fingerkuppen schwarz. Wolf fasste den Schrank mit beiden Händen und zog ihn zu sich.

Tatsächlich! Das Holz bewegte sich. Die gesamte rechte Seite kam ihm entgegen, beinahe, als wäre der Schrank eine Tür; er gab den Blick auf einen mannshohen Eingang frei. Die linke Seite war mit Scharnieren befestigt worden. Die ganze Konstruktion war noch nicht sehr alt, vielleicht von den Franziskaner-Mönchen gebaut worden, während der Konvent in den Fokus der Ermittlungen geraten war. Wolf nahm sich zwei Kerzen und zündete sie an. Mehrere Stufen führten vom geheimen Eingang herab in einen Raum. Ein muffiger Geruch drang ihm in die Nase und noch etwas, was er nicht genau identifizieren konnte. Wolf riss die Augen auf.

Im schwachen Kerzenlicht türmten sich Bilder, goldene Kreuze und Kelche vor seinen Augen. Alles, was den Mönchen lieb und teuer gewesen war, hatten sie hier untergebracht. Wolf entzündete weitere Kerzen. Als groteskes Gegenbild lagerten in einer anderen Ecke Kartoffeln, altes Brot und sogar Schinken. Daher der allzu bekannte Geruch, den er nicht hatte einordnen können. Kleidung und ein provisorisches Bett waren ebenfalls zu finden. Dazu gesellten sich Medikamente, Spritzen, Verbandszeug – noch ein wenig mehr, und die kleine Charlotte hätte hier ein eigenes Lazarett eröffnen können.

Wolf kniete sich nieder, strich mit der dreckigen Hand über das Kopfkissen und hielt die Kerze näher. Das rötlich schimmernde Haar auf dem Kissen war leicht auszumachen. Zwischen Zeigefinger und Daumen hielt er es im Kerzenschein vor seine Augen.

Endlich!

Ein Lebenszeichen von dieser Frau, die ihm – unbekannterweise – so viel Ungemach bereitet und ihn gleichzeitig vor dem Tod im Lager bewahrt hatte. Ganz schön fleißig war sie, das musste Wolf ihr lassen. Zwei Aktentürme stapelten sich direkt neben ihrem Kopfkissen. Er erkannte sofort den Reichsadler und das dazugehörige Hakenkreuz. Offizielle Dokumente, die im Keller einer Kirche lagerten und von Charlotte bewacht wurden wie ein Schatz. Was sollte er hier noch alles auftun?

Wolf stellte die Kerze ab und nahm die dickste Akte an sich. Bereits die erste Seite ließ nichts Gutes vermuten. In seinen Händen hielt er ein Dokument aus der Kanzlei des Führers. Die KdF unterstand niemand geringerem als Adolf Hitler selbst. Seine Privatkanzlei arbeitete nur auf direkten Befehl. Die Sache musste größer sein, als er dachte. Viel größer.

Etliches war nicht mehr lesbar, viele Namen geschwärzt.

Anscheinend hatte jemand größten Wert darauf gelegt, dass die Akten nicht in falsche Hände gerieten. Wolf setzte sich auf das provisorische Bett und lehnte seinen Rücken gegen die Wand. Die Kerze hielt er so nah an das Papier, dass es zu verbrennen drohte. Jetzt gab es kein Zurück mehr.

… in Anlehnung an das Gespräch mit dem Reichsgesundheitsführer Leonhard Conti, dem Chef der Reichskanzlei Hans-Heinrich Lammers und Martin Bormann als Leiter des Stabes des Stellvertreters des Führers sind sich alle Teilnehmer über die Fortführung der bereits laufenden »Vernichtung von lebensunwertem Leben« durch Einbeziehung psychisch Kranker in die Tötungsmaßnahmen einig.

Ferner ist festzuhalten, dass der Leiter der Kanzlei des Führers, SS-Obergruppenführer Philipp Bouhler, darauf besteht, die dringend benötigte Ressource aus Düsseldorf in Berlin zu wissen.

Als Sitz der neuen Organisation soll die Villa in der Tiergartenstraße 4 in Berlin-Mitte dienen.

Wolf erkannte Charlottes Handschrift. In dicken Lettern hatte sie oben rechts auf das Dokument *T-4* geschrieben. Auch das nächste Blatt trug das Kürzel. Anscheinend hatte sie sich durch die Dokumente gearbeitet und sie akribisch geordnet. Wolf las weiter.

Vielen Dank für Ihren Vorschlag aus Düsseldorf. Gerne würden wir diese Vorgehensweise übernehmen. Die Gutachter werden in Zukunft das Procedere einheitlich im Reich anwenden. Zusätzlich zu den bereits bekannten ›AvU‹, wird in Zukunft ein rotes ›+‹-Zeichen in den Meldebögen der Hebammen / Ärzte und Eltern verzeichnet sein. Die Gutachter können so direkt über die weitere produktive Nützlichkeit und den Verbleib des Kindes entscheiden, ohne die weitere Meinung eines Gutachters einzuholen. Sollten die Melder ein blaues ›-‹ vorfinden, wird eine weitere Verwendung des Kindes vorausgesetzt.

Mit dem Runderlass vom Oktober werden Sie gebeten, eine Liste mit den ersten infrage kommenden Patienten direkt an die von Leonardo Conti geleitete Abteilung IV des Reichsministeriums des Inneren zu senden. Ferner würden wir gerne wissen, wie Sie sich bezüglich der Stelle in Berlin entschieden haben.

Wieder waren Namen, Adressen und weitere Passagen geschwärzt. Wolf beugte sich über den Stapel. Er musste ganz nah heran, um den Text zu entziffern. Auf dem nächsten Schriftstück konnte er endlich die Klarnamen lesen … und es verschlug ihm den Atem.

Sehr geehrter Reichsleiter Bouhler,

vielen Dank, dass Sie meinen Vorschlag angenommen haben. Ferner freue ich mich, Ihnen mitteilen zu kön-

nen, dass ich sehr gerne die Stelle in der Tiergartenstraße 4 in Berlin annehmen werde.

Lediglich ein paar private Kleinigkeiten sind noch in Düsseldorf zu klären. Sie können sich sicher sein, dass ich die mir anvertraute Aufgabe der Vernichtung von unwertem Leben mit aller Dringlichkeit vorantreiben werde. Ich werde mich schnellstmöglich bei Ihnen melden und freue mich auf die Zusammenarbeit.

Sieg Heil!
Obersturmführer Dr. Ernst Kampa

In seinen Händen hielt er eine verdammte Bombe. Dieser Inhalt war nicht nur brisant, er könnte – nein, er würde Menschenleben kosten. Und er war dieser miesen Kakerlake von Kampa auf den Leim gegangen. Bei ihrem Gespräch hatte er betont, dass er diese armen Geschöpfe schützen wolle. Schöne Worte ohne Bedeutung. Zumindest bekam er jetzt eine Ahnung davon, warum Charlotte eine andere Auffassung vom hippokratischen Eid ihres Verlobten besessen hatte.

Wolf drehte hastig seinen Kopf. Silhouetten bewegten sich am Gemäuer. Warum um alles in der Welt tanzten die Flammen? Im nächsten Moment bekam er seine Antwort. Ein stechender Schmerz an der linken Seite seines Halses ließ ihn aufschreien. Wolf schlug um sich, doch der Schatten war schneller und wich so mühelos aus, dass er es nicht mit einem Mensch zu tun haben konnte. Oder war er so langsam?

Die Bilder vor seinem Auge verschwammen. Nur eine zierliche Gestalt, komplett in schwarz gekleidet, sah ihn aus kühlen Augen an. Ihre lockigen, feuerroten Haare bildeten einen scharfen Kontrast zu der Dunkelheit um sie herum.

»Ein starkes Narkotikum«, hörte er eine süßlich-verführerische Stimme sagen. Die Silben waren leise gesprochen, wie Gift, das sich langsam durch seine Adern pumpte und sich in den gesamten Körper fraß. »Es löst eine Schmerz- und Bewusstseinsausschaltung im zentralen Nervensystem aus.«

Wolf wurde schwindelig. Die Nadel, welche Charlotte vor wenigen Sekunden in seine Haut gerammt hatte, leuchtete im Kerzenschein auf. War dieses spitze Mistding so groß, oder bildete er sich das ein? Die Droge entwickelte rasend schnell ihre volle Wirkung. Er wollte aufstehen, seine Knie weigerten sich jedoch, das Gewicht seines Leibes zu tragen. Obwohl er sich mit aller verbliebenen Macht dagegenstemmte, rutschte er immer weiter ab die erlösende Finsternis.

»Charlie«, flüsterte er.

»Strengen Sie sich gar nicht erst an.« Die Frau kam näher und kniete sich neben ihn. Der Duft von frischem Moos drang ihm in die Nase. Mit der flachen Hand berührte sie seine Wange, Wolf in die Augen sehend. Wenn sie der Engel des Todes war, musste das Sterben süß sein. »Sch – ganz ruhig.«

Wolf wollte schreien, etwas entgegnen, die Dunkelheit mit bloßen Händen bekämpfen. Sie spannte sich immer weiter um ihn wie ein Spinnennetz und mit jedem weiteren Faden, der um ihn gewickelt wurde, nahm die Schwäche zu. Er spürte, wie seine Atmung flacher wurde und er rücklings auf den kalten Boden fiel. Ihr Gesicht verschwamm nun vollends, doch ihre Stimme hallte lange in seinem Kopf nach.

»Süße Träume, böser Wolf.«

KAPITEL 13

- EIN DUNKLES ERBE -

Es würde etwas Schreckliches passieren.

Noch nie hatte der Junge solche Angst gehabt wie in diesem Moment. Obwohl er für sein Alter bereits groß gewachsen und kräftig war, ließen die näherkommenden Schritte Furcht in jeder Faser seines Körpers aufsteigen. Der Junge zog die Bettdecke über das Gesicht.

Bitte lass es schnell vorübergehen … bitte.

»Friedrich! Komm her!«

Heute lallte Vater ganz besonders. Seine Stimme war von Alkohol durchtränkt, der Ton bissig wie der eines alten Hundes, der keine Aufgabe mehr hatte. Er mochte es nicht, wenn man ihn warten ließ. Seitdem Mutter Reißaus genommen hatte, war es noch schlimmer geworden. Wo sie heute wohl sein mochte? Bestimmt an einen besseren Ort als hier. Er konnte es ihr nicht einmal verübeln, nach den ganzen Schlägen und Erniedrigungen. Da war jeder Ort besser.

Der Junge beeilte sich. Mit einem letzten Blick zum anderen Bett öffnete er die Tür. Wie Vater es vor einigen Stunden befohlen hatte, glimmte der Ofen noch. Es war warm hier und die Küche hatte er auch aufgeräumt. Händeringend überlegte der Junge, was er falsch gemacht haben konnte.

»Da bist du ja endlich!«, spie sein Vater. Sein Bauch wölbte sich mit jedem Atemzug. Die Füße hatte er auf den Tisch gewuchtet, der Holzstuhl knarrte unter seinem Gewicht. »Zieh mir die Schuhe aus.«

Sofort tat der Junge, was sein Vater ihm befohlen hatte. Der Gestank von Alkohol und Tabak drang ihm in die Nase. Das Schuhwerk war überzogen mit einer Kruste aus Schlamm. Schnell stellte er sie neben den Ofen. Der dicke Belag würde sich morgen, wenn er getrocknet war, besser abbürsten lassen.

»Halunkenpack!«

Der Junge wusste nicht, was er sagen sollte, stellte sich mucksmäuschenstill neben den Ofen und sah zu Boden. Manchmal redete sein Vater mit sich selbst. Er konnte oftmals stundenlang auf etwas schimpfen, während er Schnaps dazu trank. Dabei war er früher einmal anders gewesen, hatte Mutter gesagt. Liebevoll, zärtlich und voller Fürsorge. Selbst der Junge konnte sich noch erinnern, wie Vater mit ihm gespielt hatte. Handwerklich geschickt war er immer gewesen. Es musste Jahre her sein, seitdem sein Vater ihm ein Holzpferd getischlert hatte oder sie sich nachts die Sterne angeschaut hatten. Fröhliche Zeiten, zumindest bis er eines Tages beim Würfeln gewonnen hatte. Mit fünf Männern hatten sie ihn zusammengeschlagen und um sein Geld gebracht. Er hatte am ganzen Körper geblutet, als der Doktor endlich eintraf. Besonders am Kopf hatten sie ihn erwischt. Seitdem hatte Mutter jeden Abend geweint. Es waren Wochen vergangen, bis er wieder normal essen konnte. Gesindel und Kleinkriminelle, hatte er damals geschimpft. Männer, welche die Polizei niemals schnappte. Sie kamen mit ihrer Beute davon. Von da an hatte sich alles geändert. Vater wurde schneller wütend, konnte sich bei der Arbeit nicht mehr richtig konzentrieren. Die Leute kauften sein Schuhwerk nicht mehr und er verfiel Schnaps und Spiel.

»Diese Mistkerle!«

Vaters Stimme wurde lauter. Er sah auf einen Punkt an der Holzwand, während er immer schneller atmete.

»Söhne von Hunden! Verflucht sollen sie sein!«

Der Junge traute sich nicht, sich zu bewegen. Jeder Mucks könnte das Fass zum Überlaufen bringen.

»Vater? Alles in Ordnung?«

Dem Jungen wurde es heiß und kalt, als er seinen jüngeren Bruder im Türrahmen stehen sah.

»Leopold!« Vaters Augen rissen sich von dem Punkt weg und fixierten seinen Sohn. »Habe ich nicht befohlen, dass du schlafen sollst?«

Der Junge wollte zu seinem Bruder, ihn ins Bett schieben, nur raus aus Vaters Sichtfeld. Doch er stand da wie versteinert. »Leo, verschwinde ins Bett.« Zu mehr war er nicht imstande. Kalter Schweiß lief seinen Nacken herab. Doch jetzt hatte er Vaters Zorn auf sich gezogen.

»Du befiehlst hier gar nichts«, grollte dieser und stand auf. Obwohl er bedrohlich schwankte, löste er den Gürtel mit wenigen Handgriffen von seiner Hose. Der Junge wusste, was nun kam. Seine Hände formten sich zu Fäusten. Nicht wehren!

Das würde es nur noch schlimmer machen. Der Gürtel sauste durch der Luft und traf den Jungen am Arm. Tränen füllten seine Augen und doch blieb er stumm wie ein Fisch.

»Vater, bitte hör auf«, sagte Leopold nun.

Sein Bruder stand immer noch im Türrahmen. Er war nicht wie er. Ihm war weder die Kraft noch die Körpergröße gegönnt. Eigentlich war Leo genau das Gegenteil von dem Jungen. Er war klein, schwächlich und oft krank. Wenn Vater seiner Lust am Schlagen frönen wollte, dann sollte es der Junge sein – und nicht dessen Bruder. Doch genau dieser Plan ging ausgerechnet heute schief.

»Was hast du gesagt?« Mit großen Schritten ging Vater auf Leopold zu. Noch bevor der Junge antworten konnte, nahm der Mann ihn am Kopf und schlug diesen mit voller Wucht gegen die Wand. Friedrich musste mit ansehen, wie sein Bruder zusammenklappte wie eine Marionette, der man die Fäden durchgeschnitten hatte.

»Leo!« Er stürzte sich auf den kleinen Körper und hielt dessen blutenden Kopf. Eine dicke Wunde zog sich von der Stirn zur Schläfe. Unter ihm bildete sich bereits eine Lache voller Blut.

»Er atmet nicht mehr«, schluchzte Friedrich. Tränen fielen auf den Körper unter ihm. »Vater, warum atmet er nicht mehr?«

Als der Junge sich umdrehte, hatte sich der Mann wieder auf den Stuhl gesetzt. Erneut einer dieser Momente, in denen er scheinbar nicht mehr auf dieser Welt war. Als wären die vergangenen Minuten nicht passiert, fixierte der Alte diesen einen Punkt an der Wand und schien zu träumen. Und das alles wegen des Überfalls dieser Halunken. Der Junge wünschte sich, dass sein Vater die Diebe damals, vor etlichen Jahren, nie getroffen hätte.

Er wäre niemals das Monster geworden, würde arbeiten und mit Mutter, Leo und ihm ein schönes Leben haben.

Friedrich hielt sich am Kopf. Was sollte er nur tun?

Geistesgegenwärtig lief er zur Tür. Der Doktor wohnte am Marktplatz, ein weiter Weg, und doch musste er es schaffen. Halbnackt lief er durch die Nacht, so schnell ihn seine Füße tragen konnten. Sein Blick verschwamm, immer mehr Tränen legten sich auf seine Wagen und wurden vom kühlen Wind noch schneller getrocknet. Wäre er Schutzmann, er würde diesem Pack den Garaus machen. Kein Dieb würde sich mehr auf die Straßen trauen, wenn er für Recht sorgen würde. Mit allen Mitteln würde er Diebe und Verbrecher hinter Gitter bringen, damit so etwas nicht noch einmal passierte.

Schneller, immer schneller lief der Junge, obwohl er tief im Inneren wusste, dass es vergebens war. Als er stolperte und seine Knie schmerzhaft über den Boden rutschten, hielt er inne. Leo war nicht mehr. Und er schwor sich, bald würde Vater das gleiche Schicksal ereilen. Genau wie den Dieben, Räubern und Mörder. Er würde schon dafür sorgen. Niemals würde er mit irgendjemanden darüber sprechen. Ein Geheimnis, das er mit ins Grab nehmen würde … für Leo.

*

»Wach auf!«

Beißend drang ein Geruch in seine Nase. Nur schwerlich konnte Wolf die verklebten Augen öffnen. Immer klarer wurde das Bild, doch es dauerte, bis es auch seinen Verstand erreichte. Er war noch immer im Keller der Kirche. Mehrere Kerzen waren entzündet worden. Als er versuchte, sich zu bewegen, hielten Fesseln jede Bewegung im Zaum. Er lag mit dem Rücken an die Wand gelehnt auf dem provisorischen Bett, auf dem er eben noch die Akten studiert hatte. Sein Schädel brummte gewaltig und erst allmählich kehrte die Kraft in seine Glieder zurück. Dann erkannte er zwei Gestalten. Als er Charlottes Gesicht sah, kam die Erinnerung. Er kniff die Lider zusammen in der Überzeugung, sein Kopf spiele ihm einen Streich, als er in das Gesicht der zweiten Person blickte.

»Jaensch«, flüsterte er benommen. »Ist das ein schlechter Scherz?«

»Kein Scherz, leider.« Charlotte trat nah an ihn heran und leuchtete mit einer Kerze in seine Augen. Das Licht blendete ihn. »Pupillen reagieren normal, er ist wieder klar im Kopf.«

»Gut«, entgegnete Jaensch. »Dann können wir ihm also ein paar Fragen stellen.«

So ganz ohne Uniform war der Offizier fast nicht wiederzuerkennen. Mit der schwarzen Hose, dem dunklen Pullover und dem akkurat geschnittenen Ziegenbart konnte man ihn für den Teufel persönlich halten.

Wolf fummelte an seinen Fesseln herum. Die beiden hatten mehrere Seile um seine Beine gelegt und sie stramm zusammengezogen. Die Arme hatten sie an zwei Stellen fixiert. »Was wollen Sie?«

»Dieselbe Frage wollten wir Ihnen auch gerade stellen«, entfuhr es Charlotte aggressiv. Ihre Augen brannten dabei wie das Feuer der Hölle. »Hat Ernst dich geschickt? Sollst du mich töten, seine Papiere zurückbringen, damit er endlich seine Eintrittskarte zur Kanzlei des Führers lösen kann?«

Wolf benötigte nur Sekunden, um die Worte richtig einzuordnen. Sie war also am Leben. Besser noch – Charlotte erfreute sich bester Gesundheit.

»Natürlich hat er das«, ergänzte Jaensch, trat an Charlotte heran und legte seinen Arm um sie. »Als die Polizei keinen Finger rührte, hat er sich einen Bluthund gekauft, der diese Aufgabe erledigt.«

Die beiden waren sich nahe, sehr nahe sogar. Wie selbstverständlich lehnte sich Charlotte an die Schulter des Mannes. Die Gedanken schossen wie Blitze durch Wolfs Verstand. Die Papiere, Kampas inhaltsschwangere Reden, dieses Programm – alles ergab einen Sinn. Charlotte war nicht entführt worden, sie war geflüchtet, zu ihrem neuen Geliebten.

»Herrgott, jetzt sagt mir bitte nicht, dass ich in ein verfluchtes Beziehungsdrama hineingeraten bin.«

Angewidert drehte sich Charlotte von Wolf weg. »So einfach ist es nicht.«

Wolf seufzte abfällig. »Ist es doch nie, oder?«

Seine Pistole und der Inhalt seiner Taschen lagen auf einem Tisch vor ihm. Jaensch bemerkte seinen Blick, nahm das Bündel Geld an sich und hielt es vor Wolfs Gesicht.

»Kampa scheint Sie gut ausgestattet zu haben. Weiß er, wo wir sind?«

Warum lügen? Helene, Klara und Ari waren in Sicherheit und entzogen sich Jaenschs Zugriff. »Nein, noch nicht. Aber bald wird er es.«

Jaensch fuhr sich nachdenklich über seinen Spitzbart. »Warum?«

»Weil zwei von Kampas Männern draußen Wache halten und langsam ziemlich nervös werden. Zusätzlich dürfte auch der hinterste Wachlümmel der Anstalt im Morgengrauen mitbekommen, dass hier irgendetwas nicht stimmt.«

»Er lügt«, hauchte Charlotte mit zarter Stimme.

Ihre ebenmäßige Haut und die roten Haare bildeten einen scharfen Kontrast, eine Schönheit, die Wolf sich nicht erklären konnte. Kein Wunder, warum Kampa Himmel und Hölle in Bewegung setzte, um sie zu finden.

»Wartet doch einfach, bis die ersten Sonnenstrahlen über die Wipfel der Bäume kriechen. Dann wird es nicht mehr lange dauern, bis eine Kompanie aufmarschiert, die das Areal gründlich untersucht.« Wolf geduldete sich eine Sekunde und ließ den Gedanken in den beiden reifen. »Oder ihr lasst mich gehen, ich zeige euch, wo die beiden Soldaten Wache halten und dann gehen wir getrennte Wege.«

Jaensch und Charlotte sahen sich besorgt an. Er streichelte über ihre Wange.

»Sollten wirklich Soldaten auf dem Gelände sein, wird es schwierig, die Kinder zu transportieren. Das könnte die ganze Mission gefährden.«

»Uns rennt die Zeit davon, Arthur«, flüsterte Charlotte und sah ihn eindringlich an. »Wir können nicht länger warten. Heute ist die letzte Gelegenheit für den

Transport, in ein paar Tagen beginnt der Feldversuch.« Sie nahm seine Hand. »Es muss noch in dieser Nacht passieren, du weißt, was sonst mit den Kindern geschieht.«

Wolf wusste nicht recht, wie er ihre Worte deuten sollte. Wenn er nur einen Deut auf seine Fähigkeiten als Ermittler gab, stank hier etwas zum Himmel, und er war sich sicher, dass er nicht einmal die Hälfte von alldem verstand. Die Vernichtung von unwertem Leben, so stand es in den Briefen.

Wolf brach die Stille: »Was soll mit den Kindern geschehen?«

Jaensch schoss hervor und verpasste ihm eine Ohrfeige. »Das geht Sie einen feuchten …«

»Sie werden getötet«, unterbrach Charlotte ihren Geliebten und hielt ihn zurück.

Endlich wurden die wirren Gedanken klarer und der Vorhang vor diesem Mummenschanz lüftete sich. »Kampas T-4 Projekt.«

»Exakt«, bestätigte Charlotte. »Du hast also die Dokumente gelesen.«

Wolf ließ die Nackenknochen knacken. Die Wirkung der Droge verflog erst langsam. »Dein ehemaliger Verlobter treibt die Auslöschung von angeblich unwertem Leben voran, bekommt dafür eine Beförderung und eine neue Stelle in Berlin. So in etwa?«

»Was weißt du schon?« Charlottes Stimme begann zu zittern. Er konnte nur erahnen, wie sehr ihr das Thema zu Herzen ging. »Er ist einer der Initiatoren dieses Massenmords. Noch werden die kranken Kinder nur gemeldet und in Pflegeanstalten gefangen gehalten. Doch wenn kein

Arbeitseinsatz von ihnen zu erwarten ist …«, sie musste einen Moment Luft holen, mit den Tränen kämpfend. »Das einzige Kriterium, warum Kinder nicht getötet werden, ist ihre spätere produktive Nützlichkeit. Ernst wurde damit beauftragt, erste Versuche durchzuführen, um die Reinheit des arischen Blutes zu gewährleisten. Du kannst dir nicht vorstellen, wie es ist, wenn Kinder an einem Luminal-Schema elendig zugrunde gehen.«

Dieser Begriff verfolgte ihn. Obwohl er die Antwort fürchtete, musste er es wissen: »Luminal-Schema«, wiederholte er. »Höre ich nicht zum ersten Mal in diesen Tagen.«

Charlotte nahm sich eine von Wolfs Zigaretten und zündete sie an. Sie wirkte müde, schwach, abgekämpft, rieb sich ständig ihre Hände. Ein junges Mädchen, das sich eine viel zu große Verantwortung aufgeladen hatte. Sie ging in die Knie, Jaensch legte tröstend seine Hand auf ihre Schulter.

»Es ist eine grausame Art zu sterben«, erklärte der Doktor. »Die Kinder werden absichtlich schwächlich gehalten. Sie werden ans Bett gefesselt, in kalten Räumen mit Zugluft, ihnen wird nasse Kleidung angezogen und dreimal täglich Phenobarbital injiziert, ein starkes Betäubungsmittel. Dadurch und auch durch ständige Unterernährung sind ihre Körper so geschwächt, dass ihre Lungen sich entzünden. Dann beginnen der Husten, Atemnot, eitriger Auswurf, hohes Fieber, Schüttelfrost. Die Folge ist ein gestörter Gasaustausch der Lungenbläschen, der zum Sauerstoffmangel im Blut und schließlich zum langsamen und qualvollen Erstickungstod führt.«

Jaensch kniete sich nun auch vor Wolf, packte ihn am Hinterkopf. »Kampa hat bereits eine Liste erstellt mit Kindern, die infrage kommen. Hunderte Namen sind verzeichnet. Für ihn ist diese Auflistung überaus wichtig. Alle verzeichneten Kinder werden sterben.«

»Er wird sie töten?«

»Jedes einzelne wird ein Versuchsobjekt seines Euthanasieprogramms. Sind Sie immer noch stolz auf Ihren Arbeitgeber?« In seinen Worten lag nichts als pure Verachtung.

Sie trafen ihn wie ein Donnerschlag. »Und die Kinder dieser Pflegeanstalt stehen ebenfalls auf der Liste?«

»Sie sind die Ersten«, antwortete Jaensch. »Der Pilotversuch. Wenn wir es nicht schaffen, sie außer Landes zu bringen. Zugegebenermaßen nur ein kleiner Teil, aber irgendwo müssen wir beginnen.«

Wolf zog an den Seilen. Diese Unterhaltung kostete Kraft und langsam wurde er richtig wütend. »Verdammt, wenn ich furze, wird das dokumentiert und abgeheftet. Im Reich wird für alles und jeden eine Abschrift archiviert, in doppelter und dreifacher Ausführung. Er kann sich einfach eine neue Liste erstellen.«

»Diesmal nicht«, erklärte Jaensch. »Kampa war sehr gründlich. Jahre hat er daran gearbeitet, die einzelnen Kinder auf ihre Krankheiten zu untersuchen. Sie stammen aus dem gesamten Reich, keine Dokumentation, keine Abschriften. Er wollte die Lorbeeren unbedingt alleine ernten. Was meinen Sie, warum er für den Posten in Berlin ausgewählt wurde? Nach meinen Informationen ist das erst der Anfang.«

Micha …

Nach seinen Informationen … so eine Parteizugehörigkeit schien durchaus Vorteile zu haben. »Keinerlei Arbeitseinsatzfähigkeit zu erwarten«, flüsterte Wolf. So stand es in Michas Akte. Ein sicheres Todesurteil.

Hatte er sich so in Jaensch getäuscht? Seine Hetze gegen Juden und für den Erhalt des reinen Blutes – sollte alles nur eine Maskerade sein, um in der Partei aufzusteigen? Wenn er die Rolle des Mephisto spielte, dann in Perfektion.

Wolf atmete mehrmals durch, sein Blick wanderte zu Charlotte. »Ich kann verstehen, warum du ihn verlassen hast.«

»Verlassen?« Vehement schüttelte sie mit dem Kopf. »Er wollte mich umbringen. Meinen Tod vorzutäuschen und mithilfe von Arthur eine Leiche in den Sarg zu schmuggeln, war die einzige Möglichkeit, seinen Fängen zu entkommen. Kannst du dir vorstellen, was es heißt, mit jemanden zusammenzuleben, der dich mit Sicherheit töten wird, wenn er herausfindet, dass verschmutztes Blut in deinen Adern fließt? Und trotzdem musst du bei ihm bleiben, bei diesem Monster – Wochen, Monate, bis du endlich alle Unterlagen zusammen hast. Eine Halbjüdin passt anscheinend nicht in das Konzept seiner Karriere.«

Wolf runzelte die Stirn und sah zu Jaensch. Das passte wiederum gar nicht zu dem Liebling der Partei. Seine hitzige Rede hallte noch immer in seinem Kopf wider. »Eine Halbjüdin … Wasser predigen, Wein saufen? Oder wie kann man sich Ihren Sinneswandel erklären?«

Der Arzt breitete die Arme aus. »Manchmal muss man am Tisch des Teufels sitzen, um an den Essensgesprächen beteiligt zu werden.«

Jeder spielte sein Spielchen. Jaensch mit der Partei, Kampa mit ihm und Charlotte mit Jaensch. Ob sie ihn verführt hatte oder sie tatsächlich ein Liebespaar waren, war unerheblich.

Wolf hatte das Gefühl, als würde Strom durch seinen Körper fließen. Ächzend drehte er sich zu Charlotte. »Und dann hast du dir im dreckigsten Loch von Düsseldorf eine Bleibe gesucht. Zu dumm, dass du gesehen wurdest.«

»Ein Zufall«, warf Jaensch ein. »Leider einer, der Kampa skeptisch machte und den korruptesten Polizisten von Düsseldorf auf den Plan rief.« Jaensch wischte den Gedanken beiseite. »Genug der Erklärungen. Wenn Sie wollen, dass die Kinder die nächsten Wochen überleben, sagen Sie uns, wo die beiden Wachen postiert sind.«

Diese Information könnte sein Leben kosten … oder retten. Kampa hatte ihn benutzt und im Unklaren gelassen. Es wäre einfach jetzt wegzusehen, Micha zu vergessen und sein Leben weiterzuleben. Doch es ging nicht.

»Sie warten unter dem Vordach der Kinderabteilung. Zwei Männer, gut bewaffnet. Ihr müsst sie lautlos ausschalten.« Wolf sah hoch, drückte seinen Körper durch. »Bindet mich los und ich erledige das für euch.«

Beinahe zeitgleich schüttelten sie mit den Köpfen. Jaensch lachte sogar kurz auf. »Natürlich. Damit Sie uns hinterrücks niederstrecken, Ernst informieren und Ihre 30 Silberlinge kassieren können.«

Charlotte berührte zärtlich seine Brust. »Wir müssen uns beeilen, Arthur. Die Transporter werden bald hier sein und wenn wir wollen, dass alles reibungslos funktioniert, müssen wir die Wachen ausschalten.«

Jaensch griff unter seinen Pullover. Zum Vorschein kam eine Walther PKK. »Bleib bei ihm, ich werde mich darum kümmern.«

»Nein«, erwiderte Charlotte schroff, »es muss leise geschehen, wie bei ihm.«

Schon zog sie zwei Spritzen auf. Die beiden Soldaten waren nicht leicht zu überwältigen. Wenn Charlotte und Jaensch allerdings nah genug an die SS-Männer herankämen und sie auf diese Weise ausgeschaltet wurden, hatten sie tatsächlich eine Chance. Blieb nur noch eine Frage.

»Und was geschieht mit mir?«

Jaensch lud seine Waffe durch. »Um dich kümmern wir uns später.«

KAPITEL 14

- ENTSCHEIDUNGEN -

Das Gespräch wog schwer.

Als die beiden gingen, wünschte sich Wolf, dass sie ihn von diesen Fesseln befreit und mitgenommen hätten. Eine zierliche Frau und ein Arzt gegen die beiden Soldaten, die Kampa persönlich ausgesucht hatte. Auch wenn sie das Überraschungsmoment auf ihrer Seite hatten, musste sie schnell und leise vorgehen. Ansonsten würden innerhalb von Minuten alle Wachkräfte und Pfleger der Anstalt über sie herfallen. Er selbst wäre fein raus, wenn sie ihn gefesselt vorfanden. Nur Micha und den anderen Kindern wäre der Tod gewiss. Der Junge erinnerte ihn an seinen Bruder.

Wo er heute wohl wäre, wenn sein Vater ihn nicht mit dem Kopf gegen die Wand geschlagen hätte? Leo war immer klüger als er gewesen. Bestimmt würde er eine große Firma leiten oder wäre ein hoher Beamter geworden. Nicht so wie Wolf, der sich mit Dieben und Huren einließ. Hatte er sich nicht geschworen, dass er solchem Gesindel das Handwerk legen wollte? Das Unrecht bekämpfen, selbst wenn die Mittel unrecht waren? Er presste die Lider zusammen, als er an seinen Bruder dachte. Eine Träne löste sich langsam und suchte sich den Weg über sein vernarbtes Gesicht. Leos Blick war damals leer, der Körper schon fast kalt gewesen, als er schließlich mit dem Arzt zurückgekehrt war. Helfen hatte er seinem kleinen Bruder beileibe nicht mehr können. Micha und die anderen Kinder, die wenige Steinwürfe entfernt schliefen, waren jetzt in seinem Alter. Sie würde das gleiche Schicksal ereilen. Nur langsamer, schmerzhafter und grausamer.

Sein Leben lang war er den einfachen Weg gegangen. Nun war es an der Zeit, ein paar Steine aus dem Weg zu räumen und die richtigen Verbrecher zu jagen. Wut flammte in ihm auf und er spannte seine Muskeln an. Wenn er noch irgendwie sein Schicksal ändern wollte, musste er sich von diesen Fesseln befreien. Sein Rücken schmerzte, die Glieder brannten, das Atmen fiel ihm schwer – alles gleichgültig.

Wenn dir die Kinder nur einen Pfifferling wert sind, musst du dich bewegen, alter Mann!

Wolf ächzte vor Anstrengung. Speichel lief ihm aus dem Mund, er spürte, wie die Seile in die Haut seiner Handgelenke schnitten. Gleichgültig – eine unbändige Macht trieb ihn an, ein Eid, den er vor vielen Jahren geleistet hatte. Wolf ignorierte die Schmerzen und presste seine Beine nach oben. Nur mit Mühe erreichte er die Kerze. Die Bauchmuskeln hatten längst noch nicht zu alter Stärke zurückgefunden. Es war eine Tortur, die Füße so ruhig wie nur eben möglich über der kleinen Flamme zu halten. Gemächlich fraß sich das Feuer durch die Fasern. Seine Hosenbeine wurden angesengt, als endlich das erste Seil gesprengt war. Erschöpft keuchte Wolf auf. Zumindest seine Beine konnte er nun bewegen. Das war der einfache Teil gewesen. Dieselbe Prozedur noch einmal blind hinter seinem Rücken zu wiederholen, durfte ungemein schwieriger werden. Ungelenk schaffte er es auf die Füße, musste sich dabei mit dem Rücken an der kargen Wand abstützen. Mist, die Wunden waren wieder aufgegangen. Er spürte, wie eine warme Flüssigkeit seinen Körper herablief.

Würde er die Wunden überhaupt noch einmal versorgen können? Der Ausgang des heutigen Morgens war so ungewiss wie die Nacht finster. Wolf zog hastig Luft in seine Lungen, während er hinterrücks die Hände über die Kerze hielt. Er spürte die Hitze an seinen Gelenken, vernahm, wie das Feuer immer mehr Nahrung fand. Mit letzter, verbliebener Kraft presste er die Arme auseinander. Schmerz zog sich durch seinen Leib. Er biss auf die Zähne und versuchte seine Arme ruhig zu halten.

Komm schon, nur noch ein Stück.

Ihm kam es vor, als müsste er eine Ewigkeit in der Position verharren. Als endlich das Seil riss, stieg ihm der Geruch von verbranntem Menschenfleisch in die Nase. Ihm wurde speiübel, dieser Schmerz ging weit über die Grenze des Aushaltbaren hinaus. Er fiel auf die Knie und betrachtete mit Schrecken seine verbrannten Handgelenke. Die Haut hatte eine weißliche Schicht gebildet, sogar Brandblasen waren zu erkennen. Wolf knurrte wie ein verletztes Tier. Halb in Trance durchsuchte er Charlottes Medikamentensammlung. Der Schmerz schien noch größer zu werden, als er endlich eine Salbe fand. Großflächig trug er sie auf die betroffenen Stellen auf und verband sie dilettantisch. Dazu warf er sich mehrere Tabletten ein. Das musste reichen. Hätte er noch ein wenig mehr aushalten müssen, Wolf wäre in Ohnmacht gefallen, dessen war er sich sicher.

Obschon ihm nicht viel Zeit blieb, gönnte er sich einen Moment der Ruhe, setzte seinen Hut auf und nahm die weggenommenen Utensilien an sich. Die metallischen Geräusche hallten im Keller wider, als er das Magazin der Walther durchlud. Als Letztes wischte er sich die Tränen von der Wange. Wolf war Schmerz gewohnt, doch sich selbst welchen zuzufügen, war selbst für ihn neu. Welche Wahl war ihm geblieben – er musste weitermachen, sich weiter antreiben, wenn er seinen Eid nicht brechen wollte. Schwerfällig erklomm er die Treppe und fand sich schließlich im Innenraum der Kirche wieder. Nicht mehr lange bis zum Morgengrauen. Die Nacht hatte ihm bislang Schutz geboten, doch die Dunkelheit würde nicht ewig währen. Wolf warf einen letzten Blick auf das Kreuz, bevor er die Kirche verließ. Wenn er sonst nichts zu tun hatte, konnte er sich auch gerne ein wenig um ihn kümmern, dachte er und ließ die Tür ins Schloss fallen.

Der Regen prasselte nach wie vor auf den aufgeweichten Boden. Auf dem gepflegten Rasen hatten sich Pfützen gebildet. Wind ließ die Bäume rauschen und machte aus der Anstalt einen Hort der Angst. Sollte die Universum Film AG eine neue Kulisse für einen Schauer-Streifen benötigen, wäre das hier definitiv der richtige Ort.

Wolfs Hals kratzte. Mehrmals musste er husten und auf den Boden spucken. Ihm war schwindelig, die Szenerie um ihn schien zu wanken. Es musste eine fürchterliche Grippe sein, die sich langsam aber sicher durch seinen

Körper fraß. Mit zittrigen Fingern holte er die zylinderförmige Verpackung hervor. Es kostete ihn Überwindung, die Pervitintablette herunterzuschlucken. Als Wolf durch den Schleier des stärker gewordenen Regens die Kinderabteilung erkannte, beschleunigte sich sein Schritt. In geduckter Haltung schlich er um das Gebäude herum. Gut, noch waren die Wachleute und Pfleger anscheinend nicht alarmiert worden. Mit ein wenig Glück hatten es Jaensch und Charlotte tatsächlich geschafft. Er ging um das Gebäude herum und näherte sich dem Vordach von der waldläufigen Seite. Dabei machte er einen großen Bogen, um nicht von den Lichtern des Gebäudes angestrahlt zu werden. Die Finsternis um ihn herum nahm zu. Bald schon konnte er die eigene Hand vor Augen nicht mehr ausmachen. Jeder Schritt war mühselig in dem aufgeweichten Boden. Endlich erkannte er das Vordach.

Tatsächlich – es war den beiden gelungen. Schmadtke und Biesinger lagen am Boden, Charlotte hatte sie betäubt. Das alles übertönende Prasseln des Regens musste ihnen in die Hände gespielt haben. Die beiden knieten über den Männern, überprüften ihren Blutdruck und schienen ihre weitere Vorgehensweise abzusprechen. Gerade als Wolf auf seiner Deckung gehen wollte, erkannte er etwas Merkwürdiges und presste sich nach fester an den Stamm.

»So ein Mist!«

Schatten wurden an die Wände der Kinderabteilung geworfen. Vielleicht waren die beiden doch nicht so vorsichtig gewesen, wie es den Anschein machte. Die betrunkenen Pfleger von vorhin näherten sich mit

Taschenlampen. Die Lichtkegel winkten unstet mit jedem Schritt umher. Dicke Glühwürmchen, die nervös durch die Regennacht tanzten. Wolf ging in Deckung. Nur noch ein paar Meter und sie würden direkt in den Rücken von Charlotte und Jaensch laufen. Wenn er seine Schusswaffe benutzen musste, würde er die halbe Anstalt aufwecken. Zumindest war die Chance dafür groß. Es musste still vor sich gehen und ohne viel Aufsehen.

Wolf griff die Pistole am Lauf. Er bemühte sich im Dunklen zu bleiben, während er sich den beiden näherte. Bald würden sie die Ecke erreicht haben. Nur wenige Meter lagen zwischen ihm und den beiden Pfleger, als diese das Vordach erreichten. Noch immer in geduckter Haltung wollte er abwarten, bis der Schock sie für eine Sekunde lähmte. Sogar durch die Geräusche des Regens konnte er Gesprächsfetzen vernehmen. Er schlich ihnen hinterher, den Körper dicht an das Anstaltsgebäude gedrängt, und meinte sogar ihre Cognacfahne zu riechen. Dann war es so weit.

Fast zeitgleich erstarrten sie und hielten ihre Taschenlampen auf die am Boden liegenden Soldaten. Auch Wolf bog um die Ecke, erkannte die weit aufgerissenen Augen von Jaensch und Charlotte. Noch bevor jemand zu einer Handlung fähig war, schlug er dem kleineren der beiden Pflegern mit voller Wucht den Griff der Pistole über den Hinterkopf. Augenblicklich klappte er zusammen und sackte auf den matschigen Untergrund. Blitzschnell packte er den zweiten am Kragen und donnerte ihn gegen die Häuserwand.

»Bitte«, flehte dieser, »lassen Sie mich gehen.«

Diese Stimme … dies musste der Mann sein, der eben die Kinder malträtiert hatte. Eine Situation, die ihm grausam bekannt vorkam. Noch nie zuvor hatte Wolf in sein Gesicht geblickt und doch wollte er nichts anderes, als dieses zu Brei schlagen. Ein gut aussehender Bursche war er. Bestimmt machte die eine oder andere Schwester in der Nacht die Beine für ihn breit. Er würde ihm das nehmen, was ihm am meisten Freude bereitete.

»Die Füße auseinander«, knurrte Wolf. Sein Gesicht war so nah, dass bei jeder Silbe Speichel auf die Haut des Mannes gespien wurde. Aus dem Augenwinkel erkannte er, wie Jaensch seine Waffe auf ihn gerichtet hatte. Doch das war nicht sein Kampf. Nicht mehr.

»Was … was wollen Sie? Lassen Sie mich einfach gehen, ich werde kein Wort sagen, ich verspreche es.«

»Hat es dir gefallen, die Kinder zu vermöbeln?« Wolf legte mehr Druck in seine Unterarme. »Du sollst die Beine breit machen!«

Der Mann wollte etwas entgegnen, doch Wolfs infernale Kraft erstickte jeden Laut. Nur zögerlich und mit Panik in den Augen gehorchte der Pfleger schließlich.

Nur noch gepresste Laute kamen über seine Lippen. »Wer … wer sind Sie?«

»Der böse Wolf.«

In einer Bewegung zog er sein Knie heftig nach oben. Als der Mann zusammensackte, hielt Wolf ihn an der Mauer. Der Griff um seine Pistole war steinhart, während er mehrmals mit der Waffe in die Weichteile des Mannes schlug. Damit würde er keine Frau mehr beglücken können. Mit geöffnetem Mund und ohne einen Laut von sich zu geben fiel der Mann zu Boden. Breitbeinig stellte Wolf sich über ihn und holte aus. Noch immer hallten die klagenden Schreie der Kinder in seinen Ohren nach. Es war ihm egal, ob dieses Stück Dreck die Nacht überlebte. Der Schlag war präzise ausgeführt und traf exakt das Jochbein. Sofort erstarben die unkontrollierten Bewegungen des Pflegers und eine Spur aus Blut vermischte sich mit dem Regenwasser.

Jaensch kam mit gezogener Waffe näher. »Wolf, was zur Hölle machen Sie hier?« Der Lauf war auf seinen Kopf gerichtet.

Wolf stemmte die Hände in die Hüften, drückte seinen Rücken durch und würdigte Jaensch keines Blickes. »Anscheinend habe ich Ihnen gerade das Leben gerettet. Also, wie schaffen Sie die Kinder hier raus?«

Gerade als Charlotte antworten wollte, vernahmen sie ein Stöhnen. Der Kopf von Scharführer Schmadtke bewegte sich nach links und rechts. Seine Schirmmütze lag einen Meter entfernt, sodass sich das Licht auf seiner Glatze spiegelte.

Sofort richtete Jaensch seine Walther auf den Unteroffizier. »Hast du das Mittel nicht richtig dosiert?«

Erschrocken sah Charlotte auf die Spritze. »Natürlich. Ich habe ihm die volle Dosis verpasst.« Sie kniete sich zu dem Mann, fühlte seinen Puls. »Ich müsste noch einmal zur Kirche, neue Schlafmittel holen.«

»Charlie, uns rennt die Zeit davon.« Jaensch wurde sichtlich nervös, sah zu den Wipfeln der Bäume. »Es dauert nicht mehr lang bis die Sonne aufgeht.«

»Lassen Sie mich richtig dosieren.« Wolf war dieses Gespräch zuwider. Es gab so viele Arten, jemanden mundtot zu machen. Viele waren gefährlich, aber schließlich heiligte der Zweck die Mittel.

Er kniete sich über den Mann und packte Schmadtke am Hals. Benebelt und mit leerem Blick sah ihn der Soldat an.

»Noch eine Geschichte, die du erzählen kannst.«

Der Hieb traf den Mann wie ein Donnerschlag. Sofort kippte Schmadtkes Gesicht zur Seite. Wolf richtete sich auf und schlug den vom Regen vollgesogenen Mantel aus.

»Erneut die Frage: Wie ist der Plan?«

Jaensch ließ seine Waffe langsam sinken, hielt sie allerdings immer noch in Wolfs Richtung.

»Woher wissen wir, dass wir Ihnen trauen können?«

»Wissen Sie nicht«, war seine einfache Antwort. »Wir bringen die Kinder an einen sicheren Ort, dann sehen wir weiter. So einfach ist das.«

Charlotte legte ihre Hand auf Jaenschs Waffe, drückte sie nach unten. »Wenn er uns hätte verraten wollen, wären wir bereits tot.«

»Endlich mal jemand, der mitdenkt.« Anerkennend zwinkerte Wolf ihr zu. »Wie wollt ihr sie außer Landes schaffen und wo werden die Kinder hingebracht?«

Ein letztes Mal wechselten Jaensch und Charlotte Blicke, dann redeten sie endlich offen. »Wir benutzen die Organisation der Regierung«, erklärte sie. »Die grauen Busse der Gemeinnützigen Krankentransport GmbH. Es ist eine Tarnfirma, mit Fahrzeugen der Reichspost ausgestattet. Die Firma ist für die Verlegung der Kinder zuständig und rechnet diese Wege auch noch bei den Eltern ab.« Charlotte fuhr sich durch die nassen Haare. »Es ist einfach pervers. Die GeKrat verwaltet das Vermögen der Opfer, zieht es nach Belieben ein und stellt den Hinterbliebenen auch noch Rechnungen aus, wenn das Kind bereits getötet wurde. Niemand stoppt oder überprüft die Busse, sie haben im ganzen Reich freie Fahrt.«

Kein schlechter Plan. Sie war nicht nur hübsch, sondern hatte anscheinend etwas im Köpfchen. »Und wo wollt ihr sie hinbringen?«

Endlich steckte Jaensch seine Pistole weg. »In die Niederlande. Falls es zum Konflikt kommen wird, hoffen die Bewohner, nicht in Kampfhandlungen verwickelt zu werden, wie damals im Großen Krieg. Größtenteils jedenfalls. Durch meine Kontakte in der Partei gelang es mir, Anstalten ausfindig zu machen, welche die Kinder aufnehmen werden.« Er lächelte angestrengt. »Ich habe viele Freunde dort drüben und selbst die Grenzkontrollen werden kein Problem sein. Bald schon werden zwei Busse vor der Pforte am Südtor sein, gefahren von meinen Männern. Wir müssen lediglich die Kinder durch den Wald eskortieren und sie irgendwie in die Busse schaffen.«

Charlotte fasste die Ledertasche mit den Medikamenten fester. »Ich muss zurück in die Kirche, Arzneien und Kampas Liste einpacken. Wenn sie in seine Hände gerät, war alles umsonst.« Charlotte war bereits auf halbem Weg. »Kümmert euch um die Jungs!«

Jaensch trat nah an Wolf heran. In den Augen des Arztes erkannte er Angst, Zorn und einen kleinen Funken Hoffnung. »Meinen Sie, Sie schaffen das?«

Er war zu weit gegangen, um jetzt noch zurückzukehren. Außerdem hatte er es Leo versprochen. Das Unrecht zu bekämpfen, mit allen ihm zur Verfügung stehenden Mitteln. Selbst wenn es Verrat am eigenen Land bedeuten und mit an Sicherheit grenzender Wahrscheinlichkeit sein Leben kosten würde.

Wolf nickte. »Der morgen bricht an. Sputen wir uns.«

KAPITEL 15

- EXODUS -

»Micha …«

Wolf musste kräftig am dürren Körper rütteln, damit der Kleine endlich seine Augen öffnete. Anstrengung und Untererernährung hatten so endlos an den Kräften gezerrt, dass selbst der aufgeweckteste Junge irgendwann in einen ruhelosen Schlaf fallen musste. »Micha, wach auf!«

Es dauerte, bis sich der Kleine den Schlaf aus den Augen gerieben hatte. »Wolf … du hast mich erschreckt.«

»Diesmal war ich dran.« Er zwang sich ein breites Grinsen ab. »Komm, wir und die anderen machen eine kleine Reise.«

Sofort zuckte der Junge zusammen. Er bekam definitiv mehr von seiner Umwelt mit, als die Ärzte die Menschen glauben lassen wollten. »Ich will nicht weg.«

Vorsichtig nahm Wolf seine Hand. »Dort wird es dir gefallen, glaub mir.« Wie oft hatten die Pfleger ihn schon mit solchen Versprechungen geködert. »Micha, ich und die Frau mit den roten Haaren bringen dich weg von diesem Ort. Keine Schläge mit Gürteln mehr, keine Pillen, von denen du lange schläfst. Na, wie hört sich das an?«

Mit einem zaghaften Nicken stand er auf.

Wolf nahm den Jungen an die Hand. »Das wird ein

richtig großes Abenteuer. Aber was nützt es schon, wenn man so eine Reise alleine macht, oder?« Wolf ging zum nächsten Bett. »Wir müssen alle deine Freunde aufwecken, ganz leise. Und dann schleichen wir uns raus.«

Es kostete Mühe und noch mehr Zeit, die anderen Kinder aus ihrem totenähnlichen Schlaf zu holen. Einige waren sofort wach und folgten beinahe willenlos, andere wiederum musste Wolf beinahe aus dem Bett ziehen.

Das hier ging zu langsam, viel zu langsam. Außerdem nahm der Geräuschpegel mit jedem erwachten Kind zu. Charlotte und Jaensch waren bei Weitem schneller. Nachdem sie die Jungen in ihren Zimmer geweckt hatten und die Kleinen nun in Reih und Glied auf dem Gang standen, drängten sie zu Wolf in den Raum. Sie waren nur zu dritt und hatten Probleme, die Jungen anzuziehen. Bald schon würde ihnen die Dunkelheit keinen Schutz mehr bieten und die ersten Wachmänner ihre Runden drehen.

»Wie viele Kinder hast du?« Charlotte stand der Schweiß auf der Stirn. Ihre Haare klebten an ihrer Wange.

»Ein Dutzend«, antwortete Wolf, nicht minder außer Atem. Gerade zog er einem Jungen die Hose an. Schwerstarbeit, wie er befand. »Sie werden immer unruhiger. Es wird nicht mehr lange dauern, bis jemand auf uns aufmerksam wird.«

Charlotte griff in ihre Tasche. Eine allzu bekannte Arznei kam zum Vorschein. Sie reichte ihm und Jaensch jeweils eine Packung.

»Pervitin?«, schoss es aus Wolf hervor.

»Die Wunderpille von den Tremmlerwerken. Es muntert sie auf, hebt die Stimmung, erhöht die Konzentration und ist hervorragend geeignet, um Asthma oder andere Beschwerden zu lindern.« Sie brach die Tabletten in der Mitte durch und verabreichte den Kindern die Dosis. Fast alle Jungen öffneten augenblicklich den Mund. Eine Lektion, welche die Ärzte ihnen augenscheinlich über die Monate eingeprügelt hatten. »Nur so schaffen wir es durch den Wald. Also, beeil dich.«

Wolf tat es ihr gleich. Mittlerweile hatten sie zwei Dutzend Kinder versorgt. Nur der kleine Micha fehlte.

»Du willst die Pille nicht nehmen?«

Mit Nachdruck schüttelte dieser den Kopf.

»Dann versprich mir aber, dass du ganz still bist und tust, was ich dir sage.«

Micha drückte Wolfs Hand fester. Das genügte ihm als Versprechen. »Gut, du kommst mit mir an die Spitze, denn wir beiden sind die Chefs des Abenteuers.« Die Worte zauberten ein kurzes Lächeln auf die Lippen des Jungen, während er brav und wie einstudiert den Hitlergruß vollführte. Die anderen Kinder nahmen sich an der Hand und standen in Reih und Glied auf dem Flur. Als Wolf die Zimmer überprüfte, huschten ihm die Augenpaare hinterher.

»Waren das alle?«

»Ja, und mehr Kapazitäten haben wir in den Bussen nicht.« Jaensch wirkte nervös, sah auf die Uhr. »Wir sind jetzt schon 15 Minuten zu spät.«

Vielleicht war er ein guter Arzt, aber bei solchen Unternehmungen wirkte der Mann seltsam hilflos. Wolf fragte sich, ob er bereit wäre, im Notfall jemanden zu erschießen. »Jaensch, bleiben Sie am Ende des Trosses.

Ich bilde den Anfang, Charlotte hält in der Mitte alles zusammen.«

Die beiden nickten, setzten sich sofort in Bewegung. Fast hatte Wolf das Gefühl, als seien sie dankbar, dass er das Kommando übernahm.

Endlich konnten sie die Anstalt verlassen. Wolf wunderte sich, wie ruhig die Kinder Schritt hielten. Mit den entwendeten Schlüsseln von den Pflegern gelangten sie durch die große Schwenktür ins Freie. Jetzt begann der schwierige Teil. Am Horizont konnte er bereits die Morgenröte erkennen. Wolf hatte nicht die geringste Ahnung, wann der Schichtwechsel bevorstand, allerdings konnte es nicht mehr lange dauern, bevor es hier von Wachmannschaften, Pflegern und Ärzten nur so wimmelte. Ohne es zu wollen, fasste Wolf Michas Hand fester. Viele Füße knirschten über den Kiesweg. Er versuchte seine Stimme fest klingen zu lassen.

»Wir gehen jetzt in den Wald und schon ist das Abenteuer in vollem Gang!«

»Ich will nicht in den Wald«, flüsterte Micha, ohne das Tempo zu reduzieren. »Dort ist es gruselig.«

»Aber auch spannend!« Wolf sah sich um. Jetzt, wo sie langsam den Kiesweg verließen und der Wald näher rückte, verhielten die Kinder sich nicht mehr so ruhig, doch noch schafften sie es, schnell voranzukommen. Jaensch trug zwei Jungen auf den Armen und auch Charlotte hielt ein besonders schwaches Kind hoch, während sie auf die Kleinen einredete. Wenigstens lief keiner von ihnen weg oder fing an zu schreien. In was für ein Himmelfahrtskommando war Wolf da nur hineingeraten?

Mit nur drei Taschenlampen kämpften sie sich durch den Wald. Vor nackter Angst wurden die Kinder ruhiger, Wimmern fügte sich zu den raschelnden Geräuschen der Bäume. Selbst Wolf bekam es mit der Furcht zu tun, erwartete hinter jedem Stamm einen Feind.

Wolf war nicht imstande weit zu blicken. Morgennebel machte aus dem Forst eine undurchsichtige Brühe. Keine zehn Meter vor ihm knackten Äste, es folgten hastige Bewegungen.

Micha presste sich noch stärker an seinen Beschützer. »Ich habe Angst, Wolf.«

»Das musst du nicht, das war nur ein Hase.« Er sah auf den Jungen herab, streichelte über dessen Kopf. »Du weißt doch, Hasen haben Angst vor bösen Wölfen.«

Micha und die anderen Kindern waren still vor Grauen. Wer konnte es ihnen verübeln? Die Reste ihrer Drogendosis pumpte noch durch ihre Adern, sie waren von ihren Eltern getrennt und nachts von Fremden geweckt worden, um sich in den Wald führen zu lassen. Wer würde nicht zittern und hoffen, dass dieser Albtraum bald vorüber war? Es half nichts, sie mussten dringend weiterkommen. Noch hielten seine Mitstreiter den Zug zusammen. Wolf überlegte, wie lange ihnen das Glück hold blieb, und zwang sich weiter einen Fuß nach dem anderen in den aufgeweichten Boden zu setzen. Endlich verzog sich der Nebel ein Stück weit. Wolf traute seinen Augen kaum. Er konnte endlich das Tor erkennen. Sollte Fortuna ihm wirklich eine Gefälligkeit erweisen?

Freudig erregt beschleunigte er nochmals seinen Schritt. Wieder ein Knacken in der Nacht. Der Wald schien mit ihnen zu spielen. Wolf spürte, wie Micha ihn zu sich herabzog. »Ist das auch ein Hase?«

Doch für einen Hasen war der Schatten vor ihnen zu groß und behäbig. »Leider nein.« Ohne Hilfe des Kleinen hätte er die Silhouetten nicht erkannt. Wolf richtete seine Waffe auf die Schatten und leuchtete die Baumstämme ab.

»Bleib hier.«

Gleichgültig welcher Jäger sich dort am Waldrand kurz vor ihrem Ziel versteckte, Wolf würde ihm nicht den Gefallen tun, ein leichtes Opfer abzugeben. Mit einer Handbewegung wies er die Gruppe an stehen zu bleiben, ging in Deckung und gab Micha die Taschenlampe. Es war ein gewagter Plan, doch besser als weiter den matschigen Weg zu beschreiten und kurz vorher ins Kreuzfeuer zu geraten. Seine Lunge brannte, während er einen großen Bogen durch den Wald machte. Äste schlugen in sein Gesicht, Dornbüsche erschwerten jeden Schritt. Micha hatte gute Augen. Keine 20 Meter vor der Gruppe pressten zwei Männer ihre Körper gegen die Bäume. Jetzt musste es schnell gehen. Wolf hielt den Atem an, näherte sich hinterrücks. Sie sahen ihn nicht kommen, als er dem einen die Pistole aus der Hand schlug und den Lauf seiner Waffe an die Schläfe des anderen hielt.

»Ins Licht«, sagte er mit so viel kühler Überzeugung in der Stimme wie er nur aufbringen konnte.

Die Männer hoben die Hände und gingen voran. Würden sie Dummheiten machen, konnte er ihnen immer noch zwei Kugeln verpassen. Erst als die Taschenlampe des kleinen Micha ihre Gesichter anleuchtete, erkannte

Wolf, wen er da vor sich hatte. »Was sucht ihr beiden Halunken hier?«

Er hätte sich denken können, dass Jaensch seine Privatarmee für diesen Auftrag engagiert hatte. Ihre erste Bekanntschaft war alles andere als erfreulich gewesen. Schmerzhaft dachte Wolf an die Begegnung im leer stehenden Haus in Düsseldorf zurück.

Das arrogante Lächeln des Anführers dieses Packs war immer noch nicht von seinen Lippen gewichen. »Auftrag von Jaensch!« Der andere rieb sich über den dicken Verband an seinem Kopf.

»Wolf, das sind doch meine Männer!« Endlich kam der Arzt aus der Dunkelheit, schüttelte den beiden die Hände. »Sind die anderen bei den Bussen?«

»Wie befohlen, Boss. Es ist alles bereit.«

Obwohl sein Magen schmerzhaft krampfte, konnte Wolf nicht verhehlen, dass er froh war, die beiden zu sehen. Etwas Unterstützung würde nicht schaden.

»Tut es noch sehr weh?«, wollte Wolf wissen, deutete auf den Verband und gab den beiden ihre Waffen zurück.

Der Mann deutete auf Wolfs Kopf. »Und bei dir?«

Damit war alles gesagt und die Männer schlossen sich dem Tross an. Am Tor angekommen, zog Wolf es kräftig zu sich.

»Es ist offen!«

Jaensch schien ein Stein vom Herz zu fallen und klopfte Wolf auf die Schulter. »Und dort hinten stehen die Busse. Wir haben es geschafft.«

Als sie das Anstaltsgelände verließen, beruhigte sich Wolfs Herzschlag unmittelbar. Als Erster erreichte er die grauen Busse der Gemeinnützigen Krankentransport GmbH. Auf dem Mercedes prangerte das Emblem der Reichspost in dicker, geschwungener Schrift. Quietschend gab die Seitentür nach. Kein neueres Modell, aber für ihre Zwecke würde es vollends reichen. Nur eine Kleinigkeit ließ Wolf stutzig werden.

»Wo sind Ihre Fahrer?«, wollte er an Jaensch gewandt wissen, als sie die Kinder auf die Busse verteilten.

Mehrmals leuchtete der Arzt in den Wald und über den geschwungenen Pfad, der von der Anstalt wegführte. Das Gehölz schien das aufkommende Licht zu schlucken, ganz so, als weigerte es sich, den Tag triumphieren zu lassen. Seine Männer zuckten mit den Schultern.

»Sie müssten eigentlich hier sein, immerhin haben sie uns das Tor geöffnet.«

Charlotte half den letzten Kindern beim Einsteigen. »Arthur, die Zündschlüssel stecken noch. Haben deine Kontaktleute sich zur Sicherheit im Wald versteckt?«

Das ungute Gefühl in Wolfs Magengegend nahm zu. »Unwichtig, wo sie sind. Hauptsache, wir erfüllen unsere Aufgabe.« Gemeinsam leuchteten sie den Wald ab. »Lasst uns hier abhauen.«

Gerade als er den Satz beendet hatte, erhellte ein Lichtkegel die Busse vor ihnen. Zwei Fahrzeuge näherten sich gemächlich.

Sofort ging die Gruppe in Deckung. Pistolenläufe wurden hochgehalten, als die Wagen einen Steinwurf entfernt vor ihnen stoppten.

»Ihre Leute?«, wollte Wolf wissen, die Pistole auf die Neuankömmlinge gerichtet.

Jaensch trat näher an ihn heran. »Möglich, sonst besaß niemand Kenntnis von der Aktion.«

Neugierig lehnte sich Micha aus dem Wagen und musste von Wolf zurückgedrängt werden. »Bleibt schön hier. Gleichgültig, was geschieht.« Wolf versuchte zu lächeln, was ihm fürchterlich misslang. »Immerhin hast du es versprochen, oder?«

»'tschuldigung«, murmelte der Kleine und setzte sich auf seinen Platz.

Wolf drehte sich zu den Wagen, musste die Hand vor die Augen halten, um nicht geblendet zu werden. Scheinwerfer tunkten den Nebel und die Kulisse in ein tristes Weiß.

»Wer ist da?« Seine Stimme hallte durch das Dickicht. Wolf stellte sich vor den ersten Bus, die Walther fest in der Hand. Keine Antwort. »Wer zum Teufel ist da?«

»Jemand, der Sie an Ihre Übereinkunft erinnern will!«

Diese Stimme! Das konnte nicht sein.

Wie durch ein lautloses Kommando öffneten sich die Wagentüren. Automatische Gewehre wurden durchgeladen und plötzlich erkannte Wolf, dass die Falle zugeschnappt war. Vier von Kampas Männern gingen an den geöffneten Türen der Wagen in Stellung, vier weitere kamen aus dem Wald.

»Kampa!« Er spie die Worte aus. Woher wusste dieses Aas, wo er suchen sollte? Dass seine beiden Männer ihn informiert hatten, war ausgeschlossen. Wolf schloss für einen Moment die Augen. Ein schrecklicher Verdacht keimte auf und er hoffte inständig, dass er sich irrte.

Ein Luftstoß spielte mit dem langen Mantel des SS-Offiziers, als er aus dem Wagen stieg. Gemächlich ging er auf sie zu. Vom Lichtkegel der Automobile angeschienen, warf er einen langen Schatten. Er wirkte zufrieden, obwohl seine Lippen nur einen dünnen Strich formten.

»Schon vergessen, Wolf? Wir hatten eine Abmachung.« Kampa sah zu Jaensch. Er griff an seine Schirmmütze, deutete eine Begrüßung an. »Guten Morgen, Arthur. Es ist schön, dich wiederzusehen, wenn auch die Umstände etwas … außergewöhnlich sind. Verzeih mir bitte, dass ich deine Männer unschädlich machen musste, aber sie waren mir im Weg. Ihre Leichen findest du etwas tiefer im Wald.« Der Blick des Mannes wanderte weiter zu Charlotte. Er beäugte sie von oben bis unten. »Wie ich sehe, habt ihr beiden eure Beziehung intensiviert. Meine Liebe, hast du etwa ein paar Kilo zugenommen?«

Charlotte schloss die Tür des Busses. Wie einen Schatz hielt sie die Tasche mit Arzneien vor der Brust und presste sich an das Metall. »Du Teufel hast versucht mich umzubringen!«

»Das ist nicht meine Schuld!«, entgegnete er mit weit geöffneten Armen. »Hättest du mir deine Blutschande eher gebeichtet, wäre es nie so weit gekommen. Ich musste dir erst einen Ring an den Finger stecken, bevor du mit der Wahrheit herausgerückt bist. Auch du wirst sicherlich verstehen, dass unsere … Verbindung nur hinderlich für meine Pläne sein würde.« Er spuckte auf den Boden. »Eine Halbjüdin … ich hätte es wissen müssen.«

»Deine Pläne? Du sprichst von organisiertem Massenmord! Die vielen Telefonate, deine Planung, sogar deinen gesamten Briefverkehr, ich habe alles mitbekommen.«

Kampa legte die Fingerkuppen aneinander. »Und trotzdem bist du bis zum Ende bei mir geblieben. Aber sag mir, wie lange geht die Sache zwischen dir und Arthur schon? Geahnt habe ich es immer. Ist es nun eine Beziehung aus Gründen desselben schändlichen Gedankenguts oder tatsächliche Liebe?«

»Das geht dich nichts mehr an, du Bestie!«

Charlotte war kaum mehr zu halten, musste von Jaensch zurückgehalten werden. Dieser stellte sich schützend vor seine Geliebte, den Lauf seiner Waffe auf Kampa gerichtet. »Lass sie in Ruhe, Ernst. Du willst deine Liste zurück, nehme ich an. Das Ganze wird folgendermaßen vonstatten gehen: Wir steigen jetzt in diese Busse und du wirst uns freies Geleit geben. Anschließend werden wir dich kontaktieren und über den Aufenthaltsort des Schriftstücks in Kenntnis setzen.«

Kampa kniff die Augen zusammen, wiegte seinen Kopf hin und her, als denke er nach. »Nein, kein annehmbarer Vorschlag. Ich könnte auch einfach jeden einzelnen von euch erschießen lassen oder anfangen die Kinder zu exekutieren, bis Sie oder Charlotte mir verraten, wo die Liste ist. Aber das ist beileibe nicht mein Stil.«

Als Kampa mit den Fingern schnippte, kam Wolf das Geräusch unendlich laut vor. Einer seiner Männer öffnete die Tür des Wagens, zog zwei Gestalten heraus und stellte sie auf die Beine. Noch bevor der Mann sie ans Licht zu Kampa gezogen hatte, war Wolf bewusst, wer seine Gefangenen waren.

Oh Helene, in was habe ich dich da nur hineingezogen!

Genüsslich öffnete Kampa ihren Mundknebel und löste auch die Fixierung ihrer Arme. Klara hingegen hatte keine Fesseln angelegt bekommen. Wolfs dunkle Vorahnung bestätigte sich.

»Sie selbst waren so nett und haben mir den entscheidenden Hinweis gegeben«, erklärte Kampa und strich mit zwei Fingern über Klaras Wangen.

Sie lächelte. Das sagte alles.

Du Narr.

Erst langsam fanden die Erinnerungen den Weg in seinen Geist zurück. Beschwipst von Gier und Lust hatte er ihr verraten, wo ihn Kampas Männer hinbringen würden. Er hatte sogar treudoof an der Theke gesessen, als sie in jener Nacht von dem Offizier zurückgekehrt war. Wolf hätte sich ohrfeigen können für diese Dummheit. Wie konnte er nur so blind gewesen sein!

»Die junge Dame war so freundlich, mir ihre Augen zu leihen, was den Stand der Ermittlungen betrifft.« Gefühlvoll legte er seine Hand auf ihren Kopf und küsste sie am Hals. »Ich kann unverhohlen sagen, dass sie ihre Sache gut gemacht hat. Nach ihren hervorragenden Informationen war es ein Leichtes, Posten in der Gegend aufzustellen und die Busse zu verfolgen.« Kampa deutete eine Verbeugung in Richtung Jaensch an. »Ich muss schon sagen, Arthur … die Busse der GeKrat GmbH für ein solches Unterfangen zu benutzen … kein schlechter Einfall.«

»Fahr zur Hölle, Ernst.«

»Nein, danke«, erwiderte Kampa freundlich, als hätte man ihm Tee angeboten, und streichelte über Klaras Arm.

»Und das alles nur, weil mein kleines Vöglein so fleißig gezwitschert hat.«

Das Mädchen nestelte an ihrem Kleid. »Wolf, es tut mir leid. Aber ich liebe ihn und er liebt mich.« Sie lächelte hoffnungsvoll. Ihre Augen baten um Verständnis. »Wir werden bald heiraten, er hat es mir versprochen.«

Wolf hätte schwören können, dass er einen abfälligen Seufzer von Charlotte vernahm.

Auch Helene war kaum mehr zu halten. »Halt deinen dummen Mund, du naives Gör!« Lene holte mit der flachen Hand aus. Eine schallende Ohrfeige hallte im Wald wider. Kampa ließ sie amüsiert gewähren und Helene ihren Wutanfall.

»Er hat dich benutzt. Glaubst du wirklich, dass er dich ehelichen wird? Alles hast du mir zu verdanken. Ich habe dich aufgelesen, als niemand da war, und so dankst du es mir?«

Schließlich wurde es dem Arzt zu viel. Kampa hielt Helene fest im Griff und zog sie zurück.

»Sie hat nichts damit zu tun«, knurrte Wolf, wohl wissend, dass dieser lächerliche Versuch nichts bringen würde.

»Wolf«, schrie Helene und wollte sich losreißen. »Konntest du dein Ding nicht ein Mal im Zaum halten?«

Wie recht sie hatte. Ihre Befreiungsversuche erstarben, als Kampa ein Messer aus der Innentasche seines Mantels holte und es an ihre Kehle hielt. Langsam, als wolle er jede Nuance dieses Moments in sich aufsaugen, stach er in ihr Fleisch. Lediglich ein kleines Rinnsal Blut suchte sich den Weg zu ihrem Dekolleté. Es reichte aus, um seine Drohung zu verdeutlichen.

»Diese Dame bedeutet Ihnen etwas, wenn ich mich nicht irre?« Er stellte sich federnd auf die Zehenspitzen, lugte in den Bus. »Aber lassen Sie uns diesen kleinen Disput beenden. Ich möchte mich großzügig zeigen, wir sind ja alle keine Unmenschen. Geben Sie mir die Liste, ich werde den Namen aller anwesenden Burschen von derselbigen streichen. Mehr noch: Sie und Ihre geliebte Helene dürfen die Busse besteigen, die Kinder an ihr Ziel bringen und Ihres Lebens froh werden. Ich habe keine Einwände.« Er drehte das Messer, sodass die stumpfe Seite gegen ihren Hals drückte und die Klinge nicht mehr in ihre Haut stach. »Das Einzige, das ich von Ihnen verlange, ist die Herausgabe der Liste. Natürlich werden mich meine ehemalige Verlobte und Dr. Jaensch ebenfalls begleiten. Aus Sicherheitsgründen, versteht sich.« Dann sah er zu Jaensch. »Arthur, wenn du deine Männer und die Kinder retten willst, wäre jetzt der richtige Zeitpunkt, um Größe zu zeigen.«

Jaensch blinzelte, als habe sich Kampa in einer anderen Sprache ausgedrückt. »Du redest von Größe? Ich darf dich daran erinnern, auch du hast einen Eid geschworen. ›Ärztliche Verordnungen werde ich treffen zum Nutzen der Kranken nach meiner Fähigkeit und meinem Urteil, hüten aber werde ich mich davor, sie zum Schaden und in unrechter Weise anzuwenden.‹«, zitierte er aus dem Gedächtnis. »Erinnerst du dich?«

»Natürlich tue ich das. Wer, der ihn einmal schwor, könnte den hippokratischen Eid vergessen?« Kampa trat einen Schritt näher. »Aber befolge ich meinen Schwur denn nicht? Zählt nicht das Leben des Volkes und die Reinheit des Blutes mehr als die Einzelschicksale von ein paar Schwachsinnigen? Was wäre, wenn sie ihr Erbgut überall verbreiten dürften? Es wäre nichts anderes als eine Schwächung des Volkes. Nur das Erbe des Stärksten darf auf dieser Welt Bestand haben. Diesmal irrst du, Ernst! Ich wende Schaden von den Menschen ab, während du den Blick für die Realität, für das große Ganze verloren hast. Ich tue der Menschheit einen Gefallen und heile sie von dieser Krankheit.«

»Charlotte hat recht. Du bist eine Bestie.« Jaensch schüttelte mit dem Kopf, fuhr sich mit der freien Hand über den Spitzbart. »Und das impliziert den Mord an Tausenden von Kindern?«

»Millionen, wenn es sein muss!« Er schrie die Worte heraus.

Wolf sah sich um. Die Jungs in den Bussen wurden immer unruhiger. Wussten sie, welches Schicksal diese Welt für sie bereithielt, wenn er versagte?

Kampa ließ von Helene ab und streckte Wolf die Hand entgegen. »Deshalb brauche ich die Liste. Da wir alle nicht wollen, dass diese Situation in einem Blutbad endet, würde ich nun bitten, mir diese zu übergeben oder zu sagen, wo sie sich befindet.«

Wolf hatte das Gefühl, als würde die Zeit langsamer laufen. Der Schmiss des Mannes schimmerte weißlich im hellen Licht, seine Augen glänzten. Er würde sie alle belügen, um seinen Zielen näher zu kommen. Wolf kannte Menschen wie ihn. Nichts würde ihn mehr davon abhalten, das Feuer zu eröffnen, sobald er seine wertvolle Liste endlich in den Händen hielt. Vielleicht würde er sie wirklich fahren lassen. Nur, um dann einen nach dem anderen aufzuspüren. Sein Weg nach Berlin wäre mit Leichen gepflastert, doch ihm war es gleichgültig. Sie alle waren Menschen, die zu viel wussten. Zeugen, die es zu beseitigen galt.

»Genug der Worte.« Wolf ließ seine Pistole in den Hosenbund gleiten und stapfte auf Charlotte zu.

Erschrocken sah sie ihn an, als er sie an den Bus drückte und ihr die Tasche aus der Hand riss.

»Was machen Sie da?« Jetzt war auch Jaenschs Pistolenlauf auf ihn gerichtet.

Wolf ließ sich nicht beirren, nahm die Liste an sich und warf Charlotte die Tasche mit den Medikamenten zu. Ganz zu Kampas Wohlwollen.

»Ah, ein Mann der Tat. Sehen Sie, so werden wir uns doch noch handelseinig. Ich habe nie an Ihnen gezweifelt.«

»Das sollten Sie aber. Ich bin niemand, dem man vertrauen kann.« In einer Handbewegung zog Wolf das Feuerzeug aus der Innentasche, entzündete es und hielt die Flamme unter die Liste. Fest sah er dem Offizier in die Augen. »›Für Ernst. In Liebe, Charlie.‹ Kommt Ihnen das bekannt vor?«

Kampas Augen weiteten sich, er ließ das Messer sinken, machte noch einen Schritt auf Wolf zu. »Ich würde Ihnen raten, jetzt keine voreiligen Entscheidungen zu treffen. Lassen Sie uns darüber reden.«

»Ja, das könnt ihr Ärzte. Reden.« Die Flamme versengte bereits die ersten Schriftstücke. »Jaensch wird die Waffen Ihrer Männer einsammeln und sie in den Bus legen, dann fahren wir und Sie bekommen die Liste.«

Kampas diabolisches Grinsen machte Wolf nervös. Er zog eine Augenbraue nach oben. »Diese ganze Arbeit, alles umsonst. Sie unterschätzen beileibe den Wert dieser Liste. Zu schade drum.« Er drehte sich zu seinen Männern um. »Erschießt sie!«

Als die ersten Schüsse im Morgengrauen krachten, konnte sich Wolf gerade noch gegen die Tür des Wagens werfen. Auch Jaenschs Truppen eröffneten das Feuer. Aus dem Augenwinkel erkannte er, wie zwei von Kampas Männern auf der Stelle tot waren. Auch der Körper des Mannes, den er vor zwei Tagen mit der Faust niedergestreckt hatte, kippte regungslos zu Boden.

Die Kinder begannen zu schreien, suchten Schutz auf dem Boden des Fahrzeugs. Wolf bekam Charlotte gerade so zu fassen und drückte sie in das Innere des Wagens.

»Beruhige die Kinder! Ich hoffe, du kannst so ein Ding fahren. Zur Not musst du durch die Absperrung von Kampas Wagen brechen.«

Ihr Atem ging so schnell, dass Wolf befürchtete, sie würde gleich umkippen. Er wartete ihre Antwort gar nicht mehr ab und schloss die Tür.

Wolf hatte den Überblick verloren. Wie viele von ihnen waren noch am Leben? Einfach in den Wald hasten wäre riskant und die Kinder wären mit dieser Flucht des Todes. Nein, die Sache musste geklärt werden – hier und jetzt.

Wolf sah sich um. Jaensch hielt seine Pistole fest umklammert, er bewegte sich kein Stück, sondern presste seinen Rücken gegen den Bus und zitterte.

Zwei Schüsse in die Richtung von Kampas Wagen müssten genügen, damit Wolf zu ihm hechten konnte.

»Jaensch, gehen Sie auf die andere Seite und geben Sie uns dort Feuerschutz!« Es dauerte, bis der Arzt ihn ansah. »Haben Sie mich verstanden?«

Endlich ein hastiges Nicken. Der Mann setzte sich in Bewegung, gefolgt von Wolfs Blick. Sie durften sich um alles in der Welt nicht einkreisen lassen. Nur ein geübtes Auge erkannte die Schatten im Wald. Wie Wolf selbst einige Minuten zuvor, gingen auch die Angreifer einen großes Kreis um die Gruppe herum, waren beinahe schon am zweiten Bus, um dieser in den Rücken zu fallen. Und das nur wenige Meter vom Arzt entfernt, den Wolf eben genau dorthingeschickt hatte.

»Jaensch!« Wolf schrie sich die Seele aus dem Leib. Zwei Geschosse schlugen vor ihm ein. »Jaensch, die Männer!«

Es nutzte nichts. Der Arzt ging seinen Weg so unbeirrt wie blind. Kurz sah Wolf zum Anführer von Jaenschs Gruppe. Der Mann war ein geübter Kämpfer, hielt Kampas Soldaten allein in Schach. Er musste es wagen, verdammt!

Sein Körper rebellierte, als er einen Sprint zum zweiten Bus ansetzte. Auch hier waren die Kinder klug genug, sich auf dem Boden zu verstecken. Ein Schütze hatte ihn aufs Korn genommen, die zischenden Projektile flogen nur wenige Zentimeter an ihm vorbei. Mit einem gewagten Sprung rettete er sich hinter das Metall des Busses. Wolf schrie vor Schmerz, als sein geschundener Körper aufschlug. Ihm blieb keine Zeit zum Nachdenken. Er stützte sich im Schlamm ab und schlich hinter den Transporter. Wo zum Teufel waren diese Mistkerle? Seine Sinne waren gespannt wie Klaviersaiten. Hastig suchte er den Wald ab. Erst ein Klopfen riss ihn aus seinen Gedanken. Eines der Kinder deutete mit dem Finger auf die andere Seite. Wolf nickte, wies den Jungen an, sich wieder hinzusetzen. Dann lugte er um die Ecke. Der Soldat hatte bereits Aufstellung bezogen. Nur noch wenige Momente und er hatte freies Schussfeld auf den ersten Bus.

Wolf steckte die Pistole weg, schlich sich an den Mann heran. Bevor dieser reagieren konnte, legte er seine massigen Arme um den Kopf des anderen und drehte ihn ruckartig. Das Knacken des Genicks fuhr ihm durch Mark und Bein, während der Körper schlaff auf den aufgeweichten Boden sank. Erst als er den Leichnam wendete, um das Gewehr an sich zu nehmen, erkannte Wolf den Soldaten, der damals an Charlottes Grab Wache gehalten und ihm Kaffee gereicht hatte. Armer Tropf. Wolf hatte keine Ahnung, wer er war oder was ihn dazu bewogen hatte, sich Kampas Privatarmee anzuschließen. Immerhin war sein Tod lautlos, ohne Schmerzen. Es gab schlechtere Arten zu sterben. Wolf ging in die Knie, lud das Gewehr durch. Ein Schrei vom ersten Bus ließ ihn aufhorchen. Erst war er hell und spitz, um dann ins gurgelnd-röchelnde überzugehen. Wolf musste gar nicht aufschauen, um zu wissen, was gerade passiert war. Sie hatten ihren letzten Verteidiger verloren. Im ersten Licht des Tages konnte er erkennen, wie der Anführer von Jaenschs Schlägern zuckend am Boden lag. Zwei SS-Soldaten setzten augenblicklich nach. Sie ließen ihn nicht leiden und schossen ihm direkt in den Kopf. Als die Soldaten zwei weitere Schritte auf ihn zu machten, hob Wolf das Gewehr.

Die erste Salve fand ihr Ziel in der Brust des einen Soldaten. Das Schwarz seiner Uniform verfärbte sich mit einem dunklen Ton. Der andere Mann kippte ebenfalls um. Seine Körperfunktionen kamen nicht direkt zum Erliegen. Wie eine Spinne, der man drei Beine ausgerissen hatte, strampelte er im feuchten Schlamm.

So ein Mist! Er hatte nur den Hals getroffen. Eine dicke Fontäne Blut wurde rhythmisch hochgepumpt und färbte den Boden rot. Wolf spähte in alle Richtungen. Die Kämpfenden waren verstreut. Wahrscheinlich war Jaensch in den Wald geflüchtet. Er musste es einfach versuchen. Der Schmerz wurde übermächtig, als er mit dem Gewehr im Anschlug zum ersten Bus lief. Zwei Schüsse setzten den Bewegungen des SS-Mannes ein Ende. Als er aufblickte, traf ihn der Schlag.

Wieso um alles in der Welt war diese Tür geöffnet? Die Kinder lagen immer noch brav am Boden, die Arme fest über den Kopf gepresst. Einzig Micha sah auf.

»Wo ist die Frau mit den roten Haaren?«

»Gegangen«, winselte Micha und wischte sich die Tränen von der Wange. Erst jetzt erkannte Wolf, warum er vor Angst weinte.

Drei Kinder im vorderen Teil des Busses waren Opfer der Kugeln geworden. Für sie konnte er nichts mehr tun.

Wolf griff sich an die Seite. Wieso hatte er solche Schmerzen, dass jede Bewegung Höllenqualen verursachte? »Bleib einfach weiter liegen.«

Ruckartig schloss er die Tür. Obwohl sein Herz das Blut im Akkord durch den Körper pumpte, zwang ihn ein Schwindelgefühl auf die Knie. Wolf atmete zweimal durch, versuchte seines Körpers Herr zu werden und schaffte es wieder auf die Beine. Schwäche und Schwindel trieben seinen Leib an das Metall des Wagens. Überall lagen Leichen. Selbst das Regenwasser in den Pfützen hatte eine rote Nuance angenommen. Seine Füße schleppten ihn durch ein Schlachtfeld. Er war allein, Charlotte und Jaensch waren wahrscheinlich tot. Lene und Klara ebenfalls. Wie er Kampa kannte, hatte dieser Bastard es irgendwie geschafft zu überleben. Wolf hatte versagt.

Er wurde müde. Obwohl es mit jeder Minute heller wurde, griff die Dunkelheit nach ihm. Der Wind fegte die Asche der Liste weg. Sie hatte lichterloh gebrannt. Nichts war mehr übrig von dieser Todesaufstellung. Wenigstens diesen kleinen Sieg konnte er verbuchen. Erst das allzu bekannte Durchladen einer Waffe ließ seine Sinne wieder klarer werden. Beinahe erleichtert ließ Wolf das Gewehr sinken und drehte sich behäbig.

Das Gesicht des Soldaten war ihm unbekannt. Es musste einer der Männer sein, die sich im großen Bogen dem zweiten Bus genähert hatten. Seine Augen verrieten Wolf, dass nun kein heroisches Abschiedswort folgte. Kein letzter Wunsch und kein längeres Leiden. Wolf lächelte, als der Lauf der Waffe auf seine Stirn gerichtet wurde. Viel zu oft war er dem Tod von der Schippe gesprungen. Heute war es also so weit. Die Worte kamen ungewollt über seine Lippen:

»Dann tu es endlich.«

War das ein Nicken? Ein unheiliger Pakt, den er in den letzten Herzschlägen seines Lebens eingegangen war. Auch das würde in zwei Sekunden gleichgültig sein. Wolf machte sich nicht einmal mehr die Mühe, die Arme zu heben. Er hörte sogar den Schuss, wunderte sich im nächsten Moment, warum der Soldat umkippte und nicht er.

Durch den Schleier der Erschöpfung erkannte er einen roten Farbtupfer in dem ganzen Grau, erst dann kamen die Konturen von Charlottes Gesicht hinzu. Zitternd hielt sie Jaenschs Pistole in den Händen.

»Das war der Letzte«, hauchte sie erschrocken über sich selbst.

Wolf konnte es nicht glauben. Diese Krankenschwester hatte ihm das Leben gerettet. »Wo ist Jaensch?«

Charlotte ließ die Waffe fallen, brauchte ein paar Sekunden, um ihre Gedanken zu ordnen. Sie nahm Wolf an die Hand, führte ihn zum Waldesrand. Dort saß Jaensch mit schmerzverzerrtem Gesicht, den Rücken gegen einen Baumstamm gelehnt. Er hielt sich die Schulter, band bereits Stoff um die Stelle.

»Nur eine Fleischwunde«, stöhnte er. »Charlotte, bitte schau nach den Kindern.«

Aus ihrer Lethargie gerissen ging sie zum ersten Bus.

»Ein glatter Durchschuss, keine wichtigen Arterien getroffen. Ich werde die Blutung stoppen können.« Jaensch zog den Stoff mit den Zähnen stramm. »Wolf, ich hoffe, Sie können den Bus fahren. Ich weiß nicht, ob …«

»Es ist noch nicht zu spät, die richtige Entscheidung

zu treffen«, wurde Jaensch von einer Stimme hinter ihnen unterbrochen.

Wolf hasste sich dafür, dass er recht behalten hatte. Kampa musste sich wie eine Ratte hinter den Karosserien der Adler Trumpf verkrochen haben und erfreute sich nun bester Gesundheit.

Kalter Schweiß bedeckte Wolfs Stirn, der Schwindel wurde mit jeder Sekunde heftiger und seine Kehle glich einer Wüste, als er sich zu den Autos drehte.

»Wie wäre es, Wolf? Sie bringen mich hier raus. Ihre Entlohnung wird mehr sein, als Sie sich jemals vorstellen können.« Kampa hielt Helenes blonde Mähne fest im Griff. An ihrer Kehle glitzerte das Messer. Sie blutete an der Stirn und am Hals, ansonsten war sie unversehrt. Kampa riss seine Augen auf. »Ein Neuanfang, für uns beide, in Berlin! Sie bekommen eine Position bei der Schutz-Staffel und so viel Geld, dass sie niemals imstande wären, es auszugeben. Das Einzige, was Sie machen müssen, ist mich hier herausbringen.« Er fasste Helenes Haare fester, sodass sie vor Schmerzen das Gesicht verzog. »Lassen Sie alles Alte hinter sich und führen Sie mich heraus aus diesem gottverlassenen Wald. Mehr verlange ich nicht.«

Wolf konnte sich kaum mehr auf den Beinen halten. Langsam zog er die Walther aus dem Hosenbund. Ein Neuanfang wurde ihm versprochen. Genau das, was er wollte. Großzügig waren Kampas Angebote immer.

»Sie wissen, dass ich die Macht dazu habe, dies alles zu ermöglichen«, setzte der Offizier hinterher. »Lassen Sie uns nicht noch mehr Blut vergießen.«

Die Welt schien still zu stehen, sein Körper war kurz

vor der Kapitulation. Wolf spürte, wie der Griff seiner Waffe Tonnen zu wiegen schien. Welch Wohltat es wäre, sie einfach fallen zu lassen, mit Kampa in einen der Wagen zu steigen und fortzufahren. Ihm war kalt, das Atmen fiel ihm schwer. Die Pfützen waren mit Blut getränkt, hinter ihm schrien die Kinder. Es wäre so einfach … ganz neu anfangen … ohne die Seelenqualen vergangener Tage. Ein neuer Name, eine neue Stadt, viel Geld und noch mehr Frauen. Verlockend, endlich einmal auf der Sonnenseite des Lebens zu wandeln.

Sie hatten ihn gebrochen in den letzten Monaten. Sein Körper war eine Ruine. Er war sich nicht einmal sicher, ob er die nächsten Tage ohne Kampas Hilfe überleben würde. Ein Leichtes …

Wolf suchte Helenes Blick. Obwohl die Klinge tief in die Haut ihres Halses drückte, war in ihren Augen keine Angst zu lesen. Sie nickte ruhig, zog einen Mundwinkel nach oben. Damit hatte er ihre Erlaubnis.

»Dann lass uns fahren und den ganzen Mist hinter uns lassen.«

Kampas Griff lockerte sich. Er drehte sich ein wenig zur Seite, sodass er nicht direkt hinter Helene stand. Ihn allein zu erwischen war nicht möglich. »Großartig! Wir werden …«

Darauf hatte Wolf gewartet. Er riss seinen Arm nach oben. Ein einziger Schuss folgte. Helene schrie auf, sprang nach vorn und hielt sich die blutende Schulter, während Kampa in der Brust getroffen zusammenklappte. Der Streifschuss an Helenes Schulter würde heilen – an Kampas Torso nicht. Wolf stolperte auf sie zu.

»Lenchen, wie geht es dir?«

»Du solltest nur *ihn* treffen, du verdammter Hund!« Zwischen einer Träne konnte Wolf ein Lächeln ausmachen. Sie packte seinen Nacken, drückte ihm einen harten Kuss auf die Lippen. »Ich hatte in Erinnerung, dass du besser mit der Waffe bist.«

Es tat unendlich gut, ihre Lippen auf den seinen zu spüren. Sie lächelten einander an, bis Helenes Blick sich verfinsterte. Wieso um alles in der Welt sah sie an ihm vorbei?

»Leg die Waffe hin, Kleines.«

Erst jetzt verstand Wolf, wem die Worte galten. In Klaras Hand zitterte eine Pistole, die sie wahrscheinlich einem Soldaten abgenommen hatte. Sie befand sich nur wenige Meter von Kampa entfernt. Der verletzte Mann wollte hinter die Autos kriechen. Er fluchte leise. Aufeinander abgestützt schafften Helene und Wolf es aufzustehen.

»Du sollst die Waffe hinlegen«, schrie Helene erzürnt.

Klara schüttelte verzweifelt mit dem Kopf. Der Lauf wechselte zwischen Wolf und Helene hin und her. »Er will mich heiraten. Verstehst du das denn nicht?«

»Ein Spiel ist das!« Helenes Stimme wurde laut. Sie kam näher. Nur noch eine Armlänge trennte sie von dem Mädchen. »Habe ich dir denn gar nichts beigebracht? Männer sagen viele Dinge, wenn sie ihre Ziele erreichen wollen.«

»Ernst ist anders!«, beteuerte Klara, die Waffe jetzt auf Helene gerichtet. »Er hat es mir versprochen.«

»Nimm die Waffe runter«, drohte Helene. Jedes ihrer Worte war in die Länge gezogen.

Wolf steckte seine Walther in den Hosenbund, hob beruhigend die Hand. »Lass gut sein, Kleines. Dieser Mann wird dich nicht heiraten und dich auch nicht mit nach Berlin nehmen.«

»Hör nicht auf sie!«, schrie Kampa und kroch noch ein Stück weiter, die Hand fest auf die Wunde an der Schulter gepresst. »Es kann alles wahr werden. Hörst du! Alles!«

Wolfs Sinne waren wie betäubt, er hätte genauso gut schreien können und es nicht einmal bemerkt. Das Gewicht von Tonnen lastete auf seinen Lidern. Jeder Schritt in Klaras Richtung war eine Überwindung. Der Lauf ihrer Waffe zielte mitten auf seine Brust. Auf dieser Distanz würde ihm selbst ein ungeübtes Mädchen den Garaus machen.

»Es ist gut, Kleines. Du willst das doch gar nicht.«

»Doch, genau das ist es, was ich will.« Ihre Worte waren durchzogen von Schmerz und Trotz, als sie den Griff härter fasste. Schöne Versprechungen und die Aussicht auf eine bessere Zukunft hatten ihr Sand in die Augen gestreut. Schöne Lügen, die ihren Verstand vergiftet hatten, bis nur noch ein Gedanke übrig blieb. Fanatisch und naiv wäre sie Kampa bis ans Ende der Welt gefolgt. Wolf kam das schrecklich bekannt vor.

Klara sah ihn an. In ihren Augen erkannte er, dass sie die Waffe nicht ablegen würde.

Ihre Stimme war nicht mehr als ein Flüstern. »Es tut mir leid.«

»Du dummes …« Gerade als das Mädchen abdrücken wollte, stürzte sich Helene auf sie. Mit ihrer linken Hand drückte sie die Waffe nach oben und hielt Klara mit der rechten Kampas Messer an den Hals. Blut floss ihre elfenbeinfarbene Haut herab, ihre Augen verloren an Glanz wurden langsam trüb.

»Du dummes, dummes Ding«, schluchzte voller Wut Helene und zog das Messer über ihr Gesicht. Ein spitzer Schrei entfuhr Klara. Eine Hand an ihren Hals gepresst, die andere über ihre blutende Wange, sackte sie zusammen. Beides Wunden, die sie überleben würde, doch ob die seelischen Verletzungen auch heilten, konnte Wolf nicht sagen. Tränenüberströmt kniete Helene sich herab und presste das Mädchen an sich. Es dauerte, bis die Kraft aus ihren Gliedern wich und die Pistole in eine Pfütze fiel. »Wieso hast du nicht auf mich gehört?«

Klara legte ihren Kopf auf die Schulter der Hurenmutter, ganz so, als müsste sie getröstet werden. Für eine Sekunde verfestigte sich in Wolf das Gefühl, das Mädchen würde lächeln. Eine Schande war das. So jung, so hübsch und doch nur eine von vielen, die an den falschen Mann geraten war. Die Kleider der Frauen waren vom Blut getränkt, als Klara ihre Augen in aller Stille schloss.

»Es tut mir so leid.«

Helene ließ das das Messer fallen, steckte es ein und reinigte mit einem Tuch die Wangen der jungen Frau. Dabei redete sie immer wieder auf Klara ein, als wäre sie so imstande, ihrer Seele Trost zu spenden. Wenige Herzschläge verweilte sie, dann zog sie das Mädchen, welches sie eben noch verraten hatte, an den Haaren auf die Beine.

»Wo bringst du sie hin?«, wollte Wolf mit letzter Kraft wissen.

»Ihr gehört ordentlich der Kopf gewaschen. Doch das

klären wir nicht in irgendeiner Matschgrube.« Ihre Antwort war streng und laut. Jede andere hätte das Mädchen getötet. Doch nicht Helene. »Kümmere dich um das Scheusal.«

Wolfs Blick fiel auf den Offizier. Diese eine Sache gab es also noch zu erledigen. Er zog seine Waffe, schleppte sich auf die Zähne beißend zu dem Mann. Keine letzten Worte, keine Fragen mehr – dieser Bastard hatte es verdient zu sterben.

Kampas Uniform war von Blut durchtränkt.

»Wollen Sie einen wehrlosen Mann erschießen?«

Wolf hob die Walther, zielte auf die Stirn des Mannes. Nicht einmal eine Antwort wollte er ihm geben.

»Halt! Warte!«

Im letzten Moment fasste Charlotte seine Schulter. »Er hat etwas Schlimmeres verdient.«

Wolf schüttelte kraftlos mit dem Kopf. »Lass es uns einfach hinter uns bringen.«

»Nein!« Schon lag Charlotte neben dem Mann, warf ihre Ledertasche in den Dreck und zog eine Spritze auf. »Er wollte sie alle töten. Wehrlose Kinder, denen er Schutz geschworen hatte. Er soll wissen, wie es ist, wenn man hilflos dem Gutdünken anderer ausgeliefert ist.« Fachmännisch hielt die Krankenschwester Kampas Arm fest und trieb die Nadel in seine Venen. »Morphin – in einer Überdosis lähmt es das zentrale Nervensystem und ruft eine komatöse Bewusstseinsstörung hervor.« Kampa versuchte noch sich zu wehren, doch es war bereits zu spät. »Nein, nein! Bitte!« Seine Stimme wurde leise, bis sie schließlich versagte.

Charlotte erhob sich, steckte die Utensilien in die Tasche. Ihr Blick auf Kampa war dabei so kalt, dass es selbst Wolf fröstelte. »Er wird sein Leben lang auf fremde Hilfe angewiesen sein, nicht mehr sprechen können und niemals wieder sein Bett verlassen. Von seiner eigenen Medizin soll er schmecken.«

Voller Hass wandte sie sich ab und ging zum Bus. Nicht einmal das Feuer der Hölle brannte so heiß wie die Rache einer verschmähten Frau. Kampa begann zu zittern, seine Augen traten vor Entsetzen aus den Höhlen. Dann wurde er ganz still. Nur sein sich langsam hebender und senkender Brustkorb deutete an, dass noch etwas Leben in seinem Körper war. Eine Strafe, härter als der Tod.

»Tut mir leid«, hauchte Wolf.

Er wusste, dass er kurz vor dem Zusammenbrach stand. Der Schmerz und die Folter der letzten Tage, ja Monate, waren zu viel gewesen. Vielleicht würden die Wunden heilen, vielleicht auch nicht. Noch nie hatte er sich so müde gefühlt. Doch als er alleine mit Kampa am Waldrand stand, wurde ihm bewusst, dass es niemand verdiente, so leben zu müssen. Wolf war kein guter Mensch und er wollte verdammt noch mal nie einer sein. Den Helden sollten andere spielen.

Ein letztes Mal mobilisierte er seine Kräfte. Wolf nahm seinen Mantel und wickelte ihn mehrfach um den Lauf der Pistole. Charlotte sollte in dem Glauben bleiben, dass er elendig verreckt war. Er richtete die Waffe auf Kampa und drückte ab. Im letzten Moment meinte Wolf so etwas wie Dankbarkeit in seinen Augen lesen zu können. Ein simpler Schuss in den Kopf, nicht einmal so laut wie ein Flüstern. Nicht mehr, nicht weniger. Keiner sollte es mitbekommen.

Der Weg zum und entlang des Busses kam ihn unendlich lang vor. Mehrmals musste er sich am Metall abstützen, bevor er es schaffte einzusteigen. Er legte sich auf den Boden. Jaensch saß bereits am Steuer, schloss die Tür. Wolf bekam durch einen milchigen Schleier mit, wie sich das Fahrzeug in Bewegung setzte.

»Wo sind Helene, Klara und Charlotte?«

»Fahren den zweiten Bus«, antwortete Jaensch knapp, während er angestrengt den Wagen durch die Autobarriere steuerte. »Wolf, ich wollte mich bei Ihnen bedanken. Es gehört viel Mut dazu …«

»Lassen Sie's gut sein.«

Er wollte einfach nur schlafen. Langsam schloss er die Augen. Es war Micha, der ihn noch einmal aus der Dunkelheit riss. Die kleinen Hände des Jungen waren auf seine linke Seite gepresst. Etwas oberhalb der Nieren durchzog ein ziehender Schmerz seinen Körper.

»Du bist getroffen.«

Natürlich war er das. Nur ein Idiot konnte sich eine Kugel fangen und es nicht einmal merken. Wolf hob seinen Kopf. Unter dem Mantel war das Hemd blutdurchtränkt. Seine ganze linke Seite fühlte sich taub an und die Hände des Burschen waren rot.

»Du hast recht«, flüsterte Wolf und legte sich wieder auf das kalte Metall. »Geht es dir gut?«

Micha nickte, presste seine Hände stärker auf die Stelle. »Es blutet stark.« Er wurde lauter. »Herr Doktor, Wolf geht es nicht gut.«

Er spürte, wie er langsam abdriftete, als der Wagen zum Stehen kam. Worte drangen lediglich hallend an seinen Verstand. Die Finsternis zog an ihm. Und doch schaffte er es, Michas Hand zu ergreifen, bevor er in einen tiefen Schlaf fiel.

»Den bösen Wolf bringt nichts so leicht um.«

SEBASTIAN THIEL
Uranprojekt

978-3-8392-1549-4 (Paperback)
978-3-8392-4393-0 (pdf)
978-3-8392-4392-3 (epub)

»Atmosphärisch, düster, beängstigend«

Sommer 1944. Nikolas Brandenburg ist aus Paris nach Düsseldorf zurückgekehrt. Der ehemalige Kommissar muss in seinem Elternhaus untertauchen, da er sich dem französischen Widerstand angeschlossen hat. Als eines Nachts ein Schwerverwunderter vor seiner Tür liegt, führt ihn dieser nicht nur mit alten Weggefährten zusammen, sondern auch in den Dunstkreis des streng geheimen »Uranprojekts«. Eine Operation, die Hitler doch noch zum Sieg verhelfen soll. Nikolas unternimmt alles, um dies zu verhindern.

GMEINER SPANNUNG

WWW.GMEINER-VERLAG.DE
Wir machen's spannend

SEBASTIAN THIEL
Die Dirne vom Niederrhein

978-3-8392-1352-0 (Paperback)
978-3-8392-4029-8 (pdf)
978-3-8392-4028-1 (epub)

»Liebe im Krieg. Das Drama am Niederrhein geht weiter.«

Niederrhein 1642: Nach dem Sieg der französisch-schwedischen Armee ist niemand mehr seines Lebens sicher. Elisabeth, die ihre Angehörigen verloren hat, flüchtet voller Schuldgefühle und schließt sich einem Tross von Huren im Gefolge des Heeres an. Im Geschäft der käuflichen Liebe steigt sie schnell auf und begegnet nicht nur den Menschen, die für den Tod ihrer Schwester verantwortlich sind, sondern auch Maximilian, der mit ihr noch eine Rechnung offen hat … Ein Spiel um Lust und Liebe beginnt – dem Verlierer ist der Tod gewiss.

SEBASTIAN THIEL
Die Hexe vom Niederrhein

978-3-8392-1076-5 (Paperback)
978-3-8392-3515-7 (pdf)
978-3-8392-3514-0 (epub)

»Eine fesselnde Liebesgeschichte und ein tödliches Familiendrama zugleich!«

Kempen, im Winter 1642. Am Niederrhein tobt der Dreißigjährige Krieg.

Nach einem Kirchgang rettet der junge Schmied Lorenz die Tochter des Statthalters vor zwei durchgehenden Pferden. Die schöne Elisabeth macht ihrem Retter von der ersten Minute an eindeutige Avancen. Doch nicht sie ist seine Auserwählte, sondern ihre schüchterne und geheimnisvolle Adoptivschwester Antonella. Als hessische Söldner Kempen belagern und einnehmen, bricht das Chaos aus. Und die kräuterkundige Antonella wird von der gesamten Stadt als Hexe denunziert …

BIRGIT EBBERT
Falsches Zeugnis

978-3-8392-1696-5 (Paperback)
978-3-8392-4669-6 (pdf)
978-3-8392-4668-9 (epub)

»Gibt es noch weitere Tagebücher von Anne Frank?«

Ein Unbekannter wendet sich per E-Mail an Karina Bessling. Er ist angeblich im Besitz von bisher unveröffentlichten Tagebüchern von Anne Frank und möchte diese nun gewinnbringend veräußern. Karina glaubt zuerst an einen Scherz, bietet jedoch aus Neugier ihre Hilfe an. Kurz darauf steht die Polizei vor ihrer Tür und erklärt ihr, dass der Unbekannte ertrunken ist. Als Karina dennoch eine weitere Mail erhält, beschließt sie, den Verfasser zu suchen und dem Fall auf den Grund zu gehen.

Das Neueste aus der Gmeiner-Bibliothek

Unsere Lesermagazine

Bestellen Sie das kostenlose KrimiJournal in Ihrer Buchhandlung oder unter www.gmeiner-verlag.de

Informieren Sie sich …

www … auf unserer Homepage:
www.gmeiner-verlag.de

@ … über unseren Newsletter:
Melden Sie sich für unseren Newsletter an unter www.gmeiner-verlag.de/newsletter

f … werden Sie Fan auf Facebook:
www.facebook.com/gmeiner.verlag

Mitmachen und gewinnen!

Schicken Sie uns Ihre Meinung zu unseren Büchern per Mail an gewinnspiel@gmeiner-verlag.de und nehmen Sie automatisch an unserem Jahresgewinnspiel mit »mörderisch guten« Preisen teil!